ARTHUR C. CLARKE

Die letzte Generation

Buch

Gigantische Raumschiffe erscheinen über den Städten der Erde. Die Außerirdischen, die »Overlords«, erweisen sich als den Menschen technisch und moralisch weit überlegen, stehen jedoch ihrerseits im Dienst einer übergeordneten Macht. Von dieser Macht haben sie den Auftrag erhalten, die Menschheit jener Reife zuzuführen, die andere Bewohner des Kosmos bereits erreicht haben. Als erstes unterbinden die Overlords gewalttätige Auseinandersetzungen und erzwingen die Bildung einer Weltregierung. Die Außerirdischen halten die Fäden in der Hand – doch sie weigern sich beharrlich, sich den Menschen direkt zu zeigen. – Viele Jahre später ist auf der Erde ein neues Zeitalter angebrochen: Die einstigen Utopien sind Wirklichkeit geworden. Dann kommt der Tag, an dem sich die Overlords zu erkennen geben – und sie sehen genau so aus, wie sich die Menschen seit Jahrtausenden den Teufel vorgestellt haben …

Arthut C. Clarkes visionärer Roman ist einer der größten Klassiker der Science-fiction-Literatur.

Autor

Arthur C. Clarke, geboren 1917, studierte Mathematik und Physik am Londoner King's College. Sein Roman »2001 – Odyssee im Weltraum« wurde 1968 von Stanley Kubrick verfilmt und trug Clarke Weltruhm ein. Romane wie »Rendezvous with Rama« (1973) und »The Fountains of Paradise« (1979) wurden mit dem Nebula und dem Hugo Award ausgezeichnet und festigten seinen Ruf als Großmeister der Science-fiction. Arthur C. Clarke lebt seit Mitte der 50er Jahre auf Ceylon/Sri Lanka.

Arthur C. Clarke

Die letzte Generation

Aus dem Englischen
von Else von Hollander-Lossow

GOLDMANN

Der englische Originaltitel lautet »Childhood's End«
und erschien als Magazinversion erstmals 1950 in »New Worlds«

Umwelthinweis:
Alle bedruckten Materialien dieses Taschenbuches
sind chlorfrei und umweltschonend.
Das Papier enthält Recycling-Anteile.

Der Goldmann Verlag
ist ein Unternehmen der Verlagsgruppe Bertelsmann

Deutsche Taschenbuchausgabe 10/97

Umschlaggestaltung: Design Team München
Umschlagillustration: Schlück/Morrissey (Morri 15)
Satz: IBV Satz- und Datentechnik GmbH, Berlin
Druck: Elsnerdruck, Berlin
Verlagsnummer: 24763
V. B. · Herstellung: Stefan Hansen
Printed in Germany
ISBN 3-442-24763-2

1 3 5 7 9 10 8 6 4 2

Vorspiel

Der Vulkan, der Taratua aus den Tiefen des Pazifiks emporgeschleudert hatte, schlief seit einer halben Million Jahren. Aber bald, dachte Reinhold, würde die Insel von Feuersgluten eingehüllt sein, die wilder waren als jene, die ihre Geburt begleitet hatten. Er sah zum Flugplatz hinüber, und sein Blick glitt an dem Gerüst in die Höhe, das noch immer die ›Columbus‹ umgab. Siebzig Meter über dem Erdboden fing der Bug des Schiffes die letzten Strahlen der untergehenden Sonne auf. Dies war eine der letzten Nächte, die es erleben sollte. Bald würde es im ewigen Sonnenschein des Weltraums schweben.

Es war still hier unter den Palmen, hoch oben auf dem felsigen Grat der Insel. Vom Werkgelände drang nur hier und da das Heulen eines Luftkompressors oder das ferne Rufen eines Arbeiters herüber. Reinhold liebte die Palmengruppe; fast jeden Abend kam er hierher, um sein kleines Reich zu überschauen, und der Gedanke, daß die schönen Bäume in Atome zerrissen würden, wenn die ›Columbus‹ sich flammend und tosend zu den Sternen erhob, machte ihn traurig.

Anderthalb Kilometer unterhalb des Riffs hatte die ›James Forrestal‹ ihre Scheinwerfer angestellt und ließ sie über das dunkle Wasser gleiten. Die Sonne war jetzt völlig verschwunden, und die Tropennacht brach schnell von Osten herein. Reinhold fragte sich etwas spöttisch, ob man so nahe der Küste russische Unterseeboote zu finden erwarte.

Das Stichwort Rußland lenkte – wie immer – seine Gedanken auf Konrad und auf jenen Frühlingsmorgen des Jahres 1945, der so verheerende Umwälzungen gebracht hatte. Mehr als dreißig Jahre waren seither vergangen, aber die Erinnerung an jene letzten Tage, als das *Reich* unter den von Ost und West heranstürmenden Wogen zerfiel, war nie verblaßt. Er sah noch immer Konrads ermüdete blaue Augen vor sich und die goldenen Bartstoppeln auf seinem Kinn, als sie sich in jenem zerstörten preußischen Dorf zum Abschied die Hände schüttelten, während die Flüchtlinge in endlosem Strom vorbeizogen. Es war eine Trennung, die alles symbolisierte, was danach in der Welt geschehen war – ein Symbol der Spaltung zwischen Ost und West. Konrad wählte den Weg nach Moskau. Reinhold hatte ihn damals für einen Narren gehalten, aber jetzt war er dessen nicht mehr so sicher.

Dreißig Jahre lang hatte er angenommen, Konrad sei tot. Erst vor einer Woche hatte ihm Oberst Sandmeyer vom Amt für Technik die Neuigkeit erzählt. Reinhold mochte Sandmeyer nicht und war überzeugt, daß die Abneigung gegenseitig war. Aber das berührte ihr Arbeitsverhältnis nicht.

»Herr Hoffmann«, hatte der Oberst in seinem tadellosen offiziellen Ton begonnen, »es sind soeben beunruhigende Nachrichten aus Washington gekommen. Natürlich streng geheim, aber wir haben beschlossen, den Ingenieurstab einzuweihen, damit alle wissen, daß Eile geboten ist.« Er hielt inne, um seine Worte nachhaltiger wirken zu lassen, aber dieses Manöver war an Reinhold verschwendet. Er ahnte schon, was kommen würde.

»Die Russen sind fast ebenso weit wie wir. Sie haben irgendeinen Atomantrieb gefunden, der vielleicht noch wirksamer ist als der unsere, und sie bauen am Baikalsee ein Raumschiff. Wir wissen nicht, *wie* weit sie sind, aber unser Geheimdienst nimmt an, daß es noch in diesem Jahre fertig wird. Sie wissen, was das bedeutet.«

Ja, dachte Reinhold, das weiß ich. Der Wettlauf ist im Gange, und wir werden ihn vielleicht nicht gewinnen. »Wissen Sie, wer dort die Arbeiten leitet?« hatte er gefragt und eigentlich kaum eine Antwort erwartet. Zu seiner Überraschung hatte Oberst Sandmeyer ihm ein mit der Maschine beschriebenes Blatt zugeschoben, an dessen Kopf der Name Konrad Schneider stand.

»Sie haben eine Reihe von den Männern in Peenemünde gekannt, nicht wahr?« fragte der Oberst. »Das kann uns einen Einblick in ihre Methoden verschaffen. Ich möchte Sie bitten, mir Angaben über möglichst viele von ihnen zu machen, über ihre Arbeitsgebiete, ihre Ideen und Ähnliches. Ich weiß, das ist viel verlangt nach so langer Zeit, aber versuchen Sie, was Sie tun können!«

»Konrad Schneider ist der einzige, der etwas bedeutet«, hatte Reinhold erwidert. »Er war hervorragend. Die anderen waren nur tüchtige Ingenieure. Aber der Himmel mag wissen, was der Mann in diesen dreißig Jahren getan hat. Bedenken Sie: Er kennt wahrscheinlich alle unsere Arbeitsergebnisse, wir aber kein einziges von den seinen. Das verschafft ihm einen beträchtlichen Vorsprung.«

Dies sollte keine Kritik am Geheimdienst sein, aber einen Augenblick schien es, als ob Sandmeyer beleidigt wäre. Dann zuckte der Oberst die Schultern. »Unsere Methode ist zweischneidig – das haben Sie selbst zu mir gesagt. Unser freier Informationsaustausch bedeutet schnelleren Fortschritt, selbst wenn wir einige Geheimnisse preisgeben. Die russischen Forschungsabteilungen wissen wahrscheinlich nicht, was ihre eigenen Leute die halbe Zeit tun. Wir werden ihnen zeigen, daß die Demokratie zuerst den Mond erreichen kann.«

Demokratie ... Hohlköpfe, dachte Reinhold, hütete sich aber, es zu sagen. Ein einziger Konrad Schneider war eine Million Stimmzettel – Namen auf einer Wahlliste – wert. Und was hatte Konrad in dieser ganzen Zeit getan, unterstützt von allen Hilfsmitteln der Sowjetunion? Vielleicht war sein Schiff jetzt schon von der Erde gestartet ...

Die Sonne, die Taratua verlassen hatte, stand noch hoch über dem Baikalsee, als Konrad Schneider und der stellvertretende Kommissar für Kernforschung langsam vom Motorenprüfplatz zurückgingen. In ihren Ohren dröhnte es noch schmerzhaft, obwohl die letzten donnernden Echos vor zehn Minuten über dem See erstorben waren.

»Warum so ein langes Gesicht?« fragte Grigoriewitsch plötzlich. »Sie müßten jetzt glücklich sein. In vier Wochen sind wir unterwegs, und die Yankees werden vor Wut platzen.«

»Sie sind Optimist wie gewöhnlich«, sagte Schneider. »Wenn der Motor auch funktioniert, ist es doch nicht so einfach. Ich kann zwar jetzt keine ernsthaften Hindernisse sehen, aber mich beunruhigen die Berichte aus Taratua. Ich habe Ihnen erzählt, wie tüchtig Hoffmann ist, und er hat Milliarden Dollar hinter sich. Die Photos von seinem Raumschiff sind nicht sehr deutlich, aber es scheint der Fertigstellung nahe zu sein. Und wir wissen, daß er seinen Motor vor fünf Wochen erprobt hat.«

»Machen Sie sich keine Sorgen«, sagte Grigoriewitsch lachend. »Bei denen wird man eine große Überraschung erleben! Bedenken Sie, daß man dort überhaupt nichts über uns weiß.«

Schneider fragte sich, ob es sich wirklich so verhielt, fand es aber geraten, keine Zweifel zu äußern. Das könnte Grigoriewitsch veranlassen, allzu genaue Nachforschungen anzustellen, und wenn er einen dunklen Punkt fände, so würde es ihm, Schneider, schwerfallen, sich reinzuwaschen.

Der Posten grüßte, als Schneider das Verwaltungsgebäude wieder betrat. Hier gibt es fast so viele Soldaten wie Techniker, dachte er grimmig. Aber so arbeiteten die Russen eben, und solange sie ihn in Ruhe arbeiten ließen, konnte er sich nicht beklagen. Im ganzen hatten sich, von einigen aufreizenden Ausnahmen abgesehen, die Ereignisse so gestaltet, wie er gehofft hatte. Nur die Zukunft konnte zeigen, ob er oder Reinhold die bessere Wahl getroffen hatte.

Er arbeitete schon an seinem Schlußbericht, als laute Rufe ihn störten. Einen Augenblick saß er regungslos an seinem Schreibtisch und fragte sich, was für ein Ereignis das sein könne, das die strenge Disziplin des Lagers durchbrochen hatte. Dann trat er ans Fenster, und zum erstenmal in seinem Leben empfand er Verzweiflung.

Rings um ihn standen die Sterne, als Reinhold den kleinen Hügel hinunterschritt. Draußen auf dem Meer strich die ›Forrestal‹ noch immer mit ihren Lichtfingern über das Wasser, während weiter hinten am Strand das Gerüst um die ›Columbus‹ sich in einen leuchtenden Weihnachtsbaum verwandelt hatte. Nur der vorspringende Schiffsbug lag wie ein dunkler Schatten vor den Sternen.

Aus einem Radio irgendwo in dem Wohnviertel dröhnte Tanzmusik, und unwillkürlich beschleunigte Reinhold bei diesem Rhythmus seine Schritte. Er hatte fast den schmalen Pfad längs des Sandstrandes erreicht, als irgendein Anzeichen, eine ganz flüchtige Bewegung ihn veranlaßte stehenzubleiben. Verwundert blickte er vom Ufer zum See hinüber und wieder zurück. Erst nach einer kleinen Weile dachte er daran, zum Himmel hinaufzusehen.

Da wußte Reinhold Hoffmann, genau wie Konrad Schneider im gleichen Augenblick, daß er das Wettrennen verloren hatte, nicht wie befürchtet um wenige Wochen oder Monate, sondern um Jahrtausende. Die riesigen schweigenden Schatten, die viel mehr Meilen über seinem Kopf, als er zu mutmaßen wagte, an den Sternen vorbeiglitten, waren seiner kleinen ›Columbus‹ so weit überlegen wie dieses Raumschiff den Baumstammkanus der Vorzeitmenschen. Einen Augenblick lang, der eine Ewigkeit zu währen schien, beobachtete Reinhold, so wie die ganze Welt es tat, wie die großen Schiffe in ihrer überwältigenden Majestät sich tiefer senkten, bis er schließlich das leise Kreischen ihres Fluges durch die dünne Luft der Stratosphäre hörte.

Er empfand kein Bedauern darüber, daß die Arbeit eines Lebens hinweggewischt wurde. Er hatte daran gearbeitet, den Menschen zu den Sternen zu bringen, und in dem Augenblick, da der Erfolg unmittelbar bevorstand, waren die Sterne, die erhabenen, gleichgültigen Sterne, zu ihm gekommen. In diesem Augenblick hielt die Geschichte den Atem an, und die Gegenwart trennte sich von der Vergangenheit, wie ein Eisberg sich von den festgefrorenen Mutterklippen löst, um in einsamem Stolz auf das Meer hinauszugleiten. Alles was vergangene Zeitalter erreicht hatten, war jetzt wie ausgelöscht; nur ein einziger Gedanke pochte unablässig in Reinholds Gehirn: Die menschliche Rasse war nicht mehr allein.

ERSTER TEIL

Die Erde und die Overlords

— 1 —

Stormgren, der Generalsekretär der Vereinten Nationen, stand regungslos vor dem großen Fenster und starrte auf den wimmelnden Verkehr in der 43. Straße hinunter. Er fragte sich bisweilen, ob es für irgend jemand gut sein könne, in solcher Höhe über seinen Mitmenschen zu arbeiten. Isolierung war eine gute Sache, aber sie konnte sich leicht in Gleichgültigkeit verwandeln. Oder versuchte er nur, nach zwanzig Jahren in New York, eine vernünftige Erklärung für seine noch immer nicht besiegte Abneigung gegen Wolkenkratzer zu finden?

Er hörte die Tür hinter sich aufgehen, wandte aber nicht den Kopf, als Pieter van Ryberg den Raum betrat. Es entstand die unvermeidliche Pause, während Pieter mißbilligend den Wärmeregulator ansah; es war ein geflügeltes Wort, daß der Generalsekretär am liebsten im Eisschrank gelebt hätte. Stormgren wartete, bis sein Stellvertreter zu ihm ans Fenster trat, dann riß er den Blick von dem vertrauten, aber immer wieder faszinierenden Panorama zu seinen Füßen los.

»Die verspäten sich«, sagte er. »Wainwright hätte schon vor fünf Minuten hier sein müssen.«

»Ich habe eben Nachricht von der Polizei bekommen. Er hat eine ganze Prozession bei sich, und der Verkehr stockt. Die Leute müssen jetzt jeden Augenblick kommen.« Van Ryberg hielt inne, dann fügte er unvermittelt hinzu: »Sind Sie noch immer überzeugt, daß es ein guter Gedanke ist, ihn zu empfangen?«

»Ich fürchte, es ist etwas zu spät, es jetzt rückgängig zu machen. Schließlich habe ich zugestimmt – obwohl es, wie Sie wissen, ursprünglich nicht mein Einfall war.« Stormgren war an seinen Schreibtisch getreten und spielte mit seinem berühmten Uran-Briefbeschwerer. Er war nicht nervös, sondern nur unentschlossen. Er war sogar froh, daß Wainwright sich verspätete, denn das würde ihm selbst einen kleinen moralischen Vorteil geben, wenn die Unterhaltung eröffnet wurde; solche Nichtigkeiten spielten eine größere Rolle in menschlichen Angelegenheiten, als jemand, der Gewicht auf Logik und Vernunft legte, wünschen mochte.

»Da sind sie«, sagte van Ryberg plötzlich und drückte das Gesicht gegen die Fensterscheibe. »Sie kommen die Avenue entlang, etwa dreitausend Menschen, schätze ich.«

Stormgren nahm sein Notizbuch zur Hand und gesellte sich wieder zu seinem Stellvertreter. Etwa einen Kilometer entfernt, bewegte sich eine kleine, aber entschlossene Schar langsam auf das Gebäude des Generalsekretariats zu. Sie trug Transparente, die in dieser Entfernung nicht zu entziffern waren, aber Stormgren kannte die Aufschriften gut genug. Jetzt konnte er über dem Verkehrslärm den unheilkündenden Rhythmus singender Stimmen hören. Er fühlte, wie ihn plötzlich eine Woge der Abneigung durchströmte. Die Welt hatte doch wirklich genug von marschierenden Pöbelhaufen und erbitterten Schlagworten!

Die Menge war jetzt vor dem Gebäude angelangt. Sie mochte wissen, daß er sie beobachtete, denn hier und da wurden ziemlich selbstbewußt drohend erhobene Fäuste geschüttelt. Sie wollten damit nicht ihn herausfordern, obwohl sie zweifellos beabsichtigten, daß Stormgren diese Geste sehen solle. Wie Zwerge einem Riesen drohen mögen, so waren diese zornigen Fäuste gegen den fünfzig Kilometer über ihren Köpfen liegenden Himmel gerichtet, gegen die schimmernde Silberwolke, die das Flaggschiff der Overlord-Flotte war.

Und sehr wahrscheinlich, so dachte Stormgren, beobachtete Karellen den ganzen Vorgang und amüsierte sich großartig, denn diese Begegnung hätte ohne die Anregung des Oberkontrolleurs nie stattgefunden.

Es war das erstemal, daß Stormgren den Führer der Freiheitsliga traf. Er fragte sich nicht mehr, ob die Unternehmung weise sei, denn Karellens Pläne waren für menschliche Einsicht oft zu scharfsinnig und ausgeklügelt. Auf keinen Fall, meinte Stormgren, konnte ernsthafter Schaden angerichtet werden. Wenn er sich geweigert hätte, Wainwright zu empfangen, so hätte die Freiheitsliga das gegen ihn ausgespielt.

Alexander Wainwright war ein großer, stattlicher Mann Ende der Vierzig. Er war, wie Stormgren wußte, völlig ehrenhaft und daher doppelt gefährlich. Dennoch machte es seine unverkennbare Aufrichtigkeit schwer, Abneigung gegen ihn zu empfinden, wie man auch immer über die Sache, die er vertrat, und über einige der Anhänger, die er gewonnen hatte, denken mochte.

Stormgren verlor nach der kurzen und etwas steifen Vorstellung durch van Ryberg keine Zeit. »Ich vermute«, begann er, »daß der Hauptzweck Ihres Besuches darin besteht, einen formellen Protest gegen das Verhalten der Vereinten Nationen einzulegen. Habe ich recht?«

Wainwright nickte ernst. »Das ist hauptsächlich meine Absicht, Herr Generalsekretär. Wie Sie wissen, haben wir in den letzten fünf Jahren versucht, die menschliche Rasse auf die Gefahr aufmerksam zu machen, die ihr droht. Die Aufgabe war schwierig, denn die Mehrheit der Bevölkerung scheint zufrieden damit zu sein, daß die Overlords die Welt nach ihrem Belieben regieren. Dennoch haben mehr als fünf Millionen Patrioten in allen Ländern unseren Antrag unterzeichnet.«

»Keine sehr eindrucksvolle Zahl bei zweieinhalb Milliarden.«

»Es ist eine Zahl, die nicht unbeachtet bleiben kann. Und auf jeden Unterzeichner kommen viele, die schwere Zweifel an der Klugheit, nicht zu reden von der Rechtmäßigkeit, dieses Plans der Vereinten Nationen haben. Selbst Oberkontrolleur Karellen kann trotz all seiner Macht nicht mit einem Federstrich tausend Jahre Geschichte austilgen.«

»Was weiß ein Mensch über Karellens Macht?« gab Stormgren zurück.

»In meiner Kindheit war das Vereinte Europa noch ein Traum, aber als ich zum Mann heranreifte, war es Wirklichkeit geworden. Das war *vor* der Ankunft der Overlords. Karellen führt nur die Arbeit zu Ende, die wir begonnen haben.«

»Europa war eine kulturelle und geographische Einheit. Das ist die Welt nicht. Da liegt der Unterschied.«

»Für die Overlords«, erwiderte Stormgren sarkastisch, »ist die Erde wahrscheinlich sehr viel kleiner, als Europa unsern Vätern erschien, und das Urteil der Overlords ist, meine ich, reifer als unseres.«

»Ich wehre mich nicht unbedingt gegen einen Zusammenschluß als Endziel, obwohl viele meiner Anhänger mir darin nicht zustimmen dürften. Aber ein solcher Zusammenschluß muß von innen kommen, darf nicht von außen aufgezwungen werden. Wir müssen unser eigenes Schicksal erarbeiten. Es darf keine Einmischung in menschliche Angelegenheiten mehr geben.«

Stormgren seufzte. Das alles hatte er schon hundertmal gehört, und er wußte, daß er nur die alte Antwort geben konnte, die die Freiheitsliga nicht hatte anerkennen wollen. Er vertraute Karellen und sie nicht. Das war der grundlegende Unterschied, und daran konnte er nichts ändern. Glücklicherweise konnte auch die Freiheitsliga nichts daran ändern.

»Ich möchte Ihnen einige Fragen stellen«, sagte er. »Können Sie leugnen, daß die Overlords der Erde Sicherheit, Frieden und Wohlstand gebracht haben?«

»Das stimmt. Aber sie haben uns die Freiheit genommen. Der Mensch lebt nicht ...«

»... vom Brot allein. Ja, ich weiß, aber jetzt haben wir das erste Zeitalter, in dem jeder Mensch die Sicherheit hat, dieses Brot zu bekommen. Was für eine Freiheit haben wir denn verloren im Vergleich mit der, die die Overlords uns zum erstenmal in der menschlichen Geschichte gegeben haben?«

»Die Freiheit, unter Gottes Führung unser eigenes Leben zu regeln.«

Endlich, dachte Stormgren, sind wir beim Kern angekommen. Im Grunde ist der Konflikt religiöser Art, sosehr man ihn auch tarnen mag. Wainwright ließ einen nie vergessen, daß er Geistlicher war. Obwohl er keine Pastorenkrause mehr trug, hatte man doch immer den Eindruck, als wäre sie noch vorhanden.

»Im vorigen Monat«, bemerkte Stormgren, »haben hundert Bischöfe, Kardinäle und Rabbiner eine gemeinsame Erklärung unterzeichnet, in der sie der Politik des Oberkontrolleurs ihre Unterstützung versprachen. Die Kirchenleute der ganzen Welt sind gegen Sie.«

Wainwright schüttelte zornig den Kopf. »Viele der Führer sind blind. Sie sind durch die Overlords verdorben worden. Wenn sie die Gefahr erkennen, kann es zu spät sein. Die Menschheit wird ihre Initiative verloren haben und eine unterjochte Rasse werden.«

Einen Augenblick herrschte Schweigen. Dann erwiderte Stormgren: »In drei Tagen werde ich den Oberkontrolleur wieder treffen. Ich werde ihm Ihre Einwände erklären, da es meine Pflicht ist, die Ansichten der Erde zu repräsentieren. Aber es wird sich dadurch nichts ändern, das kann ich Ihnen versichern.«

»Da ist noch ein anderer Punkt«, sagte Wainwright langsam. »Wir haben viele Einwände gegen die Overlords, aber vor allem verabscheuen wir ihre Heimlichtuerei. *Sie* sind das einzige menschliche Wesen, das je mit Karellen gesprochen hat, und selbst Sie haben ihn nie gesehen. Ist es da überraschend, daß wir seinen Beweggründen mißtrauen?«

»Trotz allem, was er für die Menschheit getan hat?«

»Ja, trotzdem. Ich weiß nicht, was uns unangenehmer ist: Karellens Allmacht oder seine Heimlichtuerei. Wenn er nichts zu verbergen hat, warum zeigt er sich dann niemals? Fragen Sie ihn danach, Herr Stormgren, wenn Sie das nächste Mal mit dem Oberkontrolleur sprechen.«

Stormgren schwieg. Hierauf konnte er nichts sagen, jedenfalls nichts, was den andern überzeugen würde. Bisweilen fragte er sich, ob er selbst wirklich überzeugt war.

Es war natürlich vom Standpunkt der Overlords nur eine sehr kleine Unternehmung, aber für die Erde war es das gewaltigste, was je geschehen war. Ohne jede Ankündigung waren die riesigen Schiffe aus den unbekannten Tiefen des Weltraums hervorgekommen. Zahllose Male war dieser Tag in Romanen beschrieben worden, aber niemand hatte wirklich geglaubt, daß er je kommen würde. Jetzt war er doch angebrochen. Die schimmernden, schweigenden Körper, die über jedem Lande schwebten, waren Symbole einer Wissenschaft, die der Mensch in Jahrhunderten nicht einholen konnte. Sechs Tage lang hatten sie regungslos über seinen Städten geschwebt und mit keinem Zeichen angedeutet, daß sie um sein Vorhandensein wußten. Aber es war kein Zeichen nötig. Es konnte nicht nur Zufall sein, daß die Schiffe so genau über New York, London, Paris, Moskau, Rom, Kapstadt, Tokio, Canberra schwebten …

Noch vor dem Ende dieser lähmenden sechs Tage hatten einige Menschen die Wahrheit erraten. Dies war kein erster Versuch einer Rasse, die nichts vom Menschen wußte, eine Verbindung mit ihm aufzunehmen. In diesen schweigenden, regungslosen Schiffen studierten Meister der Psychologie das Verhalten der Menschheit. Wenn die Spannung ihren Höhepunkt erreichte, würden sie handeln.

Und am sechsten Tage stellte sich Karellen, der Oberkontrolleur für die Erde, der Welt in einer Rundfunkansprache vor, die jede Radiofrequenz übertönte. Er sprach so vollendet Englisch, daß die Polemik, die durch diese Rede ausgelöst wurde, eine Generation hindurch den Atlantik beherrschte. Aber der Inhalt der Rede war noch aufregender als ihr Vortrag. In jeder Hinsicht war sie das Werk eines überragenden Genies und zeigte eine vollständige und unbedingte Beherrschung menschlicher Angelegenheiten. Es konnte kein Zweifel daran bestehen, daß ihre Gelehrsamkeit und Virtuosität, ihre marternden Hinweise auf ein noch nicht offenbartes Wissen absichtlich darauf abzielten, die Menschheit davon zu überzeugen, daß sie sich einer überwältigenden intellektuellen Macht gegenüberbefände. Als Karellen geendet hatte, wußten die Nationen der Erde, daß ihre Tage einer unsicheren Souveränität beendet waren. Örtliche, interne Regierungen würden noch ihre Macht behalten, aber auf dem weiteren Gebiet der internationalen Angelegenheiten waren die höchsten Entscheidungen menschlichen Händen entglitten.

Es war kaum zu erwarten, daß alle Nationen der Erde sich einer solchen Beschränkung ihrer Machtbefugnisse ohne weiteres unterwerfen würden. Jedoch ein aktiver Widerstand bot erstaunliche Schwierigkeiten, denn eine Zerstörung der Schiffe der Overlords würde, selbst wenn sie durchführbar wäre, die unter ihnen liegenden Städte vernichten. Dennoch hatte eine Großmacht den Versuch unternommen. Vielleicht hofften die Verantwortlichen dort, zwei Fliegen mit einem Atomgeschoß zu treffen, denn ihr Ziel schwebte über der Hauptstadt einer benachbarten und feindlich gesinnten Nation.

Als sich das Bild des großen Schiffes auf dem Fernsehschirm in dem geheimen Kontrollraum ausbreitete, mochte die kleine Gruppe von Offizieren und Ingenieuren von mancherlei Empfindungen zerrissen gewesen sein. Was würden die übrigen Schiffe unternehmen, wenn ein Erfolg erzielt wurde? Konnten sie auch zerstört werden, so daß die Menschheit wieder ihre eigenen Wege gehen durfte? Oder würde Karellen furchtbare Rache an denen nehmen, die ihn angegriffen hatten?

Der Bildschirm wurde plötzlich leer, als das Geschoß beim Aufprall sich selbst zerstörte, und das Bild schaltete sofort auf eine viele Kilometer entfernte, schwebende Kamera um. In dem Bruchteil einer Sekunde, der verstrichen war, mußte sich der Feuerball schon geformt haben und den Himmel mit seiner Flammensonne erfüllen.

Aber nichts dergleichen geschah. Das große Schiff schwebte unbeschädigt, vom hellen Sonnenlicht umflossen, am Rande des Weltraums. Die Rakete hatte es nicht nur nicht getroffen, sondern niemand konnte je entdecken, was mit dem Geschoß geschehen war. Überdies unternahm Karellen nichts gegen die Verantwortlichen und machte nicht einmal eine Andeutung, daß er etwas von diesem Angriff wisse. Er beachtete sie nicht weiter und überließ sie ihrer Angst vor einer Rache, die niemals kam. Dies war eine wirksamere und niederschmetterndere Behandlung, als irgendeine Bestrafung es hätte sein können. Die verantwortliche Regierung brach unter gegenseitigen Anschuldigungen wenige Wochen später zusammen.

Gegen die Politik der Overlords hatte es auch manchen passiven Widerstand gegeben. Gewöhnlich hatte Karellen damit fertig werden können, indem er die Beteiligten ihre eigenen Wege gehen ließ, bis sie entdeckten, daß sie sich durch ihre Weigerung mitzuarbeiten nur selbst schadeten. Nur einmal hatte er unmittelbare Schritte gegen eine widerspenstige Regierung unternommen.

Seit mehr als hundert Jahren war die Republik Südafrika der Mittelpunkt von Rassenkämpfen gewesen. Männer guten Willens auf beiden Seiten hatten eine Brücke zu bauen versucht, aber vergeblich – Furcht und Vorurteile waren zu tief eingewurzelt, um irgendeine Zusammenarbeit zu ermöglichen. Wechselnde Regierungen hatten sich nur durch den Grad ihrer Unduldsamkeit unterschieden. Das Land war durch den Haß und die Saat der Bürgerkriege vergiftet.

Als sich zeigte, daß kein Versuch gemacht wurde, die Rassenvorurteile zu beseitigen, erließ Karellen eine Warnung. Darin wurde nur Datum und Stunde genannt, nichts weiter. Besorgnis entstand, aber wenig Furcht oder Panik, denn niemand glaubte, daß die Overlords eine gewaltsame oder zerstörende Maßnahme ergreifen würden, die Unschuldige und Schuldige gleichermaßen träfe.

Das geschah auch nicht. Es ereignete sich nichts weiter, als daß die Sonne, als sie den Meridian von Kapstadt überschritt, erlosch. Es blieb nur ein blaßvioletter Körper übrig, der weder Wärme noch Licht spendete. Irgendwie war vom Weltraum her das Sonnenlicht durch zwei gekreuzte Felder polarisiert worden, so daß keine Strahlungen hindurchgehen konnten. Das betroffene Gebiet war fünfhundert Kilometer breit und völlig kreisrund.

Diese Demonstration dauerte dreißig Minuten. Das genügte. Am nächsten Tag kündigte die Regierung von Südafrika an, daß der weißen Minderheit die vollen Bürgerrechte zurückgegeben würden.

Abgesehen von solchen vereinzelten Zwischenfällen, nahm die menschliche Rasse die Overlords als Teil der natürlichen Ordnung der Dinge hin. In überraschend kurzer Zeit hatte sich die anfängliche Bestürzung gelegt, und die Welt wandte sich wieder ihren Geschäften zu. Nur eine stumme Erwartung blieb zurück, gleichsam ein stillschweigendes Umherspähen: die Menschheit hoffte darauf, daß die Overlords sich zeigen und aus ihren schimmernden Schiffen herniedersteigen würden.

Fünf Jahre später wartete man noch immer. Das, dachte Stormgren, war die Ursache aller Schwierigkeiten.

Der übliche Kreis von Schaulustigen mit gezückten Kameras war versammelt, als Stormgrens Auto auf den Flugplatz fuhr. Der Generalsekretär tauschte einige abschließende Worte mit seinem Stellvertreter, ergriff seine Aktentasche und ging durch die Reihen der Zuschauer.

Karellen ließ ihn nie lange warten. Man hörte ein plötzliches »Oh!« in der Menge, und eine silberne Kugel vergrößerte sich mit atemberaubender Schnelligkeit am Himmel über ihnen. Der Luftzug zerrte an Stormgrens Kleidern, als das kleine Schiff in fünfzig Metern Entfernung anhielt, wenige Zentimeter über dem Boden schwebend, als fürchte es eine Besudelung durch die Erde. Während Stormgren sich langsam vorwärtsbewegte, sah er, wie die nahtlose Metallhülle sich faltete; gleich darauf erschien vor ihm die Öffnung, die die größten Gelehrten der Erde so sehr in Erstaunen versetzt hatte. Er ging durch sie hindurch in den einzigen, matt erleuchteten Raum des Schiffes. Der Eingang verschloß sich selbsttätig wieder, als wäre er nie gewesen, und sperrte alle Geräusche und jeden Blick ab.

Fünf Minuten später öffnete er sich von neuem. Stormgren hatte keine Bewegung gespürt, wußte aber, daß er sich jetzt fünfzig Kilometer über der Erde befand, tief im Herzen von Karellens Schiff. Er war in der Welt der Overlords; rings um ihn her gingen sie ihren geheimnisvollen Geschäften nach. Er war näher an sie herangekommen als je ein anderer Mensch; doch er wußte nicht mehr über ihre körperliche Beschaffenheit als irgendeiner von den Millionen Erdbewohnern.

Der kleine Konferenzraum am Ende des kurzen Verbindungsganges war unmöbliert, abgesehen von dem einzigen

Stuhl und dem Tisch unter dem Bildschirm. Wie beabsichtigt, verriet er nicht das geringste über die Geschöpfe, die ihn gebaut hatten. Der Bildschirm war jetzt so leer, wie er immer gewesen war. Manchmal hatte sich Stormgren in seinen Träumen eingebildet, daß der Bildschirm plötzlich zum Leben erwache und das Geheimnis, das die ganze Erde marterte, enthülle. Aber der Traum war nie Wirklichkeit geworden; hinter jenem dunklen Rechteck lag tiefstes Geheimnis. Aber dort waren auch Macht und Weisheit und vielleicht vor allem eine große und wohlwollende Zuneigung zu den kleinen Geschöpfen, die unten auf dem Planeten umherkrabbelten.

Aus dem verborgenen Gitter ertönte jene ruhige, niemals überstürzte Stimme, die Stormgren so gut kannte, obwohl die Erde sie nur einmal gehört hatte. Ihre Tiefe und ihr Klang waren die einzigen Hinweise auf Karellens körperliche Beschaffenheit, denn sie hinterließ einen überwältigenden Eindruck von absoluter Größe. Karellen war groß, vielleicht viel größer als ein Mensch. Allerdings hatten einige Gelehrte, nachdem sie die Bandaufnahme seiner einzigen Rede analysiert hatten, die Mutmaßung geäußert, daß es die Stimme einer Maschine sei. Aber das vermochte Stormgren nicht zu glauben.

»Also, Rikki, ich habe Ihr kleines Interview mit angehört. Was halten Sie von diesem Wainwright?«

»Er ist ein ehrenhafter Mann, wenn auch viele seiner Anhänger das nicht sind. Was sollen wir mit ihm machen? Die Freiheitsliga selbst ist nicht gefährlich, aber einige ihrer Radikalen treten offen für Gewalttätigkeit ein. Ich habe überlegt, ob ich einen Posten vor meinem Hause aufstellen soll. Aber ich hoffe, daß es nicht nötig ist.«

Karellen wich dieser Frage in der aufreizenden Art aus, die er bisweilen hatte. »Die Einzelheiten über den Weltbund sind jetzt seit vier Wochen bekannt. Haben sich die sieben Prozent, die nicht mit mir einverstanden sind, oder die zwölf Prozent, die sich nicht schlüssig werden können, wesentlich vermehrt?«

»Noch nicht. Doch das ist ohne Bedeutung. Aber was mich beunruhigt, ist das auch unter Ihren Anhängern vorhandene allgemeine Gefühl, daß es Zeit sei, dieser Geheimhaltung ein Ende zu machen.«

Karellens Seufzer war technisch vollkommen, jedoch fehlte es ihm irgendwie an Überzeugung. »Das ist auch Ihr Gefühl, nicht wahr?«

Die Frage war so rhetorisch, daß Stormgren sie unbeantwortet ließ. »Ich frage mich, ob Sie einsehen«, fuhr er ernst fort, »wie sehr diese Sachlage meine Arbeit erschwert?«

»Sie nützt der meinen auch nicht gerade«, erwiderte Karellen lebhaft. »Ich wünschte, daß die Menschen mich nicht mehr für einen Diktator hielten und sich daran erinnerten, daß ich nur als Zivilbeamter eine Kolonialpolitik durchzuführen versuche, an deren Gestaltung ich nicht mitgewirkt habe.«

Das sei eine recht annehmbare Erklärung, dachte Stormgren, fragte sich aber, wie weit sie der Wahrheit entsprach. »Können Sie uns nicht wenigstens irgendeinen Grund für die Geheimhaltung angeben? Da wir sie nicht begreifen, ärgert sie uns und gibt Anlaß zu endlosen Gerüchten.«

Karellen stieß sein dröhnendes, tiefes Lachen aus, das eigentlich zu klangvoll war, um ganz menschlich zu sein.

»Was sieht man jetzt in mir? Behauptet die Robotertheorie noch das Feld? Ich möchte lieber eine Gruppe von Elektronenröhren sein als so etwas wie ein Tausendfüßler – jawohl, diese Zeichnung habe ich in der gestrigen Chicago Tribune gesehen. Ich gedenke das Original anzufordern.«

Stormgren schob die Lippen vor. Er fand, daß Karellen seine Pflichten zuweilen zu leicht nahm. »Ich spreche im Ernst«, sagte er vorwurfsvoll.

»Mein lieber Rikki«, gab Karellen zurück, »nur weil ich die menschliche Rasse *nicht* ernst nehme, habe ich mir einige Bruchstücke meiner einstmals erheblichen geistigen Gaben bewahren können.

Wider Willen mußte Stormgren lächeln. »Das nützt mir nicht viel, nicht wahr? Ich muß hinunter zu meinen Mitmenschen und sie davon überzeugen, daß Sie, obwohl Sie nicht erscheinen wollen, nichts zu verbergen haben. Das ist keine leichte Aufgabe. Neugier ist eine der vorherrschendsten menschlichen Eigenschaften. Sie können sie nicht ewig unbeachtet lassen.«

»Von allen Problemen, denen wir uns gegenübersahen, als wir zur Erde kamen, war dieses das schwierigste«, gab Karellen zu. »Sie haben in andern Dingen unserer Weisheit vertraut – sicherlich können Sie uns auch hierin trauen.«

»*Ich* vertraue Ihnen«, sagte Stormgren, »aber Wainwright nicht und ebensowenig seine Anhänger. Können Sie diesen Menschen wirklich einen Vorwurf daraus machen, wenn sie Ihre Weigerung, sich ihnen zu zeigen, schlecht auslegen?«

Einen Augenblick herrschte Schweigen. Dann hörte Stormgren jenes leise Geräusch, das dadurch hervorgerufen sein konnte, daß der Oberkontrolleur seinen Körper ein wenig bewegte.

»Sie wissen, warum Wainwright und seinesgleichen mich fürchten, nicht wahr?« fragte Karellen. Seine Stimme war jetzt dunkel wie eine große Orgel, die ihre Töne durch ein hohes Kirchenschiff rollen läßt. »Sie werden Männer wie ihn in allen Religionen der Welt finden. Diese Männer wissen, daß wir Vernunft und Wissenschaft vertreten, und so zuversichtlich sie in ihrem Glauben sein mögen, fürchten sie doch, daß wir ihre Götter stürzen werden, nicht unbedingt durch irgendeine vorbedachte Handlung, sondern auf raffinierte Art. Wissenschaft kann Religion zerstören, indem sie sie unbeachtet läßt, aber auch indem sie ihre Lehren widerlegt. Niemand hat, soviel mir bekannt ist, jemals das Nichtvorhandensein von Zeus oder Thor bewiesen, aber beide haben jetzt wenige Anhänger. Die Wainwrights fürchten ebenfalls, daß wir die Wahrheit über die Ursprünge ihrer Glaubenslehren kennen. Wie lange mögen wir, denken sie, die Menschheit beobachtet haben? Haben wir Mohammed beobachtet, als er seine Flucht antrat, oder Moses, als er den Juden ihre Gesetze gab? Kennen wir alles, was in den Geschichten, an die sie glauben, falsch ist?«

»Und kennen Sie es?« flüsterte Stormgren halb zu sich selbst.

»Das, Rikki, ist die Furcht, die sie martert, obwohl sie das öffentlich niemals zugeben. Glauben Sie mir: Es bereitet uns kein Vergnügen, den Glauben der Menschen zu zerstören, aber es können nicht alle Religionen der Welt richtig sein, und das wissen diese Menschen. Früher oder später muß der Mensch die Wahrheit erfahren, aber diese Zeit ist noch nicht gekommen. Was unsere Heimlichtuerei betrifft, die, wie Sie ganz richtig sagen, unsere Probleme erschwert, so entzieht sich das meiner Kontrolle. Ich bedaure ebensosehr wie Sie, daß diese Geheimhaltung nötig ist, aber die Gründe dafür sind ausreichend. Ich will jedoch versuchen, von meinen ... Vorgesetzten ... eine Erklärung zu bekommen, die Sie wohl befriedigen und vielleicht die Freiheitsliga besänftigen wird. Können wir jetzt zur Tagesordnung zurückkehren?«

»Nun«, fragte van Ryberg besorgt, »haben Sie Glück gehabt?«

»Ich weiß nicht«, erwiderte Stormgren müde, während er die Aktenstücke auf seinen Schreibtisch warf und auf dem Stuhl zusammenbrach. »Karellen berät jetzt mit seinen Vorgesetzten, wer oder was das nun auch sein mag. Er will keine Versprechungen machen.«

»Hören Sie zu«, sagte Pieter unvermittelt, »mir ist ein Gedanke gekommen. Welchen Grund haben wir für unsere Annahme, daß irgend jemand hinter Karellen steht? Wenn nun alle Overlords, wie wir sie genannt haben, in diesen ihren Schiffen hier über der Erde sind? Sie können vielleicht sonst nirgends hin und verbergen uns diese Tatsache.«

»Es ist eine geistreiche Theorie«, sagte Stormgren lächelnd, »aber sie steht im Widerspruch zu dem wenigen, was ich über Karellens Hintergründe weiß oder zu wissen meine.«

»Und wieviel ist das?«

»Nun, er bezeichnet seine Stellung hier oft als etwas Zeitweiliges, das ihn hindert, seine wirkliche Arbeit fortzusetzen, die, wie ich vermute, irgendeine Art Mathematik ist. Einmal habe ich Actons Ausspruch zitiert, daß Macht korrumpiert und daß unbeschränkte Macht unbeschränkt korrumpiert. Ich wollte sehen, wie er sich dazu verhielt. Da stieß er sein abgründiges Lachen aus und sagte: ›Es besteht keine Gefahr, daß mir so etwas geschieht. Erstens einmal kann ich, je eher ich meine Arbeit hier beende, um so eher dorthin zurückkehren, wo ich hingehöre, eine ganze Menge Lichtjahre von hier. Und zweitens habe ich keine unumschränkte Macht, keineswegs. Ich bin einfach Oberkontrolleur.‹ Natürlich kann er mich irregeführt haben, dessen kann ich nie sicher sein.«

»Er ist unsterblich, nicht wahr?«

»Ja, nach unsern Maßstäben, obwohl es in der Zukunft irgend etwas gibt, was er zu fürchten scheint. Ich kann mir nicht vorstellen, was. Und dies ist wirklich alles, was ich weiß.«

»Es ist nicht sehr aufschlußreich. Meine Theorie ist, daß seine kleine Flotte sich im Weltraum verirrt hat und nach einer neuen Heimat sucht. Wir sollen nicht wissen, wie wenig zahlreich er und seine Gefährten sind. Vielleicht sind all diese andern Schiffe automatisch, und es ist niemand in ihnen. Sie sind nur eine imponierende Fassade!«

»Sie haben zu viele Zukunftsromane gelesen«, sagte Stormgren.

Van Ryberg lachte etwas verlegen. »Die ›Invasion aus dem Weltraum‹ ist nicht ganz so verlaufen wie erwartet, nicht wahr? Meine Theorie würde wenigstens erklären, warum Karellen sich nie zeigt. Wir sollen nicht erfahren, daß es sonst keine Overlords gibt.«

Stormgren schüttelte in belustigtem Widerspruch den Kopf. »Ihre Erklärung ist wie gewöhnlich zu genial, um wahr zu sein. Obwohl wir ihr Vorhandensein nur mutmaßen können, muß eine große Zivilisation hinter dem Oberkontrolleur stehen, und zwar eine, die schon seit sehr langer Zeit über den Menschen Bescheid weiß. Karellen selbst muß uns seit Jahrhunderten studiert haben. Denken Sie zum Beispiel an seine Kenntnis der englischen Sprache! Er hat *mich* gelehrt, wie man sie mit dem richtigen Tonfall spricht.«

»Haben Sie jemals etwas entdeckt, was er nicht weiß?«

»O ja, ziemlich häufig, aber nur Nebensächliches. Ich glaube, er hat ein geradezu vollkommenes Gedächtnis. Einige Dinge jedoch hat er sich nicht bemüht zu lernen. Zum Beispiel ist Englisch die einzige Sprache, die er beherrscht, obwohl er sich in den letzten Jahren eine ganze Menge Finnisch angeeignet hat, nur um mich zu necken. Und Finnisch lernt man nicht so im Handumdrehen. Er kann große Absätze aus unserem Heldenepos Kalewala zitieren, während ich zu meiner Schande gestehen muß, daß ich nur ein paar Zeilen kann. Er kennt die Biographien aller lebenden Staatsmänner, und zuweilen sind mir die Quellen, die er benutzt hat, bekannt. Seine Kenntnisse der Geschichte und Wissenschaft scheinen vollständig zu sein; Sie wissen, wieviel wir schon von ihm gelernt haben. Jedes einzelne Gebiet für sich genommen, glaube ich nicht, daß seine geistigen Gaben außerhalb der Reichweite menschlicher Leistungen liegen. Aber kein einzelner Mensch könnte all die Dinge zugleich tun, die er tut.«

»Das ist mehr oder weniger das, was ich auch schon festgestellt habe«, stimmte van Ryberg zu. »Wir können ewig um Karellen herumreden, aber schließlich kommen wir immer zu der gleichen Frage zurück. Warum, zum Teufel, erscheint er nicht? Bis er es tut, werde ich weiterhin Theorien aufstellen, und die Freiheitsliga wird weiter Unruhe stiften.« Er sah mit einem rebellischen Blick zur Decke hinauf. »Ich hoffe, Herr Oberkontrolleur, daß irgendein Reporter in einer dunklen Nacht mit einer Rakete zu Ihrem Schiff hinauffliegt und mit einer Kamera durch die Hintertür eindringt. Das wäre eine Sache!«

Wenn Karellen zuhörte, gab er doch kein Zeichen. Aber das tat er natürlich nie.

Im ersten Jahr nach ihrer Ankunft hatten die Overlords den Gang des menschlichen Lebens weniger beeinflußt, als man hätte erwarten können. Ihr Schatten war überall, aber es war ein unaufdringlicher Schatten. Obwohl es wenig Großstädte auf der Erde gab, wo man nicht eines der Silberschiffe am Zenit glänzen sah, nahm man sie nach einer kleinen Weile als ebenso selbstverständlich hin wie Sonne, Mond oder Wolken. Die meisten Menschen waren sich wahrscheinlich nur dunkel bewußt, daß das ständige Steigen ihres Lebensstandards den Overlords zu verdanken war. Wenn sie einmal darüber nachdachten, was selten geschah, erkannten sie, daß diese schweigenden Schiffe – zum erstenmal in der Geschichte – der ganzen Welt Frieden gebracht hatten, und sie waren gebührend dankbar dafür.

Aber dies waren unauffällige Wohltaten, die hingenommen und bald vergessen wurden. Die Overlords blieben in der Ferne und verbargen ihre Gesichter vor der Menschheit. Karellen konnte Achtung und Bewunderung befehlen; aber er konnte nichts Tieferes erzielen, solange er seine jetzige Politik verfolgte. Es war schwer, keinen Groll gegen diese Olympier zu empfinden, die nur über die Radiofernschreiber im Hauptquartier der Vereinten Nationen zu den Menschen sprachen. Was zwischen Karellen und Stormgren vorging, wurde nie öffentlich bekanntgegeben, und bisweilen fragte sich Stormgren, warum der Oberkontrolleur diese Unterhaltungen notwendig fand. Vielleicht wollte er wenigstens zu *einem* menschlichen

Wesen eine unmittelbare Beziehung haben; vielleicht erkannte er, daß Stormgren diese Form der persönlichen Unterstützung brauchte. Wenn dies die Erklärung war, so wußte der Generalsekretär sie zu schätzen. Es war ihm einerlei, ob die Freiheitsliga ihn verächtlich als ›Karellens Laufjungen‹ bezeichnete.

Die Overlords hatten nie mit einzelnen Staaten und Regierungen verhandelt. Sie hatten die Organisation der Vereinten Nationen so hingenommen, wie sie sie vorgefunden hatten; sie hatten Anweisung gegeben, die nötigen Radioausrüstungen zu beschaffen und hatten ihre Befehle durch den Generalsekretär aussprechen lassen. Der sowjetische Delegierte hatte in langen Ausführungen und bei unzähligen Gelegenheiten mit Recht darauf hingewiesen, daß dies nicht in Übereinstimmung mit der Charta sei. Karellen schien das nicht zu kümmern.

Es war erstaunlich, daß so viele Mißbräuche, Torheiten und Übel durch diese Botschaften vom Himmel beseitigt werden konnten. Als die Overlords gekommen waren, wußten die Nationen, daß sie einander nicht mehr zu fürchten brauchten, und sie ahnten, noch ehe der Versuch unternommen wurde, daß die vorhandenen Waffen nutzlos sein würden gegen eine Zivilisation, die Brücken zwischen den Sternen bauen konnte. Damit war mit einem Schlage das größte Hindernis für das Glück der Menschheit beseitigt worden.

Die Overlords schienen den verschiedenen Regierungsformen gleichgültig gegenüberzustehen, vorausgesetzt, daß die Regierungen nicht Zwang ausübten oder korrupt waren. Auf der Erde gab es noch immer Demokratien, Monarchien, wohlwollende Diktaturen, Kommunismus und Kapitalismus. Dies war eine Quelle großer Überraschungen für viele einfache Gemüter, die überzeugt waren, daß ihre Lebensform die einzig mögliche sei. Andere glaubten, daß Karellen nur darauf warte, ein System einzuführen, das alle vorhandenen Gesellschaftsformen hinwegfegen würde; daher hatten sie sich nicht mit kleineren politischen Reformen abgegeben. Aber dies waren, wie alle andern Theorien über die Overlords, bloße Vermutungen. Niemand kannte ihre Motive, und niemand wußte, welcher Zukunft sie die Menschheit entgegenführen wollten.

— 2 —

Stormgren schlief schlecht in dieser Nacht, was sonderbar war, da er bald die Bürde des Amtes für immer ablegen würde. Er hatte der Menschheit vierzig Jahre und den Overlords fünf Jahre lang gedient, und wenige Männer konnten auf ein Leben zurückblicken, das ihnen die Erfüllung so vieler Wünsche beschert hatte. Vielleicht erfüllte ihn das mit Besorgnis, daß er in den Ruhejahren, die vor ihm lagen, keine Ziele mehr haben würde, die seinem Leben einen Reiz gäben. Nachdem seine Frau gestorben war und die Kinder selbst eine Familie gegründet hatten, schienen sich seine Bindungen an die Welt gelockert zu haben. Es mochte auch sein, daß er sich allmählich mit den Overlords identifizierte und sich auf diese Weise von der Menschheit zu lösen begann.

Dies war wieder eine jener ruhelosen Nächte, in denen seine Gedanken wie eine Maschine zu kreisen begannen, deren Regulator versagt. Statt noch länger um Schlaf zu kämpfen, erhob er sich widerstrebend vom Bett. Er zog seinen Schlafrock an und begab sich auf den Dachgarten seiner bescheidenen Wohnung. Unter seinen unmittelbaren Untergebenen war nicht einer, der nicht eine viel luxuriösere Wohnung besessen hätte, aber diese war für Stormgrens Bedürfnisse geräumig genug. Er hatte eine Stellung erreicht, wo weder persönliche Besitztümer noch amtliche Zeremonien seinem Ansehen irgend etwas hinzufügen konnten.

Die Nacht war warm, fast drückend, aber der Himmel war klar, und ein heller Mond hing tief im Südwesten. Zehn Kilometer entfernt glühten die Lichter von New York am Horizont wie eine Morgenröte, die gerade im Hervorbrechen gefroren war.

Stormgren hob den Blick von der schlafenden Stadt und ließ ihn wieder zu den Höhen emporschweifen, die er als einziger von allen lebenden Menschen durchmessen hatte. Obwohl die Entfernung so groß war, konnte er den Rumpf von Karellens Schiff im Mondlicht blinken sehen. Er fragte sich, was der Oberkontrolleur jetzt wohl tun mochte, denn er glaubte nicht, daß die Overlords jemals schliefen.

Hoch oben warf ein Meteor seinen schimmernden Speer über den Himmelsdom. Der leuchtende Schweif glühte eine Weile schwach. Dann zerging er und ließ nur die Sterne zurück.

Alles war höchst einfach: In hundert Jahren würde Karellen noch immer die Menschheit dem Ziel zuführen, das er allein sehen konnte, aber jetzt in vier Monaten würde ein anderer Mann Generalsekretär sein. Darüber war Stormgren an sich nicht traurig, aber es bedeutete, daß ihm wenig Zeit übrigblieb, wenn er je zu erfahren hoffte, was hinter dem verdunkelten Bildschirm war.

Erst in den allerletzten Tagen hatte er sich einzugestehen gewagt, daß die Heimlichtuerei der Overlords auch ihn quälte. Bis vor kurzem hatte ihn sein Glaube an Karellen vor Zweifeln bewahrt, jetzt aber begannen, wie er etwas verärgert dachte, die Proteste der Freiheitsliga ihre Wirkung auf ihn auszuüben. Gewiß war das Gerede über die Versklavung des Menschen nichts als Propaganda. Wenige Menschen glaubten ernsthaft daran oder ersehnten wirklich eine Rückkehr zu den alten Tagen. Die Menschen hatten sich an Karellens unmerkliche Herrschaft gewöhnt, wollten aber voll Ungeduld wissen, wer sie regierte. Wie konnte man ihnen das zum Vorwurf machen?

Obwohl die größte, war die Freiheitsliga nur eine der Organisationen, die sich gegen Karellen und folglich auch gegen die Menschen auflehnten, die mit den Overlords zusammenarbeiteten. Die Einwände und die Politik dieser Gruppen waren überaus verschieden: Einige vertraten den religiösen Standpunkt, während andere nur einem Gefühl der Unterlegenheit Ausdruck gaben. Sie empfanden mit gutem Grund etwa das gleiche, was ein kultivierter Inder im neunzehnten Jahrhundert empfunden haben mochte, wenn er über den britischen Radscha nachdachte. Die Eindringlinge hatten der Erde Frieden und Wohlstand gebracht, aber wer konnte wissen, womit sie das bezahlen mußte? Der Verlauf der Geschichte war nicht ermutigend; selbst die friedlichsten Beziehungen zwischen Rassen sehr verschiedenen kulturellen Niveaus hatten oft zur Auslöschung der rückständigeren Gemeinschaft geführt. Nationen wie auch Einzelpersonen verloren leicht ihre Widerstandskraft, wenn Anforderungen an sie gestellt wurden, denen sie nicht gewachsen waren. Und die Zivilisation der Overlords, sosehr sie in Geheimnisse gehüllt sein mochte, war die größte Herausforderung, die der Mensch je erlebt hatte.

Ein leises Knacken ertönte in dem Apparat im Nebenzimmer, als der von der Zentralen Nachrichtenstelle herausgegebene stündliche Bericht eintraf. Stormgren ging hinein und sah zerstreut die Blätter durch. Auf der andern Erdhälfte hatte die Freiheitsliga Veranlassung zu einer nicht sehr originellen Schlagzeile gegeben. »Wird der Mensch von Ungeheuern regiert?« fragte die Zeitung und zitierte dann: »Auf einer Versammlung in Madras sagte heute Dr. C. V. Krishnan, der Präsident der Ostabteilung der Freiheitsliga: ›Die Erklärung für das Verhalten der Overlords ist ganz einfach. Ihre körperliche Erscheinung ist so fremd und so abstoßend, daß sie sich der Menschheit nicht zu zeigen wagen. Ich fordere den Oberkontrolleur auf, dies abzustreiten, wenn er es kann.‹«

Stormgren warf das Blatt verächtlich auf den Boden. Selbst wenn diese Behauptung zuträfe, würde das wirklich etwas ausmachen? Dieser Gedanke war alt, hatte ihn aber nie beunruhigt. Er glaubte nicht, daß es irgendeine biologische Form gäbe, an die er, so fremdartig sie auch sein mochte, sich nicht mit der Zeit gewöhnen könnte. Ja, er würde sie vielleicht sogar schön finden. Auf den Geist, nicht auf den Körper kam es an. Wenn er Karellen nur hiervon überzeugen könnte, würden die Overlords vielleicht ihre Politik ändern. Sicherlich konnten sie nicht halb so häßlich sein wie die phantasievollen Zeichnungen, die bald nach ihrem Auftauchen über der Erde die Zeitungen gefüllt hatten.

Aber es war, das wußte Stormgren, nicht nur die Rücksicht auf seinen Nachfolger, die in ihm das Verlangen weckte, diese Lage der Dinge beendet zu sehen. Er war ehrlich genug, zuzugeben, daß letztlich sein Hauptbeweggrund einfach menschliche Neugier war. Er hatte Karellen als Persönlichkeit kennengelernt, aber er würde sich nie zufriedengeben, bis er nicht auch entdeckt hatte, was für eine Art Geschöpf er war.

Als Stormgren am nächsten Morgen nicht zu gewohnter Stunde erschien, war Pieter van Ryberg überrascht und etwas ärgerlich. Obwohl der Generalsekretär oft verschiedene Besuche machte, bevor er in sein Büro kam, gab er doch immer Nachricht, wenn dies der Fall war. An diesem Morgen nun waren, um die Sache noch schlimmer zu machen, mehrere dringende Nachrichten für Stormgren eingelaufen. Van Ryberg rief ein halbes Dutzend Abteilungen an, um ihn zu finden, gab es dann aber auf.

Gegen Mittag wurde er unruhig und schickte ein Auto zu Stormgrens Haus. Zehn Minuten später wurde er durch das Heulen einer Sirene erschreckt, und eine Polizeipatrouille kam die Rooseveltallee entlanggerast. Die Nachrichtenagenturen mußten in diesem Wagen Freunde gehabt haben, denn während van Ryberg das herankommende Auto betrachtete, meldete schon der Rundfunk der Welt, daß van Ryberg nicht mehr Stellvertreter, sondern amtierender Generalsekretär der Vereinten Nationen sei.

Hätte van Ryberg weniger zu tun gehabt, so hätte er es interessant gefunden, das Verhalten der Presse bei Stormgrens Verschwinden zu studieren. Während des vergangenen Monats hatten sich die Zeitungen der Welt in zwei scharf abgegrenzte Gruppen geteilt. Die westliche Presse billigte im ganzen Karellens Plan, alle Menschen zu Weltbürgern zu machen. Die östlichen Länder andererseits machten heftige, aber meist künstliche Anfälle von Nationalstolz durch. Einige von ihnen waren kaum länger als eine Generation unabhängig gewesen und glaubten um ihre Errungenschaften betrogen worden zu sein. Die Kritik an den Overlords war weit verbreitet und sehr heftig: Nach einer Anfangszeit äußerster Vorsicht hatte die Presse schnell herausgefunden, daß sie gegen Karellen so grob auftreten konnte, wie sie wollte, ohne daß irgend etwas geschah. Jetzt übertraf sie sich selbst darin.

Die meisten Angriffe waren, obwohl sehr lautstark, nicht repräsentativ für die große Masse des Volkes. An den Grenzen, die bald für immer verschwunden sein würden, waren die Posten verdoppelt worden, aber die Soldaten betrachteten einander mit einer noch wortlosen Freundlichkeit. Die Politiker und Generale mochten rasen und toben, aber die schweigend wartenden Millionen fühlten, daß nun endlich ein langes und blutiges Kapitel der Geschichte zum Abschluß kommen würde.

Und nun war Stormgren verschwunden, niemand wußte, wohin. Der Aufruhr legte sich plötzlich, als die Welt erkannte, daß sie den einzigen Mann verloren hatte, durch den die Overlords, aus ihren eigenen sonderbaren Beweggründen, zur Erde zu sprechen pflegten. Eine Lähmung schien Presse- und Radiokommentatoren zu befallen, aber in diesem Schweigen konnte man die Stimme der Freiheitsliga hören, die angstvoll ihre Unschuld beteuerte.

Es war völlig dunkel, als Stormgren erwachte. Einen Augenblick war er zu schläfrig, um sich bewußt zu werden, wie ungewöhnlich das war. Dann, seine Benommenheit abschüttelnd, setzte er sich mit einem Ruck auf und tastete unsicher nach dem Schalter neben seinem Bett.

In der Dunkelheit stieß seine Hand gegen eine kahle Steinwand, die sich kalt anfühlte. Er begann sofort zu frösteln, da Geist und Körper durch die Berührung mit dem Unerwarteten gelähmt wurden. Er konnte seinen Sinnen kaum trauen, kniete sich im Bett hin und begann mit seinen Fingerspitzen die erschreckend unbekannte Wand abzutasten.

Er hatte das nur einen Augenblick lang getan, als plötzlich ein Knacken ertönte und ein Stück der Dunkelheit erhellt wurde. Er sah die Umrisse eines Mannes vor dem mattbeleuchteten Hintergrund. Dann schloß sich die Tür wieder, und die Dunkelheit kehrte zurück. Alles geschah so schnell, daß er keine Möglichkeit hatte, etwas von dem Raum zu sehen, in dem er lag.

Einen Augenblick später wurde er von dem Licht einer starken Taschenlampe geblendet. Der Strahl glitt über sein Gesicht und hielt ihn einen Augenblick fest, dann beleuchtete er das ganze Bett, das, wie er jetzt sah, nur eine auf rohen Brettern liegende Matratze war.

Aus der Dunkelheit sprach ihn eine leise Stimme in ausgezeichnetem Englisch an, aber mit einem Akzent, den Stormgren zunächst nicht erkannte.

»Ah, Herr Generalsekretär, ich freue mich, daß Sie erwacht sind. Hoffentlich fühlen Sie sich völlig wohl.«

In diesem letzten Satz lag etwas, was Stormgrens Aufmerksamkeit erregte, so daß die ärgerlichen Fragen, die er hatte stellen wollen, auf seinen Lippen erstarben. Er starrte in die Dunkelheit und sagte dann ruhig: »Wie lange bin ich bewußtlos gewesen?«

Der andere lachte. »Mehrere Tage. Man hatte uns versichert,

es würde keine Nachwirkungen haben. Ich freue mich, zu sehen, daß es zutrifft.«

Teils um Zeit zu gewinnen, teils um seine eigenen Reaktionen zu prüfen, schwang Stormgren die Beine über den Bettrand. Er hatte noch seinen Schlafanzug an, der aber völlig zerknüllt war. Als Stormgren sich bewegte, spürte er einen leichten Schwindel, nicht stark genug, um unangenehm zu sein, aber genügend, um ihn zu überzeugen, daß er wirklich betäubt worden war.

Er kehrte sich dem Licht zu. »Wo bin ich?« fragte er scharf. »Weiß Wainwright hierüber Bescheid?«

»Regen Sie sich nicht auf«, erwiderte die schattenhafte Gestalt. »Wir wollen noch nicht über solche Dinge sprechen. Ich nehme an, daß Sie sehr hungrig sind. Ziehen Sie sich an und kommen Sie mit zum Essen.«

Das Oval des Lichts glitt durch den Raum, und zum erstenmal bekam Stormgren eine Vorstellung von seinen Ausmaßen. Es war kaum ein Zimmer, denn die Wände schienen aus kahlen, grob behauenen Felsen zu bestehen. Er begriff, daß er sich unter der Erde befand, vielleicht in großer Tiefe.

Der Schein der Taschenlampe beleuchtete einen Stapel Kleider, die auf einer Kiste lagen. »Dies dürfte für Sie genügen«, sagte die Stimme aus der Dunkelheit. »Wäsche ist hier ein ziemliches Problem, wir haben also einige von Ihren Anzügen und ein halbes Dutzend Hemden hergebracht.«

»Das«, sagte Stormgren trocken, »war sehr rücksichtsvoll von Ihnen.«

»Wir bedauern, daß hier keine Möbel und kein elektrisches Licht vorhanden sind. Dieser Ort ist in gewisser Weise sehr geeignet, aber ihm fehlen die Annehmlichkeiten.«

»Geeignet wofür?« fragte Stormgren, während er ein Hemd anzog. Es war ein seltsam beruhigendes Gefühl, den bekannten Stoff zu berühren.

»Nun, eben geeignet«, sagte die Stimme. »Übrigens, da wir

ziemlich viel Zeit zusammen verbringen werden, können Sie mich Joe nennen.«

»Trotz Ihrer Nationalität«, gab Stormgren zurück, »– Sie sind doch Pole, nicht wahr? – glaube ich, daß ich Ihren wirklichen Namen aussprechen könnte. Er wird nicht schwieriger sein als viele finnische Namen.«

Es entstand eine kleine Pause, und der Lichtschein flackerte einen Augenblick. »Das hätte ich erwarten müssen«, sagte Joe resigniert. »Sie müssen viel Übung in diesen Dingen haben.«

»Es ist ein nützliches Steckenpferd für einen Mann in meiner Stellung. Ich vermute, Sie sind in den Vereinigten Staaten aufgewachsen, verließen Polen aber nicht vor –«

»Das genügt«, sagte Joe energisch. »Da Sie mit dem Anziehen fertig sind ...«

Die Tür öffnete sich, während Stormgren, der sich durch seinen kleinen Sieg ein wenig ermuntert fühlte, darauf zuschritt. Als er an Joe vorbeiging, fragte er sich, ob sein Wächter bewaffnet sei. Es war fast mit Sicherheit anzunehmen, und auf jeden Fall würde er Freunde in der Nähe haben.

Der Gang war von Öllampen matt beleuchtet, und zum erstenmal konnte Stormgren Joe deutlich sehen. Es war ein Mann von etwa fünfzig Jahren, der sicherlich mehr als zwei Zentner wog. Alles an ihm war übergroß, von dem fleckigen Kampfanzug, der von irgendeiner bewaffneten Truppe herrühren mochte, bis zu dem auffallend großen Siegelring an der linken Hand. Ein Mann mit diesen Körpermaßen würde sich auch nicht scheuen, einen Revolver zu benutzen. Es würde, dachte Stormgren, nicht schwierig sein, ihn aufzuspüren, wenn er je wieder von hier fortkäme.

Die Wände ringsum bestanden, obwohl sie hier und da mit Beton verkleidet waren, hauptsächlich aus kahlem Felsen. Stormgren begriff, daß er sich in einer verlassenen Mine befand, und er konnte sich wenige Gefängnisse vorstellen, die zweckmäßiger gewesen wären. Bisher hatte ihn die Tatsache seiner Entführung noch nicht sehr beunruhigt. Er hatte das Empfinden gehabt, daß es den Overlords mit ihren starken Hilfsmitteln bald gelingen würde, ihn, was auch immer geschehen mochte, aufzuspüren und zu retten. Jetzt war er dessen nicht mehr so sicher. Es waren schon mehrere Tage verstrichen, und nichts hatte sich ereignet. Es mußte selbst für Karellens Macht eine Grenze geben, und wenn Stormgren tatsächlich auf irgendeinem fernen Kontinent versteckt war, vermochte alle Wissenschaft der Overlords ihn nicht aufzuspüren.

Zwei andere Männer saßen an dem Tisch in dem kahlen, matt beleuchteten Raum. Sie blickten interessiert und mit einem gewissen Respekt auf, als Stormgren eintrat. Einer von ihnen schob ihm einige Butterbrote zu, die Stormgren begierig ergriff. Obwohl er großen Hunger verspürte, hätte er gern etwas Appetitlicheres gegessen, aber ohne Zweifel hatten seine Wächter auch nichts Besseres bekommen.

Während er aß, warf er einen raschen Blick auf die drei Bewacher am Tisch. Joe war bei weitem der überragende Mann, und nicht nur in der Körpergröße. Die anderen waren offenbar seine Gehilfen, nichtssagende Leute, deren Herkunft Stormgren feststellen würde, sobald er sie sprechen hörte.

Etwas Wein war in nicht allzu sauberen Gläsern aufgetischt worden, und Stormgren spülte die letzten Brotbissen hinunter. Da er sich jetzt der Lage besser gewachsen fühlte, wandte er sich an den riesigen Polen. »Nun«, sagte er ruhig, »vielleicht erzählen Sie mir jetzt, was dies alles bedeutet und was Sie damit zu erreichen hoffen.«

Joe räusperte sich. »Ich möchte eine Sache klarstellen«, sagte er. »Dies hat nichts mit Wainwright zu tun. Er wird ebenso überrascht sein wie alle andern.«

Stormgren hatte dies halbwegs erwartet, obwohl er sich fragte, warum Joe seine Vermutungen bestätigte. Er hatte seit langer Zeit das Bestehen einer extremistischen Bewegung innerhalb der Freiheitsliga oder an ihren Flügeln geargwöhnt. »Es würde mich interessieren«, sagte er, »wie haben Sie es angestellt, mich zu entführen?«

Er hatte hierauf kaum eine Antwort erwartet und war etwas verwundert über die Bereitwilligkeit des andern zu antworten.

»Es war wie ein Hollywoodfilm«, sagte Joe munter. »Wir wußten nicht, ob Karellen Sie etwa bewachen ließe; deshalb trafen wir ziemlich weitgehende Vorsichtsmaßnahmen. Sie wurden mit Hilfe der Klimaanlage durch das Gas betäubt, dann trugen wir Sie hinaus zum Auto – das war keine Schwierigkeit. Ich möchte erwähnen, daß dies alles nicht von einem unserer Leute ausgeführt wurde. Wir engagierten – hm – Fachleute für diese Aufgabe. Vielleicht wird Karellen sie erwischen – das nehmen wir an –, aber dadurch wird er nicht klüger werden. Als das Auto Ihr Haus verlassen hatte, fuhr es in einen langen Straßentunnel hinein, keine tausend Kilometer von New York. Es kam planmäßig am entgegengesetzten Ende wieder heraus, noch immer mit einem betäubten Mann besetzt, der dem Generalsekretär außerordentlich ähnlich war. Eine ganze Weile später fuhr ein großer Lastwagen voller Metallkisten nach der andern Richtung bis zu einem bestimmten Flugplatz, wo die Kisten als legale Fracht auf ein Transportflugzeug verladen wurden. Ich bin überzeugt, daß die Besitzer dieser Kisten entsetzt wären, wenn sie wüßten, wie wir uns ihrer bedient haben.

Unterdessen fuhr das Auto, das tatsächlich die Entführung unternommen hatte, weiter bis zur kanadischen Grenze. Vielleicht hat Karellen es jetzt schon geschnappt, das weiß ich nicht, es kümmert mich auch nicht. Wie Sie sehen werden – und ich hoffe, daß Sie meine Offenheit zu schätzen wissen –, baute sich unser ganzer Plan auf einer bestimmten Tatsache auf. Wir sind überzeugt, daß Karellen alles sehen und hören kann, was auf der Oberfläche der Erde geschieht, aber nur wenn er Magie – nicht Wissenschaft – zu Hilfe nimmt, kann er in die Erde hineinsehen. Er wußte also nichts über die Fahrt durch den Tunnel, wenigstens nicht, bis es zu spät war. Natürlich war es für uns ein Wagnis, aber wir hatten noch ein paar andere Sicherheitsmaßnahmen getroffen, auf die ich jetzt nicht eingehen will. Vielleicht müssen wir sie später einmal anwenden, und es wäre schade, sie zu verraten.«

Joe hatte die ganze Geschichte mit so offenkundigem Behagen erzählt, daß Stormgren ein Lächeln kaum unterdrücken konnte. Und doch fühlte er sich sehr beunruhigt. Der Plan war genial, und es war durchaus möglich, daß Karellen getäuscht worden war. Stormgren wußte nicht einmal mit Sicherheit, daß der Overlord irgendeine Schutzaufsicht für ihn eingerichtet hatte. Auch Joe wußte das nicht. Vielleicht war er deshalb so offen gewesen – er wollte sehen, wie Stormgren reagierte. Nun, er würde versuchen, zuversichtlich zu erscheinen, einerlei, wie seine wirklichen Gefühle waren.

»Ihr müßt eine Gruppe von Narren sein«, sagte Stormgren verächtlich, »wenn ihr annehmt, daß ihr die Overlords so leicht überlisten könnt! Und was soll es überhaupt nützen?«

Joe bot ihm eine Zigarette an, die Stormgren ablehnte. Da zündete Joe sich selbst eine an und setzte sich auf den Tischrand. Sofort ertönte ein bedrohliches Knacken, und er sprang hastig herunter.

»Unsere Beweggründe«, begann er, »dürften sehr einleuchtend sein. Wir haben festgestellt, daß Verhandlungen zwecklos sind, deshalb müssen wir andere Maßnahmen ergreifen. Es hat schon früher Untergrundbewegungen gegeben, und selbst Karellen wird es bei all seiner Macht nicht leichtfallen, mit uns fertig zu werden. Wir gedenken für unsere Unabhängigkeit zu kämpfen. Mißverstehen Sie mich nicht. Es wird nichts Gewaltsames geschehen, zunächst wenigstens nicht, aber die Overlords müssen sich menschlicher Vermittler bedienen, und wir können diesen das Leben sehr ungemütlich machen.«

»Was beabsichtigen Sie mit mir zu tun?« fragte Stormgren endlich. »Bin ich eine Geisel, oder was?«

»Beunruhigen Sie sich nicht ... Wir kümmern uns um Sie. In wenigen Tagen erwarten wir einige Besucher, und bis dahin werden wir Sie unterhalten, so gut wir können.« Er fügte ein paar Worte in seiner eigenen Sprache hinzu, und einer der andern zog ein funkelnagelneues Spiel Karten aus der Tasche.

»Wir haben die Karten eigens für Sie gekauft«, erklärte Joe. »Ich habe neulich in der ›Time‹ gelesen, daß Sie ein guter Pokerspieler sind.« Seine Stimme wurde plötzlich ernst. »Ich hoffe, Sie haben genügend Geld in Ihrer Brieftasche«, sagte er besorgt. »Wir haben gar nicht daran gedacht nachzusehen. Schließlich können wir ja nicht gut Schecks annehmen.«

Völlig überwältigt, starrte Stormgren seine Wächter an. Plötzlich kam ihm die Komik der Situation zum Bewußtsein, und er hatte auf einmal das Gefühl, als wären ihm alle Sorgen und Mühen seines Amtes von den Schultern genommen. Von jetzt an mußte van Ryberg sich bewähren. Stormgren selbst konnte absolut nichts dabei tun, was auch geschehen mochte, und nun warteten diese phantastischen Verbrecher unruhig darauf, mit ihm Poker zu spielen.

Plötzlich warf er den Kopf zurück und lachte, wie er es seit Jahren nicht getan hatte.

Ohne Zweifel, dachte van Ryberg verdrießlich, sagte Wainwright die Wahrheit. Er mochte seine Vermutungen haben, aber er wußte nicht, wer Stormgren entführt hatte. Auch billigte er diese Entführung nicht. Van Ryberg vermutete, daß seit einiger Zeit Extremisten in der Freiheitsliga einen Druck auf Wainwright ausgeübt hatten, um ihn zu einer aktiveren Politik zu veranlassen. Jetzt hatten sie die Sache in ihre eigene Hand genommen.

Die Entführung war großartig organisiert gewesen, daran bestand kein Zweifel. Stormgren konnte sich überall auf der

Erde befinden, und die Hoffnung, ihn aufzuspüren, schien gering. Aber irgend etwas mußte getan werden, sagte sich van Ryberg, und zwar schnell. Ungeachtet der Witze, die er so oft gemacht hatte, war sein wirkliches Gefühl Karellen gegenüber eine tiefe Ehrfurcht. Der Gedanke, dem Oberkontrolleur zu begegnen, erfüllte ihn mit Bestürzung, aber es gab offenbar keinen Ausweg.

Die Nachrichtenabteilung nahm den ganzen obersten Stock des großen Gebäudes ein. Reihen von Fernschreibern, von denen einige stillstanden, andere eifrig tickten, zogen sich durch die Räume. Durch sie glitten endlose Ströme von Statistiken: Produktionszahlen, Steuereinnahmen und die ganze Buchführung eines weltwirtschaftlichen Systems. Irgendwo oben in Karellens Schiff mußte sich das Gegenstück zu diesem großen Raum befinden, und van Ryberg fragte sich mit leisem Schauder, was für Gestalten sich dort hin und her bewegen mochten, um die Botschaften abzunehmen, die von der Erde an die Overlords geschickt wurden.

Aber heute hatte er kein Interesse für diese Maschinen und ihre gewohnheitsmäßige Arbeit. Er ging in das kleine Privatzimmer, das nur Stormgren zu betreten pflegte. Auf Rybergs Anweisung hatte man das Schloß geöffnet, und der Leiter der Nachrichtenabteilung wartete dort auf ihn.

»Es ist ein gewöhnlicher Fernschreiber mit der üblichen Tastatur«, wurde ihm erklärt. »Dort ist auch ein Apparat, mit dem Sie Bilder oder Tabellen übermitteln können. Aber Sie sagten, Sie würden das nicht brauchen.«

Van Ryberg nickte zerstreut. »Das ist alles. Danke«, bemerkte er. »Ich glaube nicht, daß ich sehr lange hierbleiben werde. Schließen Sie dann den Raum wieder ab, und geben Sie mir alle Schlüssel.«

Er wartete, bis der Nachrichtenmann gegangen war, und setzte sich dann an den Apparat. Er wurde, wie er wußte, sehr selten benutzt, da fast alle geschäftlichen Angelegenheiten von Karellen und Stormgren bei ihren wöchentlichen Zusammenkünften besprochen worden waren. Da hier jedoch eine dringende Sache vorlag, erwartete er rasche Antwort.

Nach kurzem Zögern begann er mit ungeübten Fingern seine Botschaft zu tippen. Der Apparat schnurrte leise, und die Worte leuchteten einige Sekunden auf dem verdunkelten Bildschirm. Dann lehnte van Ryberg sich zurück und wartete auf die Antwort.

Kaum eine Minute später begann der Apparat wieder zu schnurren. Nicht zum erstenmal fragte sich van Ryberg, ob der Oberkontrolleur jemals schlafe.

Die Nachricht war ebenso kurz wie nutzlos.

»Keine Information. Überlasse Angelegenheiten ganz Ihrer Umsicht. K.«

Ziemlich erbittert und ohne jede Befriedigung wurde sich van Ryberg darüber klar, wieviel Macht man ihm übertragen hatte.

In den vergangenen drei Tagen hatte Stormgren seine Wächter sehr sorgfältig analysiert. Joe war der einzige von einiger Bedeutung, die andern waren Nullen, jener Ausschuß, den jede illegale Bewegung an sich zu ziehen pflegt. Die Ideale der Freiheitsliga bedeuteten ihnen nichts: Ihre einzige Sorge war, sich mit möglichst wenig Arbeit den Lebensunterhalt zu verdienen.

Joe war eine viel kompliziertere Persönlichkeit, obwohl er Stormgren bisweilen an ein zu groß geratenes Kind erinnerte. Ihre unendlichen Pokerspiele waren mit heftigen politischen Streitigkeiten durchsetzt, und Stormgren erkannte bald, daß der riesige Pole niemals ernsthaft über die Sache nachgedacht hatte, für die er kämpfte. Gefühle und extremer Konservatismus verschleierten all seine Urteile. Der lange Kampf seines Landes um die Unabhängigkeit hatte sein Wesen so völlig bestimmt, daß er noch immer in der Vergangenheit lebte. Er war ein malerisches Überbleibsel, einer von denen, die mit einer geordneten Lebensweise nichts anzufangen wußten. Wenn sein Typ verschwände, falls das jemals der Fall sein sollte, so würde die Erde sicherer, aber weniger interessant sein.

Es gab für Stormgren jetzt kaum einen Zweifel, daß es Karellen nicht gelungen war, ihn aufzuspüren. Stormgren hatte versucht, seine Wächter zu bluffen. Er glaubte aber mit Sicherheit, daß sie ihn hier festhielten, um zu sehen, ob Karellen eingreifen würde, und da nichts geschehen war, konnten sie jetzt ihre Pläne weiterführen.

Stormgren war nicht überrascht, als Joe ihm wenige Tage später mitteilte, daß Besucher zu erwarten seien. Eine Zeitlang hatte die kleine Gruppe eine wachsende Nervosität an den Tag gelegt, und der Gefangene vermutete, daß die Anführer, nachdem sie gesehen hatten, daß die Luft rein war, ihn endlich aufsuchen würden.

Sie warteten bereits, um den wackeligen Tisch versammelt, als Joe Stormgren höflich in den Wohnraum führte. Dieser stellte belustigt fest, daß sein Wächter sehr auffallend eine riesige Pistole trug, die vorher nie in Erscheinung getreten war. Die beiden Banditen waren verschwunden, und auch Joe erschien etwas gemäßigter. Stormgren konnte sofort sehen, daß er jetzt Männern viel höheren Ranges gegenüberstand, und die versammelte Gruppe erinnerte ihn stark an ein Bild, das er einmal von Lenin und seinen Genossen in den ersten Tagen der russischen Revolution gesehen hatte. In diesen sechs Männern steckte die gleiche intellektuelle Kraft, Rücksichtslosigkeit und eiserne Entschlossenheit. Hier waren die wirklichen Gehirne der Organisation.

Mit einem kurzen Kopfnicken ging Stormgren zu dem einzigen freien Stuhl und versuchte, selbstbeherrscht auszusehen. Als er sich näherte, beugte sich der ältere, dickliche Mann an der andern Seite des Tisches vor und sah ihn mit durchbohrenden grauen Augen an. Sie waren Stormgren so unbehaglich, daß er zu sprechen begann, was er nicht beabsichtigt hatte.

»Vermutlich sind Sie hergekommen, um über die Bedingungen zu verhandeln. Wieviel Lösegeld verlangen Sie?«

Er bemerkte, daß im Hintergrund jemand diese Worte auf einem Stenogrammblock mitschrieb. Alles war sehr geschäftsmäßig.

Der Führer antwortete in einem wohlklingenden Waliser Tonfall: »Sie können es so ausdrücken, Herr Generalsekretär. Aber wir interessieren uns für Auskünfte, nicht für Bargeld.«

Also das war es, dachte Stormgren. Er war ein Kriegsgefangener, und dies war das Verhör.

»Sie kennen unsere Ziele«, fuhr der andere mit seiner etwas singenden Stimme fort. »Nennen Sie uns eine Widerstandsbewegung, wenn Sie wollen. Wir glauben, daß früher oder später die Erde um ihre Unabhängigkeit kämpfen muß, aber wir sind uns darüber klar, daß der Kampf nur durch indirekte Mittel, wie zum Beispiel Sabotage und Ungehorsam, erfolgen kann. Wir haben Sie entführt, einesteils um Karellen zu zeigen, daß es uns ernst ist und daß wir gut organisiert sind, hauptsächlich aber, weil Sie der einzige Mann sind, der uns irgend etwas über die Overlords sagen kann. Sie sind ein vernünftiger Mann, Herr Stormgren. Arbeiten Sie mit uns zusammen, und Sie können Ihre Freiheit haben.«

»Was genau wünschen Sie zu wissen?« fragte Stormgren vorsichtig.

Die ungewöhnlichen Augen schienen sein Inneres bis in die Tiefen zu durchforschen. Sie waren anders als alle andern Augen, die Stormgren in seinem Leben gesehen hatte. Dann erwiderte die singende Stimme: »Wissen Sie, wer oder was die Overlords wirklich sind?«

Stormgren lächelte fast. »Glauben Sie mir«, sagte er, »ich bin genauso erpicht darauf, das zu entdecken, wie Sie.«

»Dann werden Sie unsere Fragen beantworten?«

»Ich verspreche nichts. Aber ich werde vielleicht antworten.«

Joe stieß einen leisen Seufzer der Erleichterung aus, und ein erwartungsvolles Rascheln ging durch den Raum.

»Wir haben«, fuhr der andere fort, »eine allgemeine Vorstellung von den Umständen, unter denen Sie mit Karellen zusammentreffen. Aber vielleicht können Sie uns das alles sorgfältig schildern, ohne irgend etwas von Bedeutung auszulassen.«

Stormgren suchte in seinen Taschen und zog einen Bleistift und einen alten Briefumschlag heraus. Während er sprach, begann er rasch eine Zeichnung zu machen. »Sie wissen natürlich«, sagte er, »daß ein kleines Flugzeug ohne sichtbare Antriebsmittel mich in regelmäßigen Zwischenräumen abholt und zu Karellens Schiff bringt. Es fliegt durch die Öffnung, und Sie haben zweifellos die teleskopischen Filme gesehen, die von diesem Vorgang gemacht worden sind. Die Tür öffnet sich wieder – wenn man es eine Tür nennen kann –, und ich betrete einen kleinen Raum mit einem Tisch, einem Stuhl und einem Bildschirm. Die Anordnung ist ungefähr so.«

Er schob seinen Plan dem alten Waliser zu, aber die seltsamen Augen warfen keinen Blick darauf. Sie waren noch immer auf Stormgrens Gesicht geheftet, und während dieser sie betrachtete, schien sich in ihren Tiefen irgend etwas zu verändern. Im Raum war es völlig still geworden, aber hinter sich hörte er Joe plötzlich einen tiefen Atemzug tun.

Verwundert und ärgerlich sah Stormgren den andern an, und während er das tat, dämmerte ihm langsam die Erkenntnis. In seiner Verwirrung knüllte er den Briefumschlag zu einem Ball zusammen und zertrat ihn mit dem Fuß.

Er wußte jetzt, warum diese grauen Augen ihn so seltsam berührt hatten. Der Mann ihm gegenüber war blind.

Van Ryberg machte keine weiteren Versuche, sich mit Karellen in Verbindung zu setzen. Ein großer Teil der Arbeiten seiner Abteilung, zum Beispiel die Weiterleitung statistischer Auskünfte, die Auswertung der Weltpresse und dergleichen, war automatisch weitergeführt worden. In Paris stritten die Juristen noch immer über die vorgeschlagene Weltverfassung, aber das war im Augenblick nicht seine Angelegenheit. Erst in vierzehn Tagen sollte der Oberkontrolleur den endgültigen Entwurf bekommen. Wenn er bis dahin nicht fertig war, würde Karellen zweifellos geeignete Maßnahmen ergreifen.

Und von Stormgren war noch keine Nachricht eingetroffen.

Van Ryberg war gerade beim Diktieren, als das Telefon zu läuten begann. Er hob den Hörer ab und lauschte mit wachsender Verwunderung, dann warf er ihn auf die Gabel und stürzte an das offene Fenster. In der Ferne stiegen Rufe des Erstaunens von den Straßen auf, und der Verkehr stockte.

Es war Tatsache. Karellens Schiff, dieses unverrückbare Symbol der Overlords, stand nicht mehr am Himmel. Er suchte den Himmel ab, so weit er sehen konnte, und fand keine Spur davon. Dann plötzlich schien es, als ob es auf einmal Nacht geworden wäre. Von Norden kommend, raste das große Schiff, dessen im Schatten liegender Bauch schwarz war wie eine Gewitterwolke, in geringer Höhe über die Wolkenkratzer von New York hinweg. Unwillkürlich schreckte van Ryberg vor dem heranstürmenden Ungetüm zurück. Er hatte immer gewußt, wie riesig die Schiffe der Overlords in Wirklichkeit waren, aber es war etwas ganz anderes, ob man sie weit entfernt im Raum sah oder ob sie wie von Dämonen getriebene Wolken über einem hinwegrasten.

In der Dunkelheit dieser halben Sonnenfinsternis blieb er auf seinem Beobachterposten, bis das Schiff und sein ungeheurer Schatten im Süden verschwunden waren. Man hörte kein Geräusch, und van Ryberg machte sich klar, daß das Schiff, obwohl es dem Anschein nach so nahe gewesen war, doch mindestens einen Kilometer über seinem Kopf hinweggebraust sein mußte. Dann erzitterte das Gebäude, als die Schallwelle es traf, und von irgendwoher ertönte das Klirren zerbrochenen Glases, als ein Fenster eingedrückt wurde.

In den Büroräumen hinter ihm hatten alle Telefone zu klingeln begonnen, aber van Ryberg regte sich nicht. Er lehnte noch immer am Fensterbrett und starrte nach Süden, gelähmt durch die Gegenwart grenzenloser Macht.

Während Stormgren sprach, schien es ihm, als ob sein Geist auf zwei Ebenen gleichzeitig arbeite. Einerseits versuchte er, den Männern zu trotzen, die ihn gefangengenommen hatten, andererseits hoffte er, sie würden ihm helfen, Karellens Geheimnis zu entdecken. Es war ein gefährliches Spiel, aber er genoß es.

Der blinde Waliser hatte größtenteils das Verhör geleitet. Es war faszinierend, zu beobachten, wie dieser wendige Geist eine Möglichkeit nach der andern untersuchte und alle Theorien, die Stormgren selbst längst abgetan hatte, prüfte und verwarf. Jetzt lehnte er sich mit einem Seufzer zurück. »Wir kommen nicht weiter«, sagte er entmutigt. »Wir müssen weitere Tatsachen haben, und das bedeutet Handeln, nicht Reden.« Die blinden Augen schienen Stormgren nachdenklich anzusehen. Einen Augenblick trommelte er nervös auf den Tisch; es war das erste Zeichen von Unsicherheit, das Stormgren an ihm bemerkte. Dann fuhr er fort: »Ich bin etwas überrascht, Herr Generalsekretär, daß Sie nie eine Anstrengung gemacht haben, mehr über die Overlords zu erfahren.«

»Wie meinen Sie das?« fragte Stormgren kühl und versuchte sein Interesse zu verbergen. »Ich habe Ihnen gesagt, daß es nur einen Ausgang aus dem Raum gibt, in dem ich meine Gespräche mit Karellen habe, und daß dieser Ausgang unmittelbar zur Erde zurückführt.«

»Es könnte möglich sein«, überlegte der andere, »Apparate zu bauen, die uns Aufschlüsse geben. Ich bin kein Wissenschaftler, aber wir müssen die Sache erwägen. Würden Sie, wenn wir Ihnen Ihre Freiheit geben, bereit sein, an einem solchen Plan mitzuwirken?«

»Ich möchte ein für allemal meinen Standpunkt völlig klarstellen«, sagte Stormgren ärgerlich. »Karellen arbeitet für eine Vereinigte Welt, und ich werde nichts tun, seinen Feinden zu helfen. Ich weiß nicht, welches seine Ziele sind, aber ich glaube, daß sie gut sind.«

»Welchen tatsächlichen Beweis haben wir dafür?«

»Alle seine Handlungen, seit seine Schiffe an unserm Himmel erschienen sind. Ich behaupte, daß Sie nicht eine einzige Tat nennen können, die in ihrer letzten Auswirkung nicht segensreich war.«

Stormgren hielt einen Augenblick inne und ließ seine Gedanken durch die vergangenen Jahre zurückwandern. Dann lächelte er.

»Wenn Sie einen einzigen Beweis für das wirkliche – wie soll ich es nennen? – Wohlwollen der Overlords wünschen, so denken Sie an das Gesetz gegen Tierquälerei, das sie im ersten Monat nach ihrer Ankunft erließen. Wenn ich vorher an Karellen gezweifelt hätte, so wären diese Zweifel dadurch beseitigt worden, obwohl doch gerade dieses Gesetz mir mehr zu schaffen machte als irgend etwas, was er sonst unternommen hat.«

Das war kaum eine Übertreibung, dachte Stormgren. Der ganze Zwischenfall war sehr ungewöhnlich gewesen, und zum erstenmal hatte sich die Feindschaft der Overlords gegen jede Grausamkeit offenbart. Dieser Haß und ihre Leidenschaft für Gerechtigkeit und Ordnung schienen die bestimmenden Gefühle in ihrem Leben zu sein, soweit man sie nach ihren Handlungen beurteilen konnte.

Und dies war das einzige Mal, daß Karellen zornig geworden war oder wenigstens zornig gewirkt hatte. »Sie können einander töten, wenn Sie wollen«, hatte die Botschaft gelautet, »das ist eine Sache zwischen Ihnen und Ihren eigenen Gesetzen. Aber wenn Sie, außer für Nahrung oder in Selbstverteidigung, die Tiere töten, die Ihre Welt mit Ihnen teilen, dann sind Sie *mir* verantwortlich.«

Niemand wußte genau, wie umfassend dieses Verbot war

oder was Karellen tun würde, um es durchzusetzen. Sie brauchten nicht lange zu warten.

Die Stierkampfarena war vollbesetzt, als die Matadore und ihre Begleiter in festlichem Zuge hereinkamen. Das helle Sonnenlicht glänzte auf den traditionellen Trachten, die große Zuschauermenge begrüßte ihre Lieblinge, wie sie es Hunderte von Malen getan hatte. Aber hier und dort blickten besorgte Gesichter zum Himmel auf, zu dem fernen Silberschiff, das fünfzig Kilometer über Madrid schwebte.

Dann hatten die berittenen Stierkämpfer, die Picadores, ihre Plätze eingenommen, und der Stier war schnaubend in die Arena gestürmt. Die mageren Pferde, deren Nüstern sich vor Schrecken blähten, drehten sich im Sonnenlicht, als ihre Reiter sie zwangen, auf ihren Feind loszugehen. Die erste Lanze blinkte auf und traf, und in diesem Augenblick erscholl ein Ton, wie man ihn noch nie auf der Erde gehört hatte.

Es war ein Ton, als ob zehntausend Menschen vor Schmerz über die gleiche Verwundung aufschrien, zehntausend Menschen, die, als sie sich von dem Schreck erholt hatten, merkten, daß sie selbst völlig unverletzt waren. Aber dies war das Ende jenes Stierkampfes und aller Stierkämpfe überhaupt, denn die Nachricht verbreitete sich schnell. Es ist erwähnenswert, daß die Zuschauer so erschüttert waren, daß nur einer von zehn sein Geld zurückverlangte, erwähnenswert auch, daß der Londoner ›Daily Mirror‹ die Sache noch schlimmer machte, indem er vorschlug, daß die Spanier Kricket zum Nationalsport wählen sollten.

»Sie mögen recht haben«, erwiderte der alte Waliser. »Vielleicht sind die Beweggründe der Overlords gut, je nach ihrer Lebensweise, die in mancher Hinsicht der unseren entsprechen mag. Aber sie sind Eindringlinge. Wir haben sie nie gebeten, herzukommen, unsere Welt auf den Kopf zu stellen und unsere Ideale zu zerstören, ja, und Nationen, für deren Schutz Millionen von Menschen gekämpft haben.«

»Ich gehöre einer kleinen Nation an, die für ihre Rechte kämpfen mußte«, gab Stormgren zurück. »Dennoch bin ich für Karellen. Sie können ihn ärgern, Sie können sogar die Verwirklichung seiner Ziele hinauszögern, aber das wird auf die Dauer keinen Unterschied machen. Zweifellos sind Sie aufrichtig in Ihrem Glauben. Ich verstehe Ihre Befürchtung, daß die Traditionen und Kulturen kleiner Länder über den Haufen geworfen werden, wenn der Weltstaat kommt. Aber Sie haben unrecht: Es ist nutzlos, sich an die Vergangenheit zu klammern. Schon bevor die Overlords zur Erde kamen, war der souveräne Staat im Untergehen; sie haben sein Ende nur beschleunigt. Niemand kann ihn jetzt retten und niemand sollte es versuchen.«

Es kam keine Antwort. Der Mann ihm gegenüber regte sich nicht und sprach auch nicht. Er saß mit halbgeöffneten Lippen da, und seine Augen waren jetzt blind und leblos. Die andern um ihn her waren ebenfalls regungslos, in gezwungenen, unnatürlichen Haltungen erstarrt. Mit einem Laut des Entsetzens sprang Stormgren auf und ging rücklings zur Tür.

Die Stille wurde plötzlich unterbrochen. »Das war eine gute Rede, Rikki. Ich danke Ihnen. Jetzt können wir, glaube ich, gehen.«

Stormgren drehte sich auf den Fersen herum und starrte in den dunklen Gang. In Augenhöhe schwebte dort eine kleine, unscheinbare Kugel, ohne Zweifel die Quelle der geheimnisvollen Kraft, die die Overlords eingesetzt hatten. Man konnte es kaum mit Sicherheit sagen, aber Stormgren bildete sich ein, ein leises Summen wie von einem Bienenkorb an einem schläfrigen Sommertag zu hören.

»Karellen! Gott sei Dank! Aber was haben Sie getan?«

»Keine Sorge; den Leuten ist nichts passiert. Sie können es eine Lähmung nennen, aber es ist viel einfacher. Sie leben nur etwa tausendmal langsamer als gewöhnlich. Wenn wir fort sind, werden sie nicht wissen, was geschehen ist.«

»Sie werden sie hierlassen, bis die Polizei kommt?«

»Nein, ich habe einen viel besseren Plan. Ich lasse sie gehen.«

Stormgren empfand eine überraschende Erleichterung. Er warf einen letzten Abschiedsblick auf den kleinen Raum und seine erstarrten Insassen. Joe stand auf einem Bein und starrte töricht ins Nichts. Plötzlich lachte Stormgren und griff in die Tasche.

»Schönen Dank für die Gastfreundschaft, Joe«, sagte er. »Ich glaube, ich lasse ein Andenken hier.« Er sah die verschiedenen Zettel durch, bis er die gesuchten Zahlen gefunden hatte. Dann schrieb er auf ein verhältnismäßig sauberes Blatt:

›Die Bank von Manhattan soll an Joe einhundertfünfunddreißig Dollar und fünfzig Cent (135,50 $) zahlen.

R. Stormgren‹

Als er den Zettel neben den Polen legte, fragte Karellens Stimme: »Was machen Sie da eigentlich?«

»Wir Stormgrens bezahlen unsere Schulden immer. Die andern beiden haben betrogen, aber Joe hat ehrlich gespielt. Wenigstens habe ich ihn nie beim Mogeln ertappt.«

Er fühlte sich sehr munter und beschwingt und um ganze vierzig Jahre jünger, als er zur Tür ging. Die Metallkugel glitt zur Seite, um ihn vorbeizulassen. Er nahm an, daß es eine Art Roboter wäre; dadurch erklärte sich, wie Karellen ihn durch die Felsschichten zu erreichen vermocht hatte.

»Gehen Sie etwa hundert Meter geradeaus«, sagte die Kugel mit Karellens Stimme. »Dann nach links, bis ich Ihnen weitere Weisungen gebe.«

Stormgren schritt rasch vorwärts, obwohl er sich sagte, daß er sich nicht zu beeilen brauche. Die Kugel blieb im Gang schweben, wahrscheinlich um seinen Rückzug zu decken.

Eine Minute später kam er an eine zweite Kugel, die an einer Abzweigung des Ganges auf ihn wartete.

»Sie haben einen halben Kilometer zu gehen«, sagte sie. »Halten Sie sich links, bis wir uns wieder treffen.«

Sechsmal begegnete er solchen Kugeln auf seinem Weg ins Freie. Zuerst überlegte er, ob der Roboter es irgendwie fertigbrächte, ihm immer vorauszueilen; dann vermutete er, daß eine Kette von solchen Apparaten vorhanden sein müsse, die eine regelrechte Leitung zu den Tiefen der Mine bildete. Am Eingang formte eine Gruppe von Wächtern ein unwahrscheinliches Denkmal, das wieder von einer der allgegenwärtigen Kugeln bewacht wurde. In wenigen Metern Entfernung lag am Berghang das kleine Flugschiff, in dem Stormgren stets seine Reisen zu Karellen unternommen hatte.

Einen Augenblick blinzelte er im Sonnenlicht. Dann sah er die zerstörten Bergwerksmaschinen um sich her und dahinter ein verlassenes Eisenbahngleis, das sich den Berghang hinunterzog. In mehreren Kilometern Entfernung erstreckte sich am Fuß des Berges ein dichter Wald, und ganz in der Ferne konnte Stormgren das Wasser eines großen Sees blinken sehen. Er nahm an, daß er irgendwo in Südamerika wäre, obwohl er kaum hätte sagen können, wie er zu dieser Vermutung kam.

Als er das kleine Flugschiff bestieg, warf Stormgren einen letzten Blick auf den Grubeneingang und die erstarrten Männer. Dann schloß sich die Tür hinter ihm, und mit einem Seufzer der Erleichterung sank er auf den vertrauten Sessel.

Eine Weile wartete er, bis er wieder zu Atem gekommen war, dann stieß er eine einzige Silbe aus: »Nun?«

»Es tut mir leid, daß ich Sie nicht früher befreien konnte. Aber Sie sehen, wie wichtig es war, zu warten, bis alle Führer sich dort versammelt hatten.«

»Wollen Sie damit sagen«, sprudelte Stormgren heraus, »daß Sie die ganze Zeit gewußt haben, wo ich war? Wenn ich dächte ...«

»Seien Sie nicht zu hastig«, erwiderte Karellen, »wenigstens lassen Sie mich erst alles erklären.«

»Gut«, sagte Stormgren düster, »ich höre.« Er begann zu argwöhnen, daß er nur ein Köder in einer klug aufgestellten Falle gewesen war.

»Ich hatte Ihnen einige Zeit einen ›Spurer‹ nachgeschickt«, begann Karellen. »Obwohl Ihre neuen Freunde mit Recht annahmen, daß ich Ihnen nicht unter die Erde folgen könne, vermochte ich doch auf Ihrer Spur zu bleiben, bis man Sie in die Mine brachte. Dieser Transport durch den Tunnel war genial, aber als der erste Wagen auf die Signale nicht mehr ansprach, verriet er den Plan, und es gelang mir sehr bald, Sie wiederzufinden. Dann hieß es nur abwarten. Ich wußte, daß die Führer herkommen würden, sobald sie überzeugt waren, daß ich Sie aus den Augen verloren hätte, und daß ich sie dann alle abfangen konnte.«

»Aber Sie wollen sie gehen lassen?«

»Bisher«, erwiderte Karellen, »konnte ich nicht sagen, wer unter den zweieinhalb Milliarden Menschen auf diesem Planeten die wirklichen Führer der Organisation wären. Jetzt, da sie festgestellt sind, kann ich ihre Bewegungen überall auf der Erde verfolgen und kann, wenn ich will, alle ihre Handlungen beobachten. Das ist weit besser, als sie einzusperren. Wenn sie irgendwelche Schritte unternehmen, werden sie ihre übrigen Gefährten verraten. Sie sind wirksam neutralisiert, und das wissen sie; Ihre Rettung muß ihnen völlig unerklärlich sein, denn Sie sind vor ihren Augen verschwunden.«

Sein volltönendes Lachen hallte in dem kleinen Raum wider.

»In gewisser Weise war die ganze Sache eine Komödie, aber sie hatte einen ernsten Zweck. Es geht mir nicht nur um die paar hundert Männer in dieser Organisation – ich muß auch an die moralische Wirkung auf andere Gruppen denken.«

Stormgren blieb eine Weile stumm. Er war nicht ganz befriedigt, aber er konnte Karellens Standpunkt verstehen, und etwas von seinem Zorn hatte sich verflüchtigt. »Es ist bedauerlich, daß es in meinen letzten Amtswochen geschehen mußte«, sagte er endlich. »Aber von jetzt an werde ich eine Wache vor meinem Hause aufstellen. Das nächste Mal kann Pieter entführt werden. Wie hat er sich übrigens verhalten?«

»Ich habe ihn in dieser letzten Woche sorgfältig beobachtet und vermied es absichtlich, ihm zu helfen. Im großen ganzen hat er seine Sache sehr gut gemacht, aber er ist nicht der Mann, der an Ihre Stelle treten kann.«

»Das ist ein Glück für ihn«, sagte Stormgren, noch immer etwas gekränkt. »Haben Sie übrigens von Ihren Vorgesetzten irgend etwas darüber gehört, daß Sie sich uns zeigen sollen? Ich bin jetzt überzeugt, daß dies der stärkste Einwand ist, den Ihre Feinde gegen Sie haben. Wieder und immer wieder haben sie mir gesagt: ›Wir werden den Overlords nie trauen, solange wir sie nicht sehen können.‹«

Karellen seufzte. »Nein, ich habe nichts gehört. Aber ich weiß, wie die Antwort sein muß.«

Stormgren drang nicht weiter in ihn. Früher einmal hätte er es vielleicht getan, aber jetzt zum erstenmal begann der schwache Schatten eines Plans in seinem Geist Gestalt anzunehmen. Die Worte des Mannes, der ihn ausgefragt hatte, gingen wieder durch sein Gedächtnis. Ja, vielleicht könnte man Apparate bauen ...

Was er unter Zwang zu tun abgelehnt hatte, konnte er aus eigenem freien Willen versuchen.

— 3 —

Noch vor wenigen Tagen hätte sich Stormgren nicht vorstellen können, daß er im Ernst die Unternehmung erwägen würde, die er jetzt plante. Diese lächerliche operettenhafte Entführung, die in der Erinnerung wie ein drittrangiges Fernsehspiel wirkte, hatte wahrscheinlich mit seiner neuen Einstellung viel zu tun. Zum erstenmal in seinem Leben war Stormgren einer

Gewaltmaßnahme ausgesetzt gewesen, im Gegensatz zu den Wortkämpfen im Konferenzzimmer. Der Virus mußte in seinen Blutstrom eingedrungen sein, oder aber er näherte sich seiner zweiten Kindheit nur schneller, als er vermutet hatte.

Reine Neugier war ebenfalls ein mächtiger Antrieb und ebenso die Entschlossenheit, den Streich, den man ihm gespielt hatte, zurückzuzahlen. Ihm war jetzt völlig klar, daß Karellen ihn als Köder benutzt hatte, und wenn dies auch aus den besten Gründen geschehen war, fühlte sich Stormgren doch nicht geneigt, dem Oberkontrolleur sogleich zu verzeihen.

Pierre Duval zeigte keine Überraschung, als Stormgren unangemeldet sein Büro betrat. Sie waren alte Freunde, und es war nichts Ungewöhnliches, daß der Generalsekretär dem Leiter der Wissenschaftlichen Abteilung einen persönlichen Besuch machte. Sicherlich würde auch Karellen es nicht sonderbar finden, wenn er oder einer seiner Untergebenen zufällig ihre Beobachtungsinstrumente auf diesen Ort richten sollten.

Eine Weile sprachen die beiden Männer über geschäftliche Angelegenheiten und tauschten politische Ansichten aus. Dann kam Stormgren etwas zögernd zur Sache. Während sein Besucher redete, lehnte sich der alte Franzose in seinem Stuhl zurück, und seine Brauen zogen sich, Millimeter für Millimeter, immer mehr in die Höhe, bis sie fast unter seiner Stirntolle verschwanden. Ein- oder zweimal schien er etwas sagen zu wollen, aber immer überlegte er es sich anders.

Als Stormgren geendet hatte, sah sich der Gelehrte nervös im Zimmer um. »Glauben Sie, daß er zuhört?« fragte er.

»Ich glaube nicht, daß er es kann. Er läßt mich zu meinem Schutz beschatten, wie er es nennt, aber das ist unterirdisch nicht möglich. Das ist der eine Grund, warum ich hierher in Ihr Verlies gekommen bin. Es soll gegen alle Arten von Strahlungen geschützt sein, nicht wahr? Karellen ist kein Zauberer. Er weiß, wo ich bin, aber das ist alles.«

»Hoffentlich haben Sie recht. Wird es aber, abgesehen davon, nicht Schwierigkeiten geben, wenn er entdeckt, was Sie vorhaben? Denn das wird er, wie Sie wissen.«

»Ich nehme diese Gefahr auf mich. Außerdem verstehen wir uns recht gut.«

Der Physiker spielte mit seinem Bleistift und starrte eine Weile vor sich hin. »Es ist ein sehr reizvolles Problem. Es gefällt mir«, sagte er ruhig. Dann griff er in ein Schubfach und zog einen ungeheuren Schreibblock heraus, den größten, den Stormgren je gesehen hatte.

»Also gut«, begann er und beschrieb das Blatt mit so etwas wie einer privaten Kurzschrift. »Ich möchte sicher sein, daß ich alle Punkte habe. Erzählen Sie mir soviel Sie können über den Raum, in dem Sie Ihre Besprechungen haben. Lassen Sie keine Einzelheit aus, so belanglos sie erscheinen mag.«

»Da ist nicht viel zu beschreiben. Der Raum besteht aus Metall und ist etwa acht Quadratmeter groß und vier Meter hoch. Der Bildschirm ist etwa einen Meter breit, und unmittelbar darunter befindet sich ein Schreibtisch. Hier, es wird schneller gehen, wenn ich es Ihnen aufzeichne.«

Rasch skizzierte Stormgren den kleinen Raum, den er so gut kannte, und schob Duval die Zeichnung zu. Während er das tat, erinnerte er sich mit einem leisen Schauder an das letzte Mal, als er das gleiche getan hatte. Er fragte sich, was wohl mit dem blinden Waliser und seinen Gefährten geschehen sei und wie sie auf seinen plötzlichen Aufbruch reagiert hätten.

Der Franzose studierte die Zeichnung mit gerunzelten Brauen. »Und das ist alles, was Sie mir sagen können?«

»Ja.«

Duval schnaufte verächtlich. »Wie ist es mit der Beleuchtung? Sitzen Sie in völliger Dunkelheit? Und wie ist es mit der Belüftung und Heizung?«

Stormgren lächelte über diese bezeichnenden Fragen. »Die ganze Decke leuchtet, und soviel ich sagen kann, kommt die

Luft durch das Sprechgitter herein. Ich weiß nicht, wie sie wieder hinauskommt, vielleicht läuft der Strom zeitweilig in umgekehrter Richtung, aber das habe ich nicht bemerkt. Einen Heizkörper sieht man nicht, aber in dem Raum ist immer eine normale Temperatur. Ich glaube, jetzt habe ich Ihnen alles gesagt«, schloß er. »Und was das Flugzeug betrifft, das mich zu Karellens Schiff hinaufbringt, so ist der Raum, in dem ich sitze, so ausdruckslos wie eine Fahrstuhlkabine. Abgesehen von dem Stuhl und dem Tisch könnte es gut eine solche Kabine sein.«

Mehrere Minuten herrschte Schweigen, wobei der Physiker seinen Schreibblock mit sorgfältigen mikroskopischen Schnörkeleien verzierte. Während Stormgren ihn beobachtete, fragte er sich, wie es wohl kam, daß ein Mann wie Duval, der einen gescheiteren Kopf hatte als er selbst, in der Welt der Wissenschaft nie besonders hervorgetreten war. Er erinnerte sich an eine unfreundliche und wahrscheinlich oberflächliche Bemerkung eines Freundes im Ministerium der Vereinigten Staaten: »Die Franzosen bringen die besten Zweitrangigen der Welt hervor.« Auf Duval traf diese Behauptung zu.

Der Physiker nickte befriedigt vor sich hin, beugte sich vor und deutete mit seinem Bleistift auf Stormgren. »Wie kommen Sie auf den Gedanken, Rikki«, fragte er, »daß Karellens Bildschirm, wie Sie ihn nennen, wirklich das ist, was er zu sein vorgibt?«

»Ich habe ihn immer für echt gehalten; er sieht genau aus wie jeder andere Bildschirm. Was sollte er auch sonst sein?«

»Wenn Sie sagen, daß er wie ein Bildschirm aussieht, so meinen Sie, daß er wie einer von unseren aussieht, nicht wahr?«

»Natürlich.«

»Ich finde das an sich verdächtig. Ich bin überzeugt, daß die Apparate der Overlords nicht etwas so Primitives benutzen wie einen gewöhnlichen Bildschirm – sie werden wahrscheinlich die Bilder unmittelbar im Raum materialisieren. Aber warum sollte Karellen überhaupt ein Fernsehsystem benutzen? Die einfachste Lösung ist immer die beste. Ist es nicht viel wahrscheinlicher, daß ihr ›Bildschirm‹ in Wirklichkeit nichts anderes ist als eine nur nach einer Seite durchsichtige Glasscheibe?«

Stormgren war so ärgerlich über sich selbst, daß er einen Augenblick schweigend dasaß und die Vergangenheit an sich vorbeiziehen ließ. Von Anfang an hatte er Karellens Aussprüche nie angezweifelt, aber wenn er jetzt zurückblickte: Wann hatte der Oberkontrolleur ihm je gesagt, daß er eine Fernsehanlage benutze? Stormgren hatte es einfach für selbstverständlich gehalten. Dabei war das Ganze eine Art psychologischer Taschenspielerei gewesen, und er hatte sich vollständig täuschen lassen. Natürlich vorausgesetzt, daß Duvals Theorie stimmte. Aber Stormgren zog wieder übereilte Schlußfolgerungen; bisher hatte noch niemand etwas bewiesen.

»Wenn Sie recht haben«, sagte er, »so brauche ich nur die Glasscheibe zu zerschlagen ...«

Duval seufzte. »Diese unwissenschaftlichen Laien! Meinen Sie, daß die Scheibe aus irgendeinem Material besteht, das Sie ohne Sprengstoff zerschmettern könnten? Und meinen Sie, wenn es Ihnen glücken sollte, daß Karellen die gleiche Luft atmet wie wir? Wäre es nicht prächtig für Sie beide, wenn er etwa in einer Chloratmosphäre gediehe?«

Stormgren kam sich etwas töricht vor. Hieran hätte er denken müssen. »Ja, was schlagen Sie denn vor?« fragte er etwas gereizt.

»Ich möchte darüber nachdenken. Zunächst müssen wir feststellen, ob meine Theorie richtig ist; wenn sie stimmt, müssen wir etwas über das Material, aus dem die Scheibe besteht, in Erfahrung bringen. Ich werde einige meiner Leute mit der Aufgabe betrauen. Übrigens vermute ich, daß Sie eine Aktentasche bei sich haben, wenn Sie den Oberkontrolleur besuchen. Ist das diese Tasche, die hier liegt?«

»Ja.«

»Sie dürfte groß genug sein. Wir wollen keine Aufmerksamkeit erregen, indem wir sie gegen eine andere austauschen, besonders da Karellen an diese Tasche gewöhnt ist.«

»Was soll ich tun?« fragte Stormgren. »Heimlich einen Röntgenapparat mitnehmen?«

Der Physiker lächelte. »Ich weiß es noch nicht, aber wir werden uns irgend etwas ausdenken. In vierzehn Tagen werde ich Ihnen mitteilen, was es sein wird.« Er stieß ein leises Lachen aus. »Wissen Sie, woran mich diese ganze Sache erinnert?«

»Ja«, erwiderte Stormgren sogleich, »an die Zeit, als Sie während der deutschen Besetzung illegal Radioapparate bauten.«

Duval sah enttäuscht aus. »Ja, ich habe das wohl schon ein- oder zweimal erwähnt. Aber nun noch etwas anderes ...«

»Und?«

»Wenn Sie gefangengenommen werden, weiß ich nicht, wozu Sie das Gerät benutzen wollten.«

»Wie? Nachdem Sie früher einmal so heftig dafür eingetreten sind, daß der Wissenschaftler für seine Erfindungen die Verantwortung tragen muß? Wirklich, Pierre, ich schäme mich für Sie.«

Stormgren legte das dicke Aktenstück mit einem Seufzer der Erleichterung beiseite. »Dem Himmel sei Dank, das ist endlich erledigt«, sagte er. »Es ist ein seltsamer Gedanke, daß diese wenigen hundert Seiten die Zukunft der Menschheit enthalten. Der Weltstaat! Ich habe nie gedacht, daß ich ihn zu meinen Lebzeiten sehen würde!«

Er steckte die Akte in seine Mappe, deren Rücken nicht mehr als zehn Zentimeter von dem dunklen Rechteck des Bildschirms entfernt war. Von Zeit zu Zeit glitten seine Finger in einer halb unbewußten, nervösen Bewegung über die Schalthebel, aber er hatte nicht die Absicht, auf den verborgenen Knopf zu drücken, ehe die Besprechung beendet war. Es bestand die Möglichkeit, daß irgend etwas schiefging. Obwohl Duval geschworen hatte, daß Karellen nichts entdecken würde, konnte man sich nie sicher fühlen.

»Sie sagten, Sie hätten Nachrichten für mich«, fuhr Stormgren mit kaum verhohlenem Eifer fort. »Handelt es sich um …«

»Ja«, sagte Karellen, »ich habe vor wenigen Stunden eine Entscheidung bekommen.«

Was meinte er damit? überlegte Stormgren. Sicherlich war es nicht möglich, daß der Oberkontrolleur sich mit seiner fernen Heimat in Verbindung gesetzt hatte, über die unbekannte Zahl von Lichtjahren hinweg, die ihn von seinem Stützpunkt trennte. Oder vielleicht – und das war van Rybergs Theorie – hatte er nur irgendeine riesige Rechenmaschine befragt, die den Ausgang jeder politischen Unternehmung voraussagen konnte.

»Ich glaube nicht«, fuhr Karellen fort, »daß die Freiheitsliga und ihre Anhänger sehr befriedigt sein werden, aber es dürfte dazu beitragen, die Spannung zu vermindern.

Sie haben mir oft gesagt, Rikki, daß die menschliche Rasse sich bald an uns gewöhnen würde, so anders wir körperlich auch sein möchten. Das beweist einen Mangel an Einbildungskraft Ihrerseits. Es würde wahrscheinlich für Sie selbst zutreffen, aber Sie müssen bedenken, daß der größte Teil der Erde noch nicht durch eine vernünftige Lebensweise erzogen ist und von abergläubischen Vorstellungen verwirrt wird, die erst in Jahrzehnten beseitigt werden können.

Sie werden zugeben, daß wir einiges über die menschliche Psychologie wissen. Wir wissen ziemlich genau, was geschehen würde, wenn wir uns der Erde auf ihrer jetzigen Entwicklungsstufe zeigten. Ich kann nicht auf Einzelheiten eingehen, selbst Ihnen gegenüber nicht, Sie müssen meine Erklärung also auf Treu und Glauben hinnehmen. Wir können jedoch ein endgültiges Versprechen geben, das Sie einigermaßen befriedigen dürfte. In fünfzig Jahren, also von jetzt an in zwei Generationen, werden wir aus unsern Schiffen herunterkommen, und die Menschheit wird uns endlich sehen, wie wir sind.«

Stormgren schwieg eine Weile und dachte über die Worte des Oberkontrolleurs nach. Er empfand wenig von der Befriedigung, die Karellens Erklärung in früherer Zeit in ihm hervorgerufen hätte. Er war irgendwie verwirrt über diesen Teilerfolg, und für einen Augenblick wurde er in seinem Entschluß wankend. Die Wahrheit würde sich im Lauf der Zeit offenbaren: Sein ganzes Vorhaben war unnötig und vielleicht unklug. Wenn er dennoch handelte, geschähe es nur aus dem selbstsüchtigen Grunde, daß er in fünfzig Jahren nicht mehr am Leben sein würde.

Karellen mußte sein Zögern bemerkt haben, denn er fuhr fort: »Es tut mir leid, wenn Sie enttäuscht sind. Aber wenigstens unterstehen die politischen Probleme der nahen Zukunft nicht mehr Ihrer Verantwortung. Vielleicht denken Sie noch immer, daß unsere Befürchtungen unbegründet sind; aber glauben Sie mir, wir haben überzeugende Beweise für die Gefahr eines andern Verhaltens gehabt.«

Stormgren beugte sich schwer atmend vor. »Also sind Sie von Menschen gesehen worden?«

»Das habe ich nicht gesagt«, erwiderte Karellen rasch. »Ihre Welt ist nicht die einzige, die wir überwachen.«

Stormgren war nicht so leicht abzuschütteln. »In vielen Legenden wird berichtet, daß die Erde in der Vergangenheit von anderen Rassen besucht worden ist.«

»Ich weiß. Ich habe die Berichte der Historischen Forschungsstelle gelesen. Danach sieht die Erde wie eine Straßenkreuzung des Universums aus.«

»Es kann Besuche gegeben haben, von denen Sie nichts wissen«, sagte Stormgren, noch hoffnungsvoll bemüht. »Obwohl ich das für ziemlich unwahrscheinlich halte, da Sie uns seit Jahrtausenden beobachtet haben müssen.«

»Allerdings«, erwiderte Karellen in seiner ablehnendsten

Art. Und in diesem Augenblick faßte Stormgren seinen Entschluß.

»Karellen«, sagte er kurz, »ich werde die Erklärung aufsetzen und sie Ihnen zur Billigung vorlegen. Aber ich behalte mir das Recht vor, Sie weiterhin mit Fragen zu belästigen, und wenn ich irgendeine Gelegenheit sehe, werde ich mein Bestes tun, Ihr Geheimnis zu erfahren.«

»Das ist mir völlig klar«, erwiderte der Oberkontrolleur mit einem leisen Lachen.

»Und es stört Sie nicht?«

»Nicht im geringsten – obwohl ich bei Kernwaffen, Giftgasen oder ähnlichen Dingen, die unsere Freundschaft gefährden könnten, die Grenze ziehe.«

Stormgren fragte sich, wieviel Karellen erraten haben mochte, wenn er überhaupt etwas argwöhnte. Hinter dem Scherz des Oberkontrolleurs hatte er einen Ton von Verständnis gehört, vielleicht sogar – wer konnte das sagen? – von Ermutigung. »Ich freue mich, das zu hören«, erwiderte Stormgren, so ruhig er konnte. Er stand auf und öffnete dabei die Klappe seiner Aktenmappe. Sein Daumen glitt an dem Griff entlang. »Ich werde die Erklärung sofort entwerfen«, wiederholte er, »und sie Ihnen heute noch durch Fernschreiber übermitteln.«

Während er sprach, drückte er auf den Knopf und wußte, daß all seine Befürchtungen grundlos gewesen waren. Karellens Sinne waren nicht empfindlicher als die der Menschen. Der Oberkontrolleur konnte nichts gespürt haben, denn in seiner Stimme war keine Veränderung, als er sich jetzt verabschiedete und die vertrauten Code-Worte sprach, die die Tür des Raumes öffneten.

Dennoch kam sich Stormgren wie ein Warenhausdieb vor, der einen Laden unter den Augen des Hausdetektivs verläßt, und er atmete erleichtert auf, als die glatte Wand sich hinter ihm geschlossen hatte.

»Ich gebe zu«, sagte van Ryberg, »daß einige meiner Theorien nicht sehr erfolgreich gewesen sind. Aber sagen Sie mir, was Sie über diese neue denken.«

»Muß ich das?« seufzte Stormgren.

Pieter schien den Seufzer nicht zu bemerken. »Es ist eigentlich nicht meine Idee«, sagte er bescheiden. »Ich habe sie in einer Erzählung von Chesterton gefunden. Wenn wir nun annehmen, daß die Overlords nur die Tatsache verbergen, daß sie nichts zu verbergen haben?«

»Das klingt für mich etwas zu kompliziert«, sagte Stormgren, der sich langsam für die Sache zu interessieren begann.

»Was ich meine, ist folgendes«, fuhr van Ryberg eifrig fort. »Ich meine, daß sie körperlich menschliche Wesen sind wie wir, aber sie stellen sich vor, daß wir uns nur von Geschöpfen beherrschen lassen, die ... nun, die eben fremd und überintelligent sind. So wie die menschliche Rasse beschaffen ist, will sie sich nicht von Geschöpfen der gleichen Art herumkommandieren lassen.«

»Sehr geistreich wie alle Ihre Theorien«, sagte Stormgren. »Sie sollten sie numerieren, um sie auseinanderhalten zu können. Die Einwände gegen diese neue ...«

Aber in diesem Augenblick wurde Alexander Wainwright ins Zimmer geführt.

Stormgren überlegte, was Wainwright denken mochte. Er fragte sich auch, ob dieser mit Stormgrens Entführern irgendeine Verbindung gehabt hätte. Er bezweifelte es, denn er hielt Wainwrights Mißbilligung jeder Gewalt für völlig echt. Die Extremisten in seiner Bewegung hatten sich gründlich in Mißkredit gebracht, und es würde lange dauern, bis die Welt wieder von ihnen hörte.

Der Führer der Freiheitsliga lauschte aufmerksam, als ihm die Erklärung vorgelesen wurde. Stormgren hoffte, er würde sich durch diese Hinzuziehung geehrt fühlen, die Karellens Gedanke gewesen war. Erst in weiteren zwölf Stunden würde die übrige Welt von dem Versprechen erfahren, das ihren Enkeln gemacht worden war.

»In fünfzig Jahren«, sagte Wainwright nachdenklich, »das ist eine lange Wartezeit.«

»Für die Menschheit vielleicht, aber nicht für Karellen«, erwiderte Stormgren. Erst jetzt begann er die Klugheit dieser Lösung zu erkennen, die die Overlords gefunden hatten. Sie hatte ihnen den Atemraum verschafft, dessen sie zu bedürfen meinten, und hatte der Freiheitsliga den Boden unter den Füßen weggezogen. Er bildete sich nicht ein, daß die Liga kapitulierte, aber ihre Stellung würde ernstlich geschwächt sein. Sicherlich erkannte Wainwright dies ebenfalls.

»In fünfzig Jahren«, sagte er bitter, »wird der Schaden geschehen sein. Diejenigen, die sich an unsere Unabhängigkeit erinnert haben, werden tot sein. Die Menschheit wird ihr Erbe vergessen haben.«

Worte, leere Worte, dachte Stormgren. Die Worte, für die einstmals die Menschen gekämpft hatten und für die sie gestorben waren und für die sie niemals wieder kämpfen oder sterben würden. Und die Welt würde dadurch besser sein.

Als er Wainwright weggehen sah, fragte sich Stormgren, wieviel Schwierigkeiten die Freiheitsliga in den kommenden Jahren noch verursachen würde. Das aber war ein Problem für seinen Nachfolger, nicht für ihn.

Es gab Wunden, die nur die Zeit heilte. Böse Menschen konnten vernichtet werden, aber nichts konnte für gute Menschen getan werden, die betrogen worden waren.

»Hier ist Ihre Mappe«, sagte Duval. »Sie ist so gut wie neu.«

»Danke«, erwiderte Stormgren, untersuchte sie aber doch sorgfältig. »Jetzt sagen Sie mir aber vielleicht, was dies alles bedeutet und was wir nun zunächst tun werden.«

Der Physiker schien sich mehr für seine eigenen Gedankengänge zu interessieren. »Was ich nicht verstehen kann, ist«, sagte er, »daß wir so leicht davongekommen sind. Wäre ich Kar…«

»Aber Sie sind es nicht. Kommen Sie zur Sache, Mann. *Was* haben wir herausgefunden?«

»Wir hatten eine Art Schwachstrom-Radargerät konstruiert«, seufzte Duval. »Neben Radiowellen von sehr hoher Frequenz benutzte es Infrarot … alles Wellen, die unmöglich von irgendeinem Geschöpf wahrgenommen werden konnten, und wenn es noch so scharfe Augen hätte.«

»Wie konnten Sie das mit Sicherheit wissen?« fragte Stormgren, wider Willen neugierig gemacht.

»Ganz sicher konnten wir unserer Sache natürlich nicht sein«, gab Duval widerstrebend zu. »Aber Karellen spricht mit Ihnen bei normaler Beleuchtung, nicht wahr? Seine Augen müssen also in ihrer spektralen Reichweite ungefähr den unsern entsprechen. Auf jeden Fall hat das Gerät funktioniert. Wir haben den Beweis, daß ein großer Raum hinter dem sogenannten Bildschirm ist. Der Bildschirm ist etwa drei Zentimeter dick und der Raum dahinter mindestens zehn Meter tief. Wir konnten keinen Widerhall von der hinteren Wand auffangen, aber das war bei der geringen Stromstärke, die wir zu benutzen wagten, auch kaum zu erwarten. Doch das hier haben wir immerhin bekommen.«

Er schob Stormgren eine Aufnahme zu, auf der eine einzige Wellenlinie zu sehen war. An einer Stelle war eine Verdickung, wie die Aufzeichnung eines schwachen Erdbebens. »Sehen Sie diese kleine Verdickung?«

»Ja. Was kann das sein?«

»Nur Karellen.«

»Großer Gott! Wissen Sie das bestimmt?«

»Es ist eine ziemlich sichere Vermutung. Er sitzt oder steht – oder was er sonst tut – etwa zwei Meter hinter der Scheibe. Wenn die Aufnahme etwas besser gewesen wäre, hätten wir sogar seine Größe berechnen können.«

Stormgren betrachtete die kaum sichtbare Verdickung der Welle mit gemischten Gefühlen. Bisher hatte es noch keinen Beweis gegeben, daß Karellen überhaupt einen wirklichen Körper besaß. Der Beweis war noch indirekt, aber Stormgren nahm ihn ohne Bedenken hin.

»Das zweite, was wir zu tun hatten«, sagte Duval, »war, die Durchlässigkeit der Scheibe für gewöhnliches Licht zu berechnen. Wir glauben einen annehmbaren Begriff davon bekommen zu haben, selbst wenn die Rechnung vielleicht um zehn Prozent falsch ist. Sie werden natürlich einsehen, daß es so etwas wie wirklich nur einseitig durchsichtiges Glas nicht gibt. Es ist einfach eine Frage der Anordnung der Beleuchtung. Karellen sitzt in einem verdunkelten Raum, Sie sind beleuchtet, das ist alles.« Duval kicherte. »Nun, das werden wir ändern.«

Mit der Miene eines Zauberers, der einen ganzen Wurf weißer Kaninchen hervorholt, griff er in seinen Schreibtisch und nahm eine große Taschenlampe heraus. Das Ende ging in einen breiten Griff über, so daß der ganze Apparat ähnlich wie eine Donnerbüchse aussah.

Duval lachte. »Es ist nicht so gefährlich, wie es aussieht. Sie brauchen weiter nichts zu tun, als den Griff gegen die Scheibe zu pressen und auf den Schalter zu drücken. Der Apparat sendet für zehn Sekunden einen sehr kräftigen Strahl aus, und in dieser Zeit werden Sie imstande sein, den Raum zu beleuchten und ein gutes Bild zu bekommen. Alles Licht wird durch die Scheibe dringen und Ihren Freund wunderschön anleuchten.«

»Es wird Karellen nicht schaden?«

»Nicht, wenn Sie die Lampe tief halten und dann den Schein nach oben gleiten lassen. Das wird seinen Augen Zeit geben, sich anzupassen. Ich vermute, daß er die gleichen Reflexe hat wie wir, und wir wollen ihn nicht blenden.«

Stormgren blickte zweifelnd auf das Gerät und nahm es in die Hand. In den letzten Wochen hatte sein Gewissen ihn gequält. Karellen hatte ihn immer mit unverkennbarer Zuneigung behandelt, trotz seiner gelegentlichen vernichtenden Offenheit, und jetzt, da sich ihre gemeinsame Zeit dem Ende näherte, wollte Stormgren nichts tun, um diese Beziehung zu verderben. Aber der Oberkontrolleur war gewarnt worden, und Stormgren war überzeugt, daß Karellen sich längst gezeigt hätte, wenn die Entscheidung bei ihm läge. Nun würde ihm der Entschluß abgenommen werden: Wenn ihre letzte Zusammenkunft zu Ende ging, würde Stormgren Karellens Gesicht sehen.

Vorausgesetzt, daß Karellen ein Gesicht hatte.

Die Nervosität, die Stormgren zuerst empfunden hatte, war längst verflogen. Karellen bestritt fast die ganze Unterhaltung, wobei er die verwickelten Sätze baute, deren er sich so gern bediente. Früher war dies Stormgren als die wunderbarste und sicherlich die unerwartetste aller Gaben Karellens erschienen. Jetzt kam es ihm nicht mehr ganz so wunderbar vor, denn er wußte, daß es wie die meisten Fähigkeiten des Oberkontrolleurs das Ergebnis einer rein intellektuellen Kraft und nicht einer besonderen Begabung war. Karellen hatte Zeit für literarische Komposition, wenn er seine Gedanken zum Tempo der menschlichen Rede verlangsamte.

»Sie oder Ihr Nachfolger brauchen sich keine übermäßigen Sorgen wegen der Freiheitsliga zu machen, selbst wenn sie sich von ihrer jetzigen Mutlosigkeit erholt hat. Sie hat sich im vergangenen Monat sehr ruhig verhalten, und obwohl sie wieder aufleben dürfte, wird sie in den nächsten Jahren keine Gefahr sein. In Wirklichkeit ist die Liga, da es immer wertvoll ist, zu wissen, was die Gegner tun, eine sehr nützliche Einrichtung. Sollte sie je in finanzielle Schwierigkeiten kommen, würde ich sie vielleicht sogar unterstützen.«

Stormgren hatte oft schwer unterscheiden können, ob Karellen scherzte oder nicht. Sein Gesicht blieb gleichmütig, und er hörte weiter zu.

»Sehr bald wird die Liga wieder einen ihrer Einwände verlieren. Es ist sehr viel, meist etwas kindische Kritik an der besonderen Stellung geübt worden, die Sie in den letzten Jahren eingenommen haben. Ich fand diese Zusammenarbeit in den Anfangszeiten meiner Verwaltung sehr wertvoll, aber jetzt, da sich die Erde in den von mir geplanten Linien bewegt, kann dies aufhören. In Zukunft werden alle meine Verhandlungen mit der Erde indirekt sein, und das Amt des Generalsekretärs kann einen Teil seiner ursprünglichen Bedeutung zurückgewinnen.

In den nächsten fünfzig Jahren wird es viele Krisen geben, aber sie werden vorübergehen. Der Zukunftsplan ist deutlich genug, und eines Tages werden all diese Schwierigkeiten vergessen sein, selbst bei einer Rasse, die ein so langes Gedächtnis hat wie die Ihre.«

Die letzten Worte wurden mit so seltsamem Nachdruck gesprochen, daß Stormgren wie zu Eis gefror. Er war überzeugt, daß Karellen niemals zufällige Bemerkungen machte; selbst seine Indiskretionen waren bis in die äußersten Dezimalstellen berechnet. Aber jetzt war keine Zeit, Fragen zu stellen, die bestimmt nicht beantwortet werden würden, denn schon hatte der Oberkontrolleur das Thema wieder gewechselt.

»Sie haben mich oft nach unsern langfristigen Plänen gefragt«, fuhr er fort. »Die Gründung des Weltstaates ist natürlich nur der erste Schritt. Sie werden seine Errichtung noch erleben, aber die Veränderung wird so unmerklich sein, daß wenige es wahrnehmen werden, wenn er kommt. Danach wird es eine Periode langsamer Festigung geben, bis Ihre Rasse auf uns eingestellt ist. Und dann wird der Tag kommen, den wir versprochen haben. Es tut mir leid, daß Sie dann nicht dabeisein werden.«

Stormgrens Augen waren geöffnet, aber sein Blick ging weit über die dunkle Wand des Bildschirms hinaus. Er blickte in die Zukunft und stellte sich den Tag vor, den er nie erleben würde: wenn die großen Schiffe der Overlords endlich auf die Erde herunterkämen und sich der wartenden Welt öffneten.

»An jenem Tage«, fuhr Karellen fort, »wird die menschliche Rasse etwas erleben, was man nur eine psychologische Unterbrechung nennen kann. Aber es wird kein dauernder Schaden angerichtet werden: Die Menschen jener Zeit werden stabiler sein als ihre Großväter. Wir werden immer ein Teil ihres Lebens gewesen sein, und wir werden ihnen nicht so – sonderbar – erscheinen, wie wir Ihnen erscheinen würden.«

Stormgren hatte Karellen nie in so nachdenklicher Stimmung getroffen, aber es überraschte ihn nicht. Er glaubte nicht, jemals mehr als einige Facetten der Persönlichkeit des Oberkontrolleurs gesehen zu haben: Der wirkliche Karellen war unbekannt, und vielleicht konnten menschliche Wesen ihn nicht kennen. Und wieder einmal hatte Stormgren das Gefühl, daß das wirkliche Interesse des Oberkontrolleurs anderswo lag und daß er die Erde nur mit einem Bruchteil seines Geistes regierte, so mühelos, wie ein Meister des dreidimensionalen Schachs eine einfache Schachpartie spielte.

»Und dann?« fragte Stormgren leise.

»Dann können wir unsere wirkliche Arbeit beginnen.«

»Ich habe mich oft gefragt, worin diese Arbeit bestehen könnte. Unsere Welt in Ordnung zu bringen und die menschliche Rasse zu zivilisieren, ist nur ein Mittel. Sie müssen aber ein Ziel haben. Werden wir jemals imstande sein, in den Weltraum hinauszukommen und Ihr Universum zu sehen – vielleicht sogar Ihnen bei Ihren Aufgaben zu helfen?«

»Sie können es so ausdrücken«, sagte Karellen, und jetzt hatte seine Stimme einen deutlichen, jedoch unerklärlichen Ton von Traurigkeit, der Stormgren seltsam verwirrte.

»Aber wenn Ihr Experiment mit dem Menschen nun doch fehlschlägt? Wir haben solche Dinge in unsern eigenen Bemühungen um primitive menschliche Rassen erlebt. Sicherlich haben Sie auch Fehlschläge gehabt.«

»Ja«, sagte Karellen so leise, daß Stormgren ihn kaum hören konnte. »Wir haben unsere Fehlschläge erlebt!«

»Und was tun Sie dann?«

»Wir warten ... und versuchen es wieder.«

Eine Pause entstand, die etwa fünf Sekunden währte. Als Karellen wieder sprach, waren seine Worte so unerwartet, daß Stormgren einen Augenblick nicht reagierte.

»Leben Sie wohl, Rikki!«

Karellen hatte ihn überlistet. Wahrscheinlich war es schon zu spät. Stormgrens Bestürzung währte nur einen Augenblick. Dann zog er mit einer einzigen schnellen, gutgeübten Bewegung die Taschenlampe heraus und preßte sie gegen die Glasscheibe ...

Die Tannen reichten fast bis an den Rand des Sees und ließen an seinem Ufer nur einen schmalen, wenige Meter breiten Grasstreifen frei. Jeden Abend ging Stormgren, wenn es warm genug war, trotz seiner neunzig Jahre auf diesem Streifen bis zum Landungssteg, um die Sonne jenseits des Sees untergehen zu sehen, und kehrte dann zum Haus zurück, bevor der kühle Nachtwind vom Wald herüberwehte. Diese einfache Gewohnheit befriedigte ihn sehr, und er würde sie fortsetzen, solange er die Kraft dazu hatte.

Fern über dem See näherte sich irgend etwas in niedrigem und schnellem Flug von Westen her. Flugzeuge waren in dieser Gegend ungewöhnlich, wenn man die transpolaren Linien nicht rechnete, deren Maschinen bei Tag und Nacht stündlich in der Höhe vorbeikamen. Aber man bemerkte sie nie, abgesehen von einem gelegentlichen Dunststreifen im Blau der Stratosphäre. Dieses Flugzeug war ein kleiner Hubschrauber, der mit unverkennbarer Zielsicherheit auf ihn zukam. Stormgren blickte den Strand entlang und sah, daß es dort keine Fluchtmöglichkeit gab. Dann zuckte er die Schultern und setzte sich auf die hölzerne Bank am Kopf des Landungsstegs.

Der Reporter war so ehrerbietig, daß es Stormgren überraschte. Er hatte fast vergessen, daß er nicht nur ein älterer Staatsmann war, sondern außerhalb seines eigenen Landes fast eine sagenhafte Gestalt.

»Herr Stormgren«, begann der ungebetene Gast, »es tut mir sehr leid, Sie belästigen zu müssen, aber ich möchte fragen, ob Sie irgend etwas über die Dinge äußern könnten, die wir über die Overlords gehört haben.«

Stormgren runzelte die Stirn ein wenig. Nach all diesen Jahren teilte er noch immer Karellens Abneigung gegen dieses Wort. »Ich glaube nicht«, sagte er, »daß ich dem, was anderswo geschrieben wurde, viel hinzufügen kann.«

Der Reporter beobachtete ihn mit seltsamer Eindringlichkeit. »Ich dachte, Sie könnten es. Eine ziemlich merkwürdige Geschichte ist uns soeben bekannt geworden. Es scheint, daß vor fast dreißig Jahren einer der Ingenieure der Wissenschaftlichen Abteilung ein bemerkenswertes Gerät für Sie herstellte. Wir fragten uns, ob Sie uns etwas darüber sagen könnten.«

Einen Augenblick schwieg Stormgren, während sein Geist in die Vergangenheit zurückwanderte. Er war nicht überrascht, daß das Geheimnis entdeckt worden war. Überraschend war nur, daß es so lange bewahrt werden konnte.

Er erhob sich und begann den Steg zum Ufer zurückzugehen. Der Reporter folgte ihm im Abstand von einigen Schritten.

»Die Geschichte«, sagte Stormgren, »enthält etwas Wahres. Bei meinem letzten Besuch in Karellens Schiff nahm ich ein Gerät mit, in der Hoffnung, den Oberkontrolleur zu sehen. Es war eine ziemlich törichte Unternehmung, aber ... nun ja, ich war damals erst sechzig.«

Er kicherte leise und fuhr dann fort: »Die Geschichte lohnt den weiten Weg für Sie nicht. Die Sache funktionierte nicht.«

»Sie haben nichts gesehen?«

»Nein, überhaupt nichts! Ich fürchte, Sie werden warten

müssen, aber schließlich dauert es jetzt ja nur noch zwanzig Jahre.«

Noch zwanzig Jahre! Ja, Karellen hatte recht gehabt. Bis dahin würde die Erde bereit sein, was sie nicht gewesen war, als er vor dreißig Jahren Duval die gleiche Lüge erzählt hatte.

Karellen hatte ihm vertraut, und Stormgren hatte sein Vertrauen nicht enttäuscht. Er war felsenfest überzeugt, daß der Oberkontrolleur von Anfang an seinen Plan gekannt und sein Tun bis auf die geringste Geste vorausgesehen hatte.

Warum sonst wäre der ungeheure Stuhl schon leer gewesen, als der Lichtkreis darauf fiel? Im selben Augenblick, als Stormgren, in der Befürchtung, zu spät zu kommen, den Scheinwerfer in Bewegung setzte, hatte sich die metallene Tür im Hintergrunde, die zweimal so hoch war wie ein Mensch, schnell geschlossen, als er sie in den Blick bekam – aber doch nicht schnell genug.

Ja, Karellen hatte ihm vertraut, hatte nicht gewollt, daß er in den langen Abend seines Lebens hineingehen sollte, von einem Geheimnis beunruhigt, das er niemals lösen konnte. Karellen wagte den unbekannten Mächten über ihm nicht zu trotzen – ob sie auch von der gleichen Rasse waren? –, aber er hatte alles getan, was er konnte. Wenn er ihnen ungehorsam gewesen war, hätten sie es nie beweisen können. Stormgren wußte, daß es der endgültige Beweis für Karellens Zuneigung zu ihm gewesen war.

»Wir haben unsere Fehlschläge gehabt!«

Ja, Karellen, das war die Wahrheit; und warst *du* derjenige, der vor dem Anbruch der menschlichen Geschichte versagte? Es muß wirklich ein Versagen gewesen sein, dachte Stormgren, denn das Echo ging durch alle Zeitalter und spukte in der Kindheit jeder Menschenrasse. Konnte man selbst in fünfzig Jahren die Macht all der Mythen und Legenden der Erde überwinden?

Aber Stormgren wußte, daß es keinen zweiten Fehlschlag

geben würde. Wenn die beiden Rassen wieder zusammentrafen, würden die Overlords das Vertrauen und die Freundschaft der Menschheit gewonnen haben, und nicht einmal der Schock der Begegnung konnte diese Arbeit zunichte machen. Sie würden zusammen in die Zukunft hineingehen, und die unbekannte Tragödie, die die Vergangenheit verdunkelt haben mußte, würde für immer in den verschlungenen Wegen der vorgeschichtlichen Zeit verloren sein.

Und Stormgren hoffte, daß Karellen, wenn er sich erst frei auf der Erde bewegen konnte, eines Tages zu diesen nördlichen Wäldern kommen und am Grabe des ersten Mannes stehen würde, der je sein Freund gewesen war.

ZWEITER TEIL

Das goldene Zeitalter

— 1 —

»Dies ist der Tag!« flüsterten die Radios in hundert Sprachen, kündeten die Schlagzeilen von tausend Zeitungen. »Dies ist der Tag!« dachten die Kameraleute, während sie immer wieder ihre Geräte nachsahen, die um den riesigen freien Platz aufgestellt waren, wo Karellens Schiff landen würde.

Jetzt schwebte nur dieses einzige Schiff über New York. In der Tat waren, wie die Welt soeben entdeckt hatte, die Schiffe über den andern Städten der Menschen nie vorhanden gewesen. Am Tage zuvor hatte sich die große Flotte der Overlords in Nichts aufgelöst und war verschwunden wie Nebel unter der Morgensonne.

Die Versorgungsschiffe, die fern draußen im Weltraum kamen und gingen, hatte es wirklich gegeben, die Silberwolken aber, die ein Leben lang über den Hauptstädten der Erde geschwebt hatten, waren nur Trugbilder. Wie sie zustande gekommen waren, konnte niemand sagen, es schien aber, als sei jedes dieser Schiffe nichts weiter gewesen als eine Spiegelung von Karellens eigenem Schiff. Dennoch war es viel mehr gewesen als nur ein Spiel mit Lichtstrahlen, denn die Radargeräte hatten sich ebenfalls täuschen lassen, und es lebten noch jetzt Menschen, die schworen, das Kreischen in den Lüften gehört zu haben, als die Flotte sich vom Himmel der Erde näherte.

Es war nicht wichtig. Wichtig war nur, daß Karellen es nicht mehr notwendig fand, diese Machtentfaltung zu zeigen. Er hatte seine psychologischen Waffen beiseite gelegt.

»Das Schiff bewegt sich!« Der Ruf drang sogleich bis in alle Winkel des Planeten. »Es fliegt westwärts.«

Mit weniger als tausend Stundenkilometern bewegte sich das Schiff, das sich langsam aus den leeren Höhen der Stratosphäre niedersenkte, zu den großen Ebenen und zu seiner zweiten Begegnung mit der Geschichte. Es landete gehorsam vor den wartenden Kameras und den Tausenden von Zuschauern, von denen sehr wenige so viel sehen konnten wie die Millionen, die um die Fernsehapparate versammelt waren.

Der Boden hätte unter dem gewaltigen Gewicht krachen und zittern müssen, aber das Schiff war noch in der Gewalt der Kräfte, die es zwischen den Sternen antrieben. Es berührte den Boden so sanft wie eine fallende Schneeflocke.

Der geschwungene Rumpf, der zwanzig Meter über dem Boden war, schien zu gleißen und zu schimmern. Wo eben noch eine glatte Oberfläche blinkte, war jetzt eine große Öffnung erschienen. Nichts war darin sichtbar, auch nicht für das suchende Auge der Kameras. Sie war so dunkel wie der Eingang zu einer Höhle.

Aus der Öffnung schob sich selbsttätig eine breite, glänzende Landungstreppe heraus und strebte zielbewußt dem Boden zu. Es schien ein fester Metallstreifen mit Geländern an beiden Seiten zu sein. Stufen hatte dieser Streifen nicht. Er war so steil und glatt wie eine Rutschbahn, und man hätte es für unmöglich halten können, auf gewöhnliche Art hinauf- oder hinabzugelangen.

Die Welt beobachtete die dunkle Öffnung, in der sich noch immer nichts bewegte. Dann strömte die selten gehörte, aber unvergeßliche Stimme Karellens leise aus irgendeiner verborgenen Quelle. Seine Worte hätten schwerlich unerwarteter sein können.

»Am Fuß der Landungstreppe stehen einige Kinder. Ich möchte gern, daß zwei von ihnen heraufkommen, um mich zu begrüßen.«

Einen Augenblick herrschte Schweigen. Dann stürmten ein Junge und ein Mädchen aus der Menge nach vorn und gingen wie selbstverständlich auf die Landungstreppe zu und in die Geschichte ein. Andere folgten, wurden aber aufgehalten, als Karellens Stimme vom Schiff ertönte: »Zwei genügen.«

In eifriger Vorfreude auf das Abenteuer sprangen die etwa sechsjährigen Kinder auf das metallene Band. Da geschah das erste Wunder.

Während sie der Menge unten und ihren besorgten Eltern munter zuwinkten, die, zu spät, wahrscheinlich an das Märchen vom Rattenfänger erinnert wurden, begannen die Kinder schnell die steile Bahn hinaufzusteigen. Aber ihre Beine bewegten sich nicht, und bald bemerkte man, daß ihre Körper rechtwinklig auf dem merkwürdigen Steg standen. Er besaß eine eigene Schwerkraft, eine Schwerkraft, die von der Erde unabhängig war. Die Kinder genossen noch dieses neue Erlebnis und zerbrachen sich den Kopf, was sie hinaufzog, als sie schon im Schiff verschwanden.

Ein ungeheures Schweigen lag zwanzig Sekunden lang über der ganzen Welt, obwohl hinterher niemand glauben konnte, daß die Zeit so kurz gewesen war. Dann schien sich die Dunkelheit der großen Öffnung vorwärtszubewegen, und Karellen trat in das Sonnenlicht hinaus. Der Knabe saß auf seinem linken Arm, das Mädchen auf dem rechten. Sie waren beide viel zu sehr damit beschäftigt, mit Karellens Flügeln zu spielen, um auf die beobachtende Menge zu achten.

Dank der Psychologie der Overlords und den Jahren der sorgfältigen Vorbereitung wurden nur wenige Menschen ohnmächtig. Aber es gab noch manche, die einen furchtbaren Augenblick lang das alte Entsetzen auf die Seele einstürmen fühlten, bis der Verstand es für immer verbannte.

Ein Irrtum war nicht möglich. Die lederartigen Flügel, die kleinen Hörner, der buschige Schwanz, alles war vorhanden. Die schrecklichste aller Legenden war aus unbekannter Vergangenheit lebendig geworden. Aber jetzt stand sie in dunkler Majestät da, während das Sonnenlicht auf dem gewaltigen Körper blinkte und auf ihren Armen vertrauensvoll zwei Kinder ruhten.

— 2 —

Fünfzig Jahre sind eine genügend lange Zeit, um eine Welt und ihre Bevölkerung fast bis zur Unkenntlichkeit zu verwandeln. Für diese Aufgabe ist nichts weiter erforderlich als eine gesunde Kenntnis der sozialen Aufbauarbeit, ein klarer Blick für das erstrebte Ziel – und Macht.

Diese Dinge besaßen die Overlords. Obwohl ihr Ziel verborgen war, waren ihre Kenntnisse offenkundig und ebenso ihre Macht.

Diese Macht nahm viele Formen an, von denen wenige von den Völkern, deren Schicksale die Overlords jetzt regierten, erkannt wurden. Die in ihren großen Schiffen verkörperte Macht war für jedes Auge deutlich genug sichtbar gewesen. Aber hinter dieser Entfaltung schlummernder Kraft standen andere und feinere Waffen.

»Alle politischen Probleme«, hatte Karellen einmal zu Stormgren gesagt, »können durch die richtige Anwendung der Macht gelöst werden.«

»Das klingt wie eine ziemlich zynische Bemerkung«, hatte Stormgren zweifelnd erwidert. »Es klingt etwas zu sehr nach: ›Macht ist Recht‹. In unserer eigenen Vergangenheit blieb die Anwendung der Macht bemerkenswert erfolglos.«

»Das entscheidende Wort ist ›richtig‹. Sie haben niemals wirkliche Macht oder die Kenntnisse besessen, die nötig sind, um sie anzuwenden. Wie in allen Problemen gibt es wirksame und unwirksame Behandlungsweisen. Nehmen Sie zum Beispiel an, daß eine Ihrer Nationen unter Führung eines fanatischen Herrschers sich gegen mich zu empören versuchte. Die höchst unwirksame Antwort auf eine solche Bedrohung wären einige Milliarden PS in Gestalt von Atombomben. Wenn ich genügend Bomben anwendete, wäre die Lösung vollständig und endgültig. Sie würde aber auch, wie ich bemerkte, unwirksam sein, wenn sie keine andern Mängel besäße.«

»Und die wirksame Lösung?«

»Die erfordert etwa soviel Kraft wie ein kleiner Radiosender und eine ähnliche Geschicklichkeit, ihn zu bedienen. Denn es kommt auf die Anwendung der Macht an, nicht auf ihren Umfang. Wie lange, glauben Sie, würde wohl die Laufbahn eines Diktators dauern, wenn ständig, wo er auch wäre, eine Stimme leise in seinem Ohr flüsterte? Oder wenn ein gleichbleibender Ton, laut genug, um alle andern Geräusche zu ersticken und um ihn am Schlafen zu hindern, Tag und Nacht sein Gehirn erfüllte? Nichts Brutales, das werden Sie zugeben. Aber in der endgültigen Wirkung genauso unwiderstehlich wie eine Tritiumbombe.«

»Ich verstehe«, hatte Stormgren gesagt, »und es würde keinen Ort geben, wo man sich verbergen könnte?«

»Keinen Ort, wohin ich nicht meine Helfer schicken könnte, wenn ich mich stark genug dazu fühlte. Und deshalb werde ich niemals wirklich harte Maßnahmen anzuwenden brauchen, um meine Stellung zu behaupten.«

Damals hatten die großen Schiffe nur als Symbole gedient, und jetzt wußte die Welt, daß alle außer einem Trugbilder gewesen waren. Aber durch ihre bloße Anwesenheit hatten sie die Geschichte der Erde verändert. Jetzt war ihre Aufgabe erfüllt, und ihre Leistung würde durch die Jahrhunderte widerhallen.

Karellens Berechnungen waren zutreffend gewesen. Die Betroffenheit über die Begegnung war schnell vorbeigegangen, obwohl viele, die auf ihr Freisein von Aberglauben stolz waren, niemals imstande gewesen wären, einem der Overlords ins Gesicht zu sehen. Hier war irgend etwas Sonderbares, etwas, was jenseits aller Vernunft oder Logik war. Im Mittelalter hatten die Menschen an den Teufel geglaubt und ihn gefürchtet. Aber dies war das einundzwanzigste Jahrhundert. Konnte es sein, daß es eben doch so etwas wie ein Rassengedächtnis gab?

Es wurde natürlich allgemein angenommen, daß die Overlords oder Wesen der gleichen Art in heftigen Konflikt mit den Menschen der alten Zeit geraten seien. Der Zusammenstoß mußte in ferner Vergangenheit erfolgt sein, denn er hatte in der bekannten Geschichte keine Spuren hinterlassen. Hier war ein weiteres Rätsel, und Karellen würde nicht zu seiner Lösung beitragen.

Obwohl die Overlords sich jetzt den Menschen gezeigt hatten, verließen sie selten ihr eines noch verbliebenes Schiff. Vielleicht fanden sie es körperlich wegen ihrer Größe unbequem auf der Erde, und das Vorhandensein der Flügel wies darauf hin, daß sie von einer Welt mit viel geringerer Schwerkraft kamen. Sie wurden nie ohne einen Gürtel gesehen, der mit allerlei komplizierten Geräten ausgestattet war, die nach der allgemeinen Annahme ihr Gewicht regelten und sie befähigten, sich miteinander zu verständigen. Das unmittelbare Sonnenlicht war ihnen unangenehm, und sie hielten sich nie länger als einige Sekunden darin auf. Wenn sie für längere Zeit ins Freie gehen mußten, trugen sie dunkle Brillen, die ihnen ein etwas groteskes Aussehen gaben. Obwohl sie imstande zu sein schienen, irdische Luft zu atmen, trugen sie bisweilen kleine Gaszylinder bei sich, aus denen sie sich gelegentlich erfrischten.

Vielleicht erklärten diese rein körperlichen Probleme ihr Sichfernhalten. Nur ein kleiner Teil der menschlichen Rasse war jemals wirklich einem leibhaftigen Overlord begegnet, und niemand konnte ahnen, wie viele von ihnen sich in Karellens Schiff befanden. Nicht mehr als fünf waren jemals gleichzeitig zusammen gesehen worden, aber es konnten Hunderte, ja sogar Tausende von ihnen an Bord des gewaltigen Raumschiffs sein.

In mancher Hinsicht hatte das Erscheinen der Overlords mehr Fragen aufgeworfen als gelöst. Ihr Ursprung war noch immer unbekannt, ihre Biologie ein Gegenstand endloser Erwägungen. Über viele Dinge gaben sie freimütig Auskunft, aber in anderen Punkten konnte ihr Verhalten nur als geheimnisvoll bezeichnet werden. Im ganzen aber erregte das bei niemandem Anstoß außer bei den Wissenschaftlern. Der Durchschnittsmensch war, obwohl er den Overlords vielleicht lieber nicht begegnete, ihnen doch dankbar für das, was sie für seine Welt getan hatten.

Im Vergleich mit der Lebensweise aller früheren Zeitalter herrschte jetzt ein utopischer Zustand. Unwissenheit, Krankheit, Armut und Furcht gab es tatsächlich nicht mehr. Die Erinnerung an den Krieg verschwand in der Vergangenheit, wie ein Alptraum mit dem Morgendämmern vergeht. Bald würde die Kriegserinnerung außerhalb der Erfahrung aller lebenden Menschen liegen.

Indem die Kräfte der Menschheit in konstruktive Bahnen gelenkt wurden, war das Gesicht der Welt neu gestaltet worden. Es war, fast buchstäblich, eine neue Welt. Die Städte, die für frühere Generationen gut genug gewesen waren, hatte man umgebaut oder geräumt, und man benützte sie als Museumsstücke, wenn sie keinen besseren Zweck mehr erfüllten. Schon viele Städte waren auf diese Weise geräumt worden, denn das ganze System von Industrie und Handel hatte sich völlig verändert. Die Produktion erfolgte zum großen Teil automatisch: Die Roboterfabriken erzeugten in so unendlichen Strömen Waren, daß alle gewöhnlichen Bedarfsartikel sozusagen umsonst zur Verfügung standen. Die Menschen arbeiteten für die Luxusdinge, die sie zu haben wünschten, oder überhaupt nicht.

Es war *eine* Welt. Die alten Namen der alten Länder wurden noch benutzt, waren aber nichts weiter als bequeme postalische Einteilungen. Es gab auf der Erde niemanden, der nicht Englisch sprechen, der nicht lesen konnte, der nicht einen Fernsehapparat besaß, der nicht in vierundzwanzig Stunden auf die andere Seite des Planeten gelangen konnte ...

Verbrechen kamen praktisch nicht mehr vor. Sie waren unnötig und unmöglich geworden. Wenn niemand irgend etwas entbehrt, hat es keinen Sinn zu stehlen. Überdies wußten alle etwaigen Verbrecher, daß sie der Wachsamkeit der Overlords nicht entgehen konnten. In den früheren Tagen ihrer Herrschaft hatten diese zum Schutz von Gesetz und Ordnung so wirksam eingegriffen, daß diese Lehre nie vergessen worden war.

Obwohl Verbrechen aus Leidenschaft nicht ganz ausgestorben waren, hörte man nur selten von ihnen. Jetzt, nach der Beseitigung so vieler psychologischer Probleme, war die Menschheit viel gesünder und weniger unvernünftig. Und was frühere Zeitalter Laster genannt hätten, war jetzt nichts weiter als exzentrisches Verhalten oder schlimmstenfalls schlechte Manieren.

Eine der bemerkenswertesten Veränderungen war eine Verlangsamung des wahnsinnigen Tempos, das für das zwanzigste Jahrhundert so charakteristisch gewesen war. Das Leben lief jetzt mit mehr Muße ab als seit Generationen. Es hatte daher weniger Reiz für die Wenigen, aber mehr Ruhe für die Vielen. Der westliche Mensch hatte wieder gelernt, was die übrige Welt nie vergessen hatte: daß in der Muße nichts Sündiges ist, solange sie nicht in Faulheit ausartet.

Vielleicht hätten die alten Religionen noch Generationen überdauern können, wäre die menschliche Neugier nicht gewesen. Es war bekannt, daß die Overlords Zugang zu der Vergangenheit hatten, und mehr als einmal hatten Historiker Karellen ersucht, einen alten Streitfall zu schlichten. Es mag sein, daß er solche Anfragen satt bekam, wahrscheinlicher aber ist, daß er genau wußte, welche Wirkung seine Großmut haben würde ...

Das Gerät, das er der Stiftung für Weltgeschichte leihweise zur Verfügung stellte, war nichts anderes als ein Fernsehapparat mit feinausgearbeiteten Vorrichtungen, um die Koordinate in Zeit und Raum zu bestimmen. Er mußte irgendwie an einen viel verwickelteren Apparat in Karellens Schiff angeschlossen sein, der nach Prinzipien arbeitete, die sich niemand vorstellen konnte. Man brauchte die Kontrollen nur einzustellen, und ein Fenster in der Vergangenheit tat sich auf. Fast die ganze menschliche Geschichte der vergangenen fünftausend Jahre wurde in einem Augenblick zugänglich. Weiter in die Vergangenheit hinein reichte der Apparat nicht, und überall waren verblüffende Lücken. Sie mochten eine natürliche Ursache haben oder waren auf eine absichtliche Zensur der Overlords zurückzuführen.

Obwohl es immer jedem vernünftigen Geist klar gewesen war, daß nicht alle religiösen Schriften der Welt wahr sein konnten, war der Schock dennoch tiefgreifend. Hier war eine Offenbarung, die niemand anzweifeln oder leugnen konnte: Hier, gesehen durch eine unbekannte Magie der Wissenschaft der Overlords, war der wahre Beginn aller großen Religionen der Welt. Die meisten von ihnen waren edel und begeisternd, aber das war nicht genug. Alles Gute und alles Schlimme, was sie gebracht hatten, war plötzlich in die Vergangenheit hineingefegt worden und konnte die Gemüter der Menschen nicht mehr berühren.

Die Menschheit hatte ihre alten Götter verloren: Jetzt war sie alt genug, keiner neuen zu bedürfen.

Obwohl wenige es bisher bemerkt hatten, war der Sturz der Religion von einem Abnehmen der Wissenschaft begleitet gewesen. Es gab sehr viele Technologen, aber wenige schöpferische Arbeiter, die die Grenzen menschlichen Wissens erweiterten. Die Wißbegier blieb erhalten, und die Muße, sich ihr hinzugeben, war vorhanden, aber der grundlegenden wissenschaftlichen Forschung war das Herz genommen. Es erschien nutzlos, nach Geheimnissen zu suchen, die die Overlords wahrscheinlich schon vor langen Zeiten entdeckt hatten.

Dieser Rückgang war teilweise durch eine ungeheure Blüte der beschreibenden Wissenschaften verhüllt worden, wie der Zoologie, Botanik und Astronomie. Es hatte nie so viele Laien gegeben, die zu ihrem Vergnügen Tatsachen sammelten, aber es gab wenige Theoretiker, die diese Tatsachen zueinander in Verbindung brachten.

Die Beendigung von Streitigkeiten und Konflikten aller Art hatte auch das tatsächliche Ende der schöpferischen Kunst bedeutet. Es gab Myriaden von Künstlern, jedoch waren seit einer Generation keine wirklich hervorragenden neuen Werke der Literatur, Musik, Malerei oder Bildhauerkunst geschaffen worden. Die Welt zehrte noch von dem Ruhm einer Vergangenheit, die nie zurückkehren konnte.

Niemand außer einigen Philosophen machte sich Sorgen darüber. Die Rasse war zu sehr darauf bedacht, die neugewonnene Freiheit zu genießen, um über die Genüsse der Gegenwart hinauszublicken. Endlich war Utopia Wirklichkeit geworden; seine Neuheit war noch nicht von dem schlimmsten Feind aller utopischen Reiche, der Langeweile, angegriffen.

Vielleicht hatten die Overlords darauf eine Antwort, wie auf alle andern Probleme. Niemand kannte, so wenig wie sie selbst, ein Lebensalter nach ihrer Ankunft ihr endgültiges Ziel. Die Menschheit hatte gelernt, ihnen zu vertrauen und ohne Fragen die übermenschliche Selbstlosigkeit hinzunehmen, die Karellen und seine Gefährten so lange von ihrer Heimat fernhielt.

Falls es wirklich Selbstlosigkeit war. Denn immer noch fragten sich einige, ob die Politik der Overlords stets mit dem wahren Wohl der Menschheit übereinstimmen würde.

— 3 —

Als Rupert Boyce die Einladungen zu seiner Gesellschaft verschickte, war deren Reichweite eindrucksvoll. Um nur das erste Dutzend Gäste zu nennen, waren da: die Familien Forster aus Adelaide, Schönberger aus Haiti, Farran aus Stalingrad, Moravia aus Cincinnati, Ivanko aus Paris und Sullivan aus der Nähe der Osterinsel, aber annähernd vier Kilometer tief auf dem Meeresgrund. Es war sehr schmeichelhaft für Rupert, daß über vierzig Gäste erschienen, obwohl er nur dreißig eingeladen hatte. Bloß die Familie Krause ließ ihn im Stich, aber nur weil sie nicht an die Datumsdifferenz gedacht hatte und deshalb vierundzwanzig Stunden zu spät ankam.

Gegen Mittag hatte sich eine eindrucksvolle Gruppe von Flugzeugen im Park angesammelt, und die später Eintreffenden würden eine ganze Strecke zu gehen haben, wenn sie irgendwo einen Landungsplatz gefunden hatten. Die versammelten Fahrzeuge reichten von Einmann-Kabinen bis zu Familien-Cadillacs, die eher wie Luftpaläste als wie vernünftige Flugzeuge aussahen. In diesem Zeitalter konnte man jedoch aus den Beförderungsmitteln keine Schlüsse auf die gesellschaftliche Stellung der Gäste ziehen.

»Es ist ein sehr häßliches Haus«, sagte Jean Morrel, als der ›Meteor‹ in einer Spirale auf den Boden hinunterging. »Es sieht beinahe aus wie eine Schachtel, die jemand breit getreten hat«, fügte sie hinzu.

George Greggson, der eine altmodische Abneigung gegen selbsttätige Landungen hatte, stellte den Abstiegsregulator ein, ehe er antwortete.

»Es ist ziemlich schwierig, von hier aus das Haus zu beurteilen«, erwiderte er vernünftig. »Vom Boden aus mag alles ganz anders aussehen.«

George wählte einen Landeplatz, und sie gingen zwischen

einem andern ›Meteor‹ und irgend etwas nieder, was keiner von ihnen identifizieren konnte. Es sah sehr schnell und, nach Jeans Meinung, sehr unbequem aus. Einer der mit Rupert befreundeten Ingenieure hatte es wahrscheinlich selbst gebaut, dachte sie. Sie hatte die Vorstellung, daß solche Dinge gesetzlich verboten sein müßten.

Die Hitze schlug ihnen wie der Hauch einer Lötlampe entgegen, als sie das Flugzeug verließen. Sie schien die Feuchtigkeit aus ihren Körpern zu saugen, und George hatte fast das Gefühl, als berste seine Haut. Es war natürlich zum Teil ihre eigene Schuld. Sie hatten Alaska vor drei Stunden verlassen und hätten daran denken müssen, die Kabinentemperatur entsprechend zu regeln.

»Wie kann man hier leben!« stöhnte Jean. »Ich dachte, das Klima hier würde kontrolliert!«

»So ist es«, erwiderte George. »Früher einmal war hier nur Wüste, und sieh es dir jetzt an! Komm weiter im Hause wird es erträglich sein.«

Ruperts Stimme, lauter als gewöhnlich, dröhnte ihnen heiter in die Ohren. Ihr Gastgeber stand neben dem Flugzeug, ein Glas in jeder Hand, und blickte mit schalkhafter Miene auf sie nieder. Er blickte auf sie nieder, weil er dreieinhalb Meter groß war; er war auch fast transparent. Man konnte ohne große Schwierigkeit durch ihn hindurchsehen.

»Du spielst deinen Gästen ja einen netten Streich«, sagte George vorwurfsvoll. Er griff nach den Getränken, die er eben noch erreichen konnte. Seine Hand ging natürlich gerade durch sie hindurch. »Ich hoffe, du hast etwas Kompakteres, wenn wir ins Haus kommen!«

»Mach dir keine Sorgen«, sagte Rupert lachend. »Bestell jetzt gleich, was du haben willst, dann wird es bereit sein, wenn du hereinkommst.«

»Zwei große Bier, in flüssiger Luft gekühlt«, sagte George auf der Stelle. »Wir kommen sofort.«

Rupert nickte, stellte eines seiner Gläser auf einen unsichtbaren Tisch, bewegte einen ebenfalls unsichtbaren Hebel und entschwand sogleich ihren Blicken.

»Oh!« sagte Jean, »das ist das erstemal, daß ich einen dieser Apparate in Tätigkeit gesehen habe. Wie ist Rupert dazu gekommen? Ich dachte, nur die Overlords hätten sie.«

»Hast du je erlebt, daß Rupert nicht alles bekommen hat, was er haben wollte?« erwiderte George. »Das ist genau das richtige Spielzeug für ihn. Er kann bequem in seinem Arbeitszimmer sitzen und durch halb Afrika wandern. Keine Hitze, keine Käfer, keine Anstrengung, und der Kühlschrank immer in Reichweite. Ich frage mich, was wohl Stanley und Livingstone gedacht hätten!«

Die Sonne machte, bis sie das Haus erreicht hatten, jeder weiteren Unterhaltung ein Ende. Als sie sich der Haustür näherten, die von der übrigen Glaswand vor ihnen nicht leicht zu unterscheiden war, öffnete sie sich selbsttätig mit einer Trompetenfanfare. Jean ahnte mit Recht, daß sie diese Fanfare, ehe der Tag überstanden war, noch herzlich satt bekommen würde.

Die jetzige Frau Boyce begrüßte sie in der köstlichen Kühle der Halle. Sie war in Wirklichkeit der Hauptanziehungspunkt für viele Gäste. Etwa die Hälfte wäre auf jeden Fall gekommen, um Ruperts neues Haus zu sehen; die Zögernden hatten sich auf Grund der Berichte über Ruperts neue Frau dazu entschlossen.

Es gab nur ein Adjektiv, das sie angemessen kennzeichnete: Sie war atemberaubend. Selbst in einer Welt, wo Schönheit fast alltäglich war, pflegten die Männer die Köpfe zu recken, wenn sie den Raum betrat. Sie war nach Georges Schätzung etwa zu einem Viertel Negerin. Ihre Gesichtszüge waren griechisch, und ihr Haar lang und glänzend. Nur die dunkle Färbung ihrer Haut verriet ihr Mischblut.

»Sie sind Jean und George, nicht wahr?« sagte sie und streckte ihre Hand aus. »Ich freue mich so, Sie kennenzulernen. Rupert macht irgend etwas Schwieriges mit den Getränken. Kommen Sie mit, ich möchte Sie allen vorstellen.«

Ihre Stimme war ein vollklingender, tiefer Alt, der George leise Schauer über den Rücken jagte, so als spiele jemand auf seinem Rückgrat Flöte. Er sah nervös zu Jean hin, die es fertiggebracht hatte, sich zu einem etwas künstlichen Lächeln zu zwingen, und fand endlich seine Stimme wieder.

»Es ... es ist sehr schön, Sie kennenzulernen«, sagte er unbeholfen. »Wir haben uns auf diese Gesellschaft gefreut.«

»Rupert gibt immer so hübsche Gesellschaften«, warf Jean ein.

An der Art, wie sie das »Immer« betonte, merkte man ganz genau, was sie dachte: immer, wenn er sich verheiratete. George errötete leicht und warf Jean einen vorwurfsvollen Blick zu, aber ihre Gastgeberin verriet durch kein Zeichen, ob sie die Anspielung bemerkte. Sie war die Freundlichkeit selbst, als sie sie in den Hauptraum führte, der mit einer glanzvollen Versammlung von Ruperts zahlreichen Freunden schon halb gefüllt war. Rupert selbst saß an einem Fernsehapparat, der, wie George annahm, zu ihrer Begrüßung sein Bild nach draußen projiziert hatte. Er führte eifrig vor, wie er nun zwei weitere Ankömmlinge überraschte, als sie den Parkplatz betraten, hielt aber kurz inne, um Jean und George zu begrüßen und sich zu entschuldigen, weil er ihre Getränke irgend jemand gegeben habe.

»Ihr findet dort drüben massenhaft andere«, sagte er, während er eine Hand unbestimmt nach hinten ausstreckte und mit der andern an den Schaltern drehte. »Tut, als wenn ihr zu Hause seid! Ihr kennt die meisten Leute hier – Maja wird euch den übrigen vorstellen. Nett, daß ihr gekommen seid.«

»Nett von dir, uns einzuladen«, sagte Jean ohne große Überzeugung. George hatte sich schon auf den Weg zur Bar gemacht, und sie folgte ihm, wobei sie ab und zu jemanden begrüßte, den sie kannte. Etwa drei Viertel der Anwesenden waren völlig Fremde, was bei Ruperts Gesellschaften der Normalzustand war.

»Wir wollen auf Entdeckungen ausgehen«, sagte sie zu George, nachdem sie sich erfrischt und allen zugewinkt hatten, die sie kannten. »Ich möchte mir das Haus ansehen!«

George folgte ihr nach einem kaum verhohlenen Blick auf Maja Boyce. In seinen Augen lag etwas Fernes, was Jean durchaus nicht gefiel. Es war schon schrecklich, daß Männer im Grunde polygam waren. Anderseits, wenn sie es nicht wären ... Ja, vielleicht war es so doch besser.

George wurde schnell wieder normal, während sie die Wunder von Ruperts neuem Heim besichtigten. Das Haus erschien für zwei Menschen sehr groß, aber das war gerade richtig für die häufigen Gästeversammlungen, die es aufzunehmen hatte. Es hatte zwei Stockwerke, von denen das obere beträchtlich größer war, so daß es vorsprang und das Erdgeschoß beschattete. Das Haus war in erheblichem Maße automatisiert, und die Küche erinnerte stark an die Kanzel eines Luftschiffes.

»Arme Ruby!« sagte Jean, »ihr hätte dieses Haus gefallen!«

»Soviel ich gehört habe«, erwiderte George, der keine große Sympathie für die vorige Frau Boyce hatte, »ist sie völlig glücklich mit ihrem australischen Freund.«

Das war so allgemein bekannt, daß Jean schwerlich widersprechen konnte; sie änderte also das Thema. »Sie ist auffallend hübsch, nicht wahr?«

George war klug genug, die Falle zu vermeiden. »Vermutlich«, erwiderte er gleichgültig. »Das heißt natürlich, wenn man Brünette liebt.«

»Was du, nehme ich an, nicht tust«, sagte Jean sanft.

»Sei nicht eifersüchtig, Liebling«, sagte George lachend und streichelte ihr platinblondes Haar. »Wir wollen uns die Bibliothek ansehen. In welchem Stockwerk mag sie sich wohl befinden?«

»Sie muß hier oben sein; unten ist kein Raum mehr. Außerdem paßt es zu dem allgemeinen Plan: wohnen, essen, schlafen im Erdgeschoß. Hier oben ist der Teil für Unterhaltung und Spiele, obwohl ich es noch immer für eine närrische Idee halte, im ersten Stock ein Schwimmbecken anzulegen.«

»Es wird schon seinen Grund haben«, sagte George und öffnete auf gut Glück eine Tür. »Rupert muß einen fachmännischen Berater gehabt haben, als er dieses Haus baute. Ich bin überzeugt, daß er es nicht selbst gemacht hat.«

»Du hast wahrscheinlich recht. Wenn er es selbst entworfen hätte, so wären hier Zimmer ohne Türen und Treppen, die nirgendwohin führen. Tatsächlich würde ich mich scheuen, ein Haus zu betreten, das Rupert ganz allein entworfen hätte.«

»Da sind wir«, sagte George mit dem Stolz eines Seefahrers, der Land sichtet. »Die berühmte Boyce-Sammlung in ihrem neuen Heim. Ich möchte wissen, wie viele von ihnen Rupert wirklich gelesen hat.«

Die Bibliothek nahm die ganze Breite des Hauses ein, war aber mit Hilfe der großen Bücherregale in ein halbes Dutzend kleiner Räume eingeteilt. Die Regale enthielten, wenn George sich recht erinnerte, etwa fünfzehntausend Bände, fast alles von Bedeutung, was je auf den geheimnisvollen Gebieten der Magie, der psychischen Forschung, der Wahrsagung, Gedankenübertragung und der ganzen Reihe von schwer greifbaren, in der Paraphysik zusammengefaßten Erscheinungen veröffentlicht worden war. Es war ein sehr seltsames Steckenpferd in diesem Zeitalter der Vernunft. Vermutlich war es einfach Ruperts besondere Form, sich abzuschließen.

George bemerkte im selben Augenblick, als er eintrat, den Geruch. Er war schwach, aber durchdringend, weniger unangenehm als verwirrend. Jean hatte ihn ebenfalls bemerkt; ihre Stirn hatte sich in der Anstrengung, ihn zu identifizieren, zusammengezogen. Essigsäure, dachte George. Das kommt ihm am nächsten. Aber es ist doch etwas anderes dabei ...

Die Bibliothek endete in einem kleinen freien Raum, gerade

groß genug für einen Tisch, zwei Stühle und einige Kissen. Hier pflegte Rupert wahrscheinlich zu lesen. Auch jetzt las hier jemand, bei unnatürlich schwacher Beleuchtung.

Jean stieß ein leises Ächzen aus und umklammerte Georges Hand. Ihr Verhalten war vielleicht entschuldbar. Es war etwas anderes, auf dem Fernsehschirm ein Bild zu sehen, als ihm in Wirklichkeit zu begegnen. George, der selten durch irgend etwas überrascht war, zeigte sich sofort der Situation gewachsen.

»Ich hoffe, wir haben Sie nicht gestört, mein Herr«, sagte er höflich. »Wir hatten keine Ahnung, daß jemand hier ist. Rupert hat uns nichts gesagt...«

Der Overlord legte das Buch nieder, sah sie prüfend an und begann dann wieder zu lesen. Es war nichts Unhöfliches in diesem Verhalten, da es sich hier um ein Wesen handelte, das gleichzeitig lesen, sprechen und wahrscheinlich noch mehrere andere Dinge tun konnte. Aber auf menschliche Beobachter wirkte dies nichtsdestoweniger beunruhigend schizophren.

»Mein Name ist Raschaverak«, sagte der Overlord liebenswürdig. »Ich fürchte, ich bin nicht sehr gesellig, aber von Ruperts Bibliothek kann man sich schwer trennen.«

Jean brachte es fertig, ein nervöses Kichern zu unterdrücken. Ihr unerwarteter Mitgast las, wie sie bemerkte, alle zwei Sekunden eine Seite. Sie zweifelte nicht daran, daß er jedes Wort in sich aufnahm, und sie fragte sich, ob er wohl mit jedem Auge ein Buch lesen könne. Und dann könnte er natürlich, dachte sie bei sich, noch die Blindenschrift lernen, so daß er die Finger auch noch zum Lesen benutzen könnte ... Diese Vorstellung war zu komisch, um sich dabei aufzuhalten. Sie versuchte sie also zu unterdrücken, indem sie an der Unterhaltung teilnahm. Schließlich hatte man nicht jeden Tag Gelegenheit, mit einem der Herren der Erde zu sprechen.

George ließ sie plaudern, nachdem sie einmal damit angefangen hatte, und hoffte, daß sie nichts Taktloses sagen würde. Ebenso wie Jean hatte er noch nie einen leibhaftigen Overlord gesehen. Obwohl diese gesellschaftlich mit Regierungsbeamten, Wissenschaftlern und andern zusammenkamen, die geschäftlich mit ihnen zu tun hatten, hatte er noch nie gehört, daß einer auf einer gewöhnlichen Privatgesellschaft zugegen gewesen sei. Man konnte daraus den Schluß ziehen, daß diese Gesellschaft nicht so privat war, wie sie erschien. Auch daß Rupert einen Apparat besaß, wie er zu der Ausrüstung der Overlords gehörte, deutete darauf hin, und George begann sich zu fragen, was eigentlich hinter den Kulissen vorging. Er würde Rupert ausfragen, wenn er ihn unter vier Augen sprechen könnte.

Da die Stühle für Raschaverak zu klein waren, saß er auf dem Fußboden, anscheinend ganz bequem, da er die nur einen Meter daneben liegenden Kissen unbeachtet gelassen hatte. Infolgedessen war sein Kopf nur zwei Meter über dem Fußboden, und George hatte eine einzigartige Gelegenheit, außerirdische Biologie zu studieren. Da er unglücklicherweise auch über irdische Biologie wenig wußte, konnte er nicht viel Neues erfahren. Nur der sonderbare und keineswegs unangenehme Säuregeruch fiel ihm auf. Er fragte sich, wie wohl die Menschen für die Overlords röchen, und hoffte das Beste.

Raschaverak hatte nichts eigentlich Menschliches an sich. George konnte verstehen, daß man die Overlords, wenn sie aus der Entfernung von unwissenden, erschrockenen Wilden gesehen worden waren, für geflügelte Menschen halten konnte, wodurch das herkömmliche Bild des Teufels entstanden war. Jedoch so in der Nähe schwand einiges von dieser Augentäuschung. Die kleinen Hörner – was für einem Zweck mochten sie wohl dienen, fragte sich George – waren wie in der Beschreibung, aber der Körper war weder wie der eines Menschen noch wie der irgendeines Tieres, das die Erde je gekannt hatte. Die Overlords, die von einem völlig fremden Stammbaum kamen, waren weder Säugetiere, Insekten, noch Reptilien. Es war nicht einmal sicher, daß sie Wirbeltiere waren. Ihr harter äußerer Panzer konnte sehr wohl ihr einziges stützendes Gerüst sein.

Raschaveraks Flügel waren zusammengelegt. Der Büschel seines Schweifs war nicht so sehr eine Pfeilspitze als vielmehr ein großer, flacher Rhombus. Sein Zweck war, wie jetzt allgemein angenommen wurde, beim Flug Stabilität zu geben, wie die Schwanzfedern eines Vogels. Aus derartigen mageren Tatsachen und Vermutungen hatten die Gelehrten den Schluß gezogen, daß die Overlords aus einer Welt geringer Schwerkraft und sehr dichter Atmosphäre kämen.

Plötzlich ertönte Ruperts Stimme aus einem verborgenen Lautsprecher: »Jean! George! Wo, zum Teufel, steckt ihr? Kommt herunter und schließt euch der Gesellschaft an. Die Leute beginnen zu reden!«

»Vielleicht sollte ich auch lieber hinuntergehen«, sagte Raschaverak und stellte sein Buch in das Regal zurück. Er tat das mit großer Leichtigkeit, ohne vom Boden aufzustehen, und George bemerkte zum erstenmal, daß er zwei gegenüberstehende Daumen hatte mit fünf Fingern dazwischen. Ich möchte nicht gern nach einem auf Vierzehn beruhenden System rechnen, dachte George.

Als Raschaverak aufgestanden war, bot er ein eindrucksvolles Bild, und als er sich bückte, um nicht gegen die Decke zu stoßen, begriff man, daß, selbst wenn die Overlords sich gern unter menschliche Wesen mischen wollten, die praktischen Schwierigkeiten erheblich sein würden.

Noch einige Fuhren mit Gästen waren in der letzten halben Stunde angekommen, und der Raum war jetzt ziemlich voll. Raschaveraks Kommen machte die Sache noch viel schlimmer, weil alle aus den Nebenzimmern herbeigeeilt kamen, um ihn zu sehen. Rupert war augenscheinlich entzückt über die Sensation. Jean und George waren verärgert, weil niemand ihnen irgendwelche Beachtung schenkte.

»Kommen Sie hierher, Raschy, ich möchte Ihnen ein paar

Leute vorstellen«, rief Rupert. »Setzen Sie sich auf diesen Diwan, dann brauchen Sie die Decke nicht anzukratzen!«

Raschaverak, der den Schweif über die Schulter gelegt hatte, bewegte sich durch den Raum wie ein Eisbrecher, der sich durch Packeis hindurcharbeitet. Als er sich neben Rupert niedergelassen hatte, schien das Zimmer sich wieder zu vergrößern, und George stieß einen erleichterten Seufzer aus.

»Ich kam mir vor wie im Gefängnis, als er vor mir stand. Ich möchte wissen, wie Rupert zu ihm gekommen ist. Dies könnte eine interessante Gesellschaft werden.«

»Stell dir vor, daß Rupert ihn so auch in der Öffentlichkeit anredet. Aber er schien es nicht übelzunehmen. Es ist alles sehr sonderbar.«

»Ich wette, daß es ihm unangenehm war. Das Schlimme an Rupert ist, daß er sich gern hervortut und kein Taktgefühl hat. Und das erinnert mich an einige der Fragen, die du gestellt hast.«

»Zum Beispiel?«

»Nun: ›Wie lange sind Sie schon hier? Wie kommen Sie mit Oberkontrolleur Karellen aus? Gefällt es Ihnen auf der Erde?‹ Wirklich, Liebling, *so* kann man mit Overlords nicht sprechen.«

»Ich sehe nicht ein, warum nicht. Es wird Zeit, daß jemand es tut.«

Ehe ihre Unterhaltung scharf werden konnte, wurden sie von Schönbergers angesprochen, und sie trennten sich rasch. Die beiden Damen gingen fort, um über Frau Boyce zu sprechen, die Männer entfernten sich nach einer andern Richtung und taten genau das gleiche, wenn auch von einem andern Standpunkt. Benny Schönberger, einer von Georges ältesten Freunden, wußte allerlei über dieses Thema zu berichten.

»Um Himmels willen, sag es niemandem!« bat er. »Ruth weiß es nicht, aber *ich* habe sie mit Rupert bekannt gemacht.«

»Ich finde«, bemerkte George neidisch, »daß sie viel zu gut

für Rupert ist. Aber es kann ja unmöglich lange dauern. Sie wird ihn bald satt bekommen.« Dieser Gedanke schien ihn außerordentlich zu erfreuen.

»Das glaube nur ja nicht! Sie ist nicht nur eine Schönheit, sondern eine wirklich nette Person. Es ist höchste Zeit, daß jemand sich Ruperts annimmt, und dafür ist sie gerade die richtige Frau.«

Rupert und Maja saßen jetzt neben Raschaverak und empfingen ihre Gäste feierlich. Ruperts Gesellschaften hatten selten irgendeinen Brennpunkt, sondern bestanden gewöhnlich aus einem halben Dutzend unabhängiger Gruppen, die sich für ihre eigenen Angelegenheiten interessierten. Diesmal jedoch hatte die ganze Versammlung einen gemeinsamen Anziehungspunkt gefunden. George hatte Mitleid mit Maja. Dies hätte ihr Tag sein müssen, aber Raschaverak hatte sie teilweise in den Schatten gestellt.

»Hör mal«, sagte George, während er ein Brötchen verspeiste, »wie, zum Teufel, hat Rupert einen Overlord erwischt? Ich habe noch nie so etwas gehört, aber er scheint es für selbstverständlich zu halten. Er hat es nicht einmal erwähnt, als er uns einlud.«

Benny lachte. »Eine seiner üblichen kleinen Überraschungen. Du solltest besser ihn fragen. Aber es ist schließlich nicht das erstemal vorgekommen. Karellen war auf Gesellschaften im Weißen Haus, im Buckingham-Palast und ...«

»Das ist etwas anderes. Rupert ist ein ganz gewöhnlicher Bürger.«

»Und vielleicht ist Raschaverak ein sehr kleiner Overlord. Am besten fragst du Rupert selbst.«

»Das werde ich tun«, sagte George, »sobald ich seiner habhaft werden kann.«

»Dann mußt du noch lange warten.«

Benny hatte recht, aber da die Gesellschaft jetzt aufzutauen begann, war es nicht schwer, geduldig zu sein. Die leichte Erstarrung, die sich bei Raschaveraks Erscheinen über die Gesellschaft gelegt hatte, war jetzt verschwunden. Noch immer umdrängte eine kleine Gruppe den Overlord, aber anderswo hatte die übliche Absonderung stattgefunden, und alle benahmen sich ganz natürlich.

Ohne den Kopf wenden zu müssen, konnte George einen berühmten Filmproduzenten sehen, einen nicht sehr bedeutenden Dichter, einen Mathematiker, zwei Schauspieler, einen Atomphysiker, einen Forstminister, den Chefredakteur einer Wochenschrift, einen Statistiker der Weltbank, einen Geiger, einen Professor der Archäologie und einen Astrophysiker. Es waren keine andern Vertreter von Georges eigenem Beruf, der Bühnenausstattung für Fernsehspiele, anwesend, was ihm sehr lieb war, da er nicht fachsimpeln wollte. Er liebte seine Arbeit; in diesem Zeitalter arbeitete zum erstenmal in der menschlichen Geschichte ja auch niemand an Aufgaben, für die er nichts übrig hatte. Aber George war ein Mann, der am Ende des Tages die Studiotüren hinter sich schließen konnte.

Er fand Rupert endlich in der Küche, wo er Cocktails mixte. Es tat einem fast leid, ihn auf die Erde zurückzuholen, wenn seine Augen diesen abwesenden Blick hatten, aber George konnte, wenn es nötig war, rücksichtslos sein.

»Hör mal, Rupert«, begann er und setzte sich auf den nächsten Tisch, »ich glaube, du bist uns allen irgendeine Erklärung schuldig.«

»Hm«, sagte Rupert nachdenklich und ließ die Zunge um seinen Mund gleiten, »ein kleines bißchen zuviel Gin, fürchte ich.«

»Mache keine Ausflüchte und tu nicht, als ob du nicht nüchtern wärst, denn ich weiß genau, daß du es bist. Wo kommt dein Freund, der Overlord, her, und was macht er hier?«

»Habe ich es dir nicht gesagt?« fragte Rupert. »Ich dachte, ich hätte es allen erklärt. Aber natürlich, du warst ja nicht dabei, du hattest dich oben in der Bibliothek verkrochen.« Er lachte in einer Art, die George kränkend fand. »Wegen der Bibliothek, weißt du, ist Raschy hergekommen.«

»Wie merkwürdig!«

»Warum?«

George zögerte, weil er sich sagte, daß hier Takt erforderlich war. Rupert war sehr stolz auf seine eigenartige Büchersammlung. »Nun ja, wenn man bedenkt, wie weit die Overlords auf dem Gebiet der Wissenschaft sind, kann ich mir kaum denken, daß sie an psychischen Phänomenen und diesem ganzen Unsinn interessiert sein sollten.«

»Unsinn oder nicht«, erwiderte Rupert, »sie interessieren sich für menschliche Psychologie, und ich besitze einige Bücher, aus denen sie eine Menge lernen können. Kurz bevor ich hierher übersiedelte, setzte sich irgendein stellvertretender Unter-Overlord oder Ober-Unterlord mit mir in Verbindung und fragte, ob sie etwa fünfzig von meinen kostbarsten Büchern entleihen könnten. Wahrscheinlich hatte ihn einer der Bibliothekare der Bücherei des Britischen Museums an mich verwiesen. Natürlich kannst du dir vorstellen, was ich sagte.«

»Nein, das kann ich mir nicht vorstellen.«

»Nun, ich erwiderte sehr höflich, daß es mich zwanzig Jahre gekostet hätte, meine Bibliothek zusammenzubringen. Sie könnten sehr gern meine Bücher studieren, aber das müßten sie hier tun. Also ist Raschy gekommen und hat etwa zwanzig Bände täglich in sich aufgenommen. Ich möchte wissen, was er damit anfängt.«

George überlegte, dann zuckte er verächtlich die Schultern. »Offen gesagt, sinken die Overlords in meiner Wertschätzung. Ich dachte, sie könnten Besseres mit ihrer Zeit anfangen.«

»Du bist ein unverbesserlicher Materialist, nicht wahr? Ich glaube nicht, daß Jean deiner Meinung ist. Aber selbst von deinem, ach, wie praktischen Standpunkt hat es doch noch einen Sinn. Du würdest doch auch den Aberglauben einer primitiven Rasse studieren, wenn du mit ihr zu tun hättest.«

»Vermutlich«, sagte George, nicht ganz überzeugt. Die Tischplatte war hart, deshalb erhob er sich. Rupert hatte jetzt die Getränke zu seiner Zufriedenheit gemixt und wollte zu den Gästen zurückkehren. Man konnte schon murrende Stimmen hören, die seine Anwesenheit verlangten.

»Halt!« widersprach George, »ehe du verschwindest, habe ich noch eine andere Frage. Wie bist du zu dem Fernsehapparat gekommen, mit dem du uns zu erschrecken versuchtest?«

»Ein Zufallstreffer. Ich habe angedeutet, wie wertvoll ein solcher Apparat für eine Arbeit wie die meine sein würde, und Raschy hat meinen Vorschlag an die richtige Stelle weitergeleitet.«

»Verzeih, daß ich so dumm bin, aber was ist deine neue Arbeit? Ich vermute natürlich, daß sie irgend etwas mit Tieren zu tun hat.«

»Das stimmt. Ich bin Oberveterinär. Meine Praxis umfaßt etwa zehntausend Quadratkilometer Dschungel, und da meine Patienten nicht zu mir kommen, muß ich zu ihnen gehen.«

»Das kann man eine Vollbeschäftigung nennen.«

»Oh, natürlich braucht man sich praktisch nicht um die kleinen Tiere zu kümmern, nur um Löwen, Elefanten, Rhinozerosse und so weiter. Jeden Morgen stelle ich die Apparate auf eine Höhe von etwa hundert Metern ein, setze mich vor den Bildschirm und durchquere die Gegend. Wenn ich ein krankes Tier finde, steige ich in mein Flugzeug und hoffe, daß ich auf diese Weise helfen kann. Manchmal ist es etwas schwierig. Bei Löwen und solchen Tieren ist es einfach, aber ein Rhinozeros aus der Luft mit einem Betäubungspfeil zu treffen, ist eine verteufelte Sache.«

»Rupert!« schrie jemand aus dem Nebenzimmer.

»Da siehst du, was du angerichtet hast. Du bist schuld, daß ich meine Gäste vergessen habe. Hier, nimm dieses Tablett. Darauf sind die Cocktails mit Wermut, ich möchte nicht, daß sie verwechselt werden.«

Kurz vor Sonnenuntergang fand George seinen Weg aufs Dach hinauf. Aus mehreren Gründen hatte er leichte Kopfschmerzen und wollte dem Lärm und Trubel unten entfliehen. Jean, die viel besser tanzte als er, schien sich noch großartig zu amüsieren und weigerte sich aufzubrechen. Das ärgerte George, der anfing, sich durch den Alkohol verliebt zu fühlen, und er beschloß, eine Weile allein unter den Sternen zu schmollen.

Man erreichte das Dach, indem man mit der Rolltreppe zum ersten Stock fuhr und dann die Wendeltreppe hinaufstieg, die um die Klimaanlage herumführte. Schließlich kam man durch eine Luke auf das breite flache Dach. An einem Ende war Ruperts Flugzeug geparkt; der mittlere Teil war ein Garten, der schon zu verwildern begann, und das übrige war einfach eine Beobachtungsplattform mit einigen Liegestühlen. George ließ sich in einem dieser Stühle nieder und betrachtete mit Herrscherblick die Umgebung. Er fühlte sich ganz als Herrscher aller Dinge, die er überblicken konnte.

Es war, bescheiden ausgedrückt, wirklich ein Anblick! Ruperts Haus war am Rande eines großen Beckens gebaut worden, das nach Osten in fünf Kilometer entfernte Sümpfe und Seen abfiel. Nach Westen zu war das Land flach, und der Dschungel reichte fast bis an Ruperts Hintertür. Aber hinter dem Dschungel, in einer Entfernung von mindestens fünfzig Kilometern, zog sich eine Gebirgskette wie eine große Mauer nach Norden und Süden hin. Ihre Gipfel waren mit Schnee bedeckt, und die Wolken darüber flammten einige Minuten wie Feuer, als die Sonne nach ihrer Tagesreise unterging. Während George zu jenen fernen Welten hinüberblickte, empfand er einen Schauer, der ihn plötzlich nüchtern machte.

Die Sterne, die in dem Augenblick, als die Sonne untergegangen war, in so unpassender Eile hervortraten, waren ihm völlig fremd. Er hielt nach dem Kreuz des Südens Ausschau. Obwohl er sehr wenig von Astronomie wußte und nur vereinzelte Sternbilder bestimmen konnte, störte ihn das Fehlen vertrauter

Freunde. Auch waren die Töne, die vom Dschungel herüberklangen, unangenehm nah. Jetzt habe ich genug von der frischen Luft, dachte George. Ich gehe zurück zur Party, ehe ein Vampir oder etwas gleich Angenehmes angeflogen kommt, um Untersuchungen anzustellen.

Er wollte eben den Rückweg antreten, als ein anderer Gast durch die Luke herauskam. Es war jetzt so dunkel, daß George nicht sehen konnte, wer es war; deshalb rief er: »Hallo, haben Sie auch genug gehabt?«

Sein unsichtbarer Gesellschafter lachte. »Rupert zeigt jetzt einige seiner Filme. Ich habe sie alle schon gesehen.«

»Nehmen Sie eine Zigarette?« fragte George.

»Ja, danke.«

Im Schein des Feuerzeugs – George liebte solche altmodischen Dinger – konnte er jetzt seinen Gefährten erkennen, einen auffallend hübschen jungen Neger, dessen Namen man George genannt, den er aber sofort vergessen hatte, ebenso wie die Namen der zwanzig andern völlig fremden Gäste. Dieser junge Mann jedoch kam ihm irgendwie bekannt vor, und plötzlich erinnerte sich George.

»Ich glaube, wir haben uns noch nicht wirklich kennengelernt«, sagte er, »aber sind Sie nicht Ruperts neuer Schwager?«

»Allerdings, ich bin Jan Rodricks. Jeder sagt, daß Maja und ich uns sehr ähnlich sehen.«

George fragte sich, ob er Jan wegen seines neuen Verwandten bedauern solle. Er beschloß jedoch, es den armen Jungen allein herausfinden zu lassen; schließlich war es ja möglich, daß Rupert diesmal seßhaft bleiben würde. »Ich bin George Greggson. Sie sind zum erstenmal auf einer von Ruperts berühmten Gesellschaften?«

»Ja. Man lernt sicher eine Menge neue Menschen kennen.«

»Und nicht nur Menschen«, fügte George hinzu. »Ich hatte hier zum erstenmal Gelegenheit, einem Overlord gesellschaftlich zu begegnen.«

Der andere zögerte einen Augenblick, ehe er antwortete, und George fragte sich, welche empfindliche Stelle er getroffen habe. Aber die Antwort verriet nichts.

»Ich hatte auch noch keinen gesehen, außer natürlich im Fernsehen.«

Hier erlahmte die Unterhaltung, und nach einem Augenblick begriff George, daß Jan allein sein wollte. Es wurde auch kalt, und so verabschiedete er sich und begab sich wieder zur Gesellschaft.

Der Dschungel war jetzt still. Als Jan sich gegen die gewölbte Wand der Klimaanlage lehnte, konnte er kein Geräusch weiter hören als das leise Raunen des Hauses, das durch seine mechanischen Lungen atmete. Er fühlte sich sehr einsam, was er sein wollte. Er fühlte sich aber auch sehr enttäuscht, und das war etwas, wonach er durchaus kein Verlangen hatte.

— 4 —

Kein Utopien kann irgend jemandem auf die Dauer gefallen. Sobald ihre materielle Lage sich bessert, steigern die Menschen ihre Ansprüche und werden unzufrieden mit Machtbefugnissen und Besitztümern, an die sie früher in ihren kühnsten Träumen nicht einmal zu denken gewagt hätten. Und selbst wenn die Außenwelt alles gegeben hat, was sie vermag, so bleibt immer noch das Suchen des Geistes und die Sehnsucht des Herzens.

Obwohl Jan Rodricks selten sein Glück zu schätzen wußte, wäre er in einem früheren Zeitalter noch unzufriedener gewesen. Vor hundert Jahren wäre seine Farbe ein furchtbarer, vielleicht sogar erdrückender Nachteil gewesen. Heute bedeutete sie nichts. Wenn die Neger zu Beginn des einundzwanzigsten Jahrhunderts ein gewisses Gefühl der Überlegenheit gehabt hatten, so war dieses bereits vergangen. Das bequeme Wort

»Nigger« war in höflicher Gesellschaft nicht mehr tabu, sondern wurde von allen ohne Verlegenheit benutzt. Es hatte keinen anderen Gefühlsinhalt als Republikaner oder Methodist, Konservativer oder Liberaler.

Jans Vater war ein bezaubernder, aber etwas schwächlicher Schotte gewesen, der sich als Magier einen bedeutenden Namen gemacht hatte. Sein Tod im frühen Alter von fünfundvierzig Jahren war durch übermäßigen Genuß des berühmtesten Erzeugnisses seines Landes verursacht worden. Obwohl Jan seinen Vater nie total betrunken gesehen hatte, konnte er sich nicht erinnern, ihn jemals nüchtern gesehen zu haben.

Frau Rodricks, die noch sehr lebendig war, lehrte an der Universität Edinburgh Höhere Wahrscheinlichkeitstheorie. Es war typisch für die außerordentliche Beweglichkeit der Menschen des einundzwanzigsten Jahrhunderts, daß Frau Rodricks, die kohlschwarz war, in Schottland geboren worden war, während ihr aus seinem Vaterland ausgewanderter, blonder Mann fast sein ganzes Leben auf Haiti verbracht hatte. Maja und Jan hatten nie ein richtiges Zuhause gehabt, sondern waren zwischen den Familien ihrer Eltern wie zwei kleine Federbälle hin- und hergeflogen. Dieser Zustand war spaßig gewesen, hatte aber nicht dazu beigetragen, die Unbeständigkeit auszumerzen, die sie beide von ihrem Vater geerbt hatten.

Mit siebenundzwanzig Jahren hatte Jan noch immer mehrere Studienjahre vor sich, ehe er ernsthaft über seine Laufbahn nachzudenken brauchte. Er hatte ohne jede Schwierigkeit sein Abschlußexamen gemacht, und zwar auf Grund eines Studienplanes, der hundert Jahre vorher sehr sonderbar erschienen wäre. Seine Hauptfächer waren Mathematik und Physik gewesen, aber als Nebenfächer hatte er Philosophie und Musik gewählt. Selbst nach den hohen Anforderungen der Zeit war er ein erstklassiger Amateurpianist.

In drei Jahren würde er seinen Doktor der Physik machen,

mit Astronomie als zweitem Fach. Das würde sehr harte Arbeit erfordern, aber Jan war damit ganz zufrieden. Er studierte an der vielleicht am schönsten gelegenen Universität der Welt: an der Universität Kapstadt am Fuß des Tafelberges.

Er hatte keine materiellen Sorgen, und doch war er unzufrieden und sah keinen Ausweg aus seiner Lage. Um alles noch schlimmer zu machen, hatte Majas eigenes Glück, obwohl er es ihr nicht im mindesten neidete, die Hauptursache seiner eigenen Nöte hervorgehoben.

Denn Jan litt noch immer an der romantischen Illusion, der Ursache von so viel Elend und so viel Poesie, daß jeder Mensch nur eine wirkliche Liebe in seinem Leben habe. In ungewöhnlich spätem Alter hatte er sein Herz zum erstenmal verloren, an eine Dame, die mehr wegen ihrer Schönheit als wegen ihrer Beständigkeit bekannt war. Rosita Tsien behauptete, völlig wahrheitsgemäß, das Blut der Mandschu-Kaiser in ihren Adern zu haben. Sie hatte noch immer viele Untertanen, darunter den größten Teil der Wissenschaftlichen Fakultät in Kapstadt. Jan war von ihrer zarten, blumenhaften Schönheit gefangengenommen worden, und die Angelegenheit war weit genug vorgeschritten, um ihre Beendigung um so bitterer zu machen. Er konnte sich nicht denken, was schiefgegangen war ...

Er würde natürlich darüber hinwegkommen. Andere Männer hatten ähnliche Katastrophen überlebt, ohne nicht wiedergutzumachenden Schaden zu nehmen, und hatten sogar einen Punkt erreicht, an dem sie sagen konnten: »Ich bin überzeugt, ich hätte es bei einer solchen Frau nie wirklich ernst meinen können.« Aber eine solche Einstellung lag noch in ferner Zukunft, und im Augenblick stand Jan mit dem Leben auf ganz schlechtem Fuß.

Sein anderer Kummer war weniger leicht zu heilen, denn er betraf die Einengung seines eigenen Ehrgeizes durch die Overlords. Jan war ein Romantiker, nicht nur im Herzen, sondern mit dem Verstand. Gleich so vielen andern jungen Männern hatte er, seit die Eroberung der Luft gesichert war, seine Träume und Phantasien die unerforschlichen Ozeane des Weltraums durchschweifen lassen.

Vor hundert Jahren hatte der Mensch seinen Fuß auf die Leiter gesetzt, die ihn zu den Sternen führen konnte. Gerade in diesem Augenblick – konnte es ein Zufall sein? – war ihm die Tür zu den Planeten vor der Nase zugeschlagen worden. Die Overlords hatten nur wenige Verbote für menschliche Betätigungen erlassen. Das Verbot, Krieg zu führen, war vielleicht die große Ausnahme. Aber die Forschung auf dem Gebiet des Weltraumflugs hatte einfach aufgehört. Der Vorsprung, den die Overlords durch ihre Wissenschaft erlangt hatten, war zu groß. Für den Augenblick wenigstens hatte der Mensch den Mut verloren und sich daher anderen Tätigkeitsgebieten zugewendet. Es hatte keinen Sinn, Raketen zu entwickeln, wenn die Overlords unendlich überlegene Fortbewegungsmittel hatten, die auf Prinzipien beruhten, über die sie nie irgend etwas verlauten ließen.

Einige wenige hundert Menschen hatten den Mond besucht, um ein Mond-Observatorium zu errichten. Sie waren als Passagiere in einem kleinen, von den Overlords geliehenen Schiff mit Raketenantrieb gereist. Es lag auf der Hand, daß man aus dem Studium dieses primitiven Gefährts wenig lernen konnte, selbst wenn die Besitzer es vorbehaltlos den wißbegierigen irdischen Gelehrten überließen.

Der Mensch war daher noch immer ein Gefangener auf seinem eigenen Planeten. Es war ein viel schönerer, aber viel kleinerer Planet als vor hundert Jahren. Als die Overlords Krieg, Hunger und Krankheit abschafften, hatten sie auch das Abenteuer abgeschafft.

Der aufgehende Mond begann den östlichen Himmel mit einem blassen, milchigen Schein zu übergießen. Dort oben, im Bereich des Pluto, das wußte Jan, war der Hauptstützpunkt der Overlords. Obwohl die Versorgungsschiffe seit mehr als siebzig Jahren verkehrt haben mußten, war erst zu Jans Lebzeiten jede Verheimlichung fallengelassen worden, und sie waren in voller Sicht der Erde abgefahren. In dem zweihundertzölligen Teleskop konnte man die Schatten der großen Schiffe deutlich sehen, wenn die Morgen- oder Abendsonne sie meilenlang über die Ebenen des Mondes warf. Da alles, was die Overlords taten, von ungeheurem Interesse für die Menschheit war, beobachtete man ihr Kommen und Gehen sorgfältig, und die Art ihres Verhaltens wenn auch nicht die Ursache – begann deutlich zu werden. Einer dieser großen Schatten war vor wenigen Stunden verschwunden. Das bedeutete, wie Jan wußte, daß irgendwo in der Nähe des Mondes ein Overlordschiff im Raum lag und irgendwelche Vorkehrungen traf, die nötig waren, bevor es zu seiner fernen, unbekannten Heimat reisen konnte. Natürlich wußte man nie, wann der Start erfolgte.

Er hatte nie eines dieser heimkehrenden Schiffe den Sternen zusteuern sehen. Wenn die Bedingungen gut waren, konnte man es in der halben Welt sehen, aber Jan hatte immer Pech gehabt. Man konnte nie genau sagen, wann die Abreise erfolgte, und die Overlords kündigten sie nicht an. Er beschloß, noch zehn Minuten zu warten und dann zu der Gesellschaft zurückzugehen.

Was war das? Nur ein Meteor, der durch den Eridanus abwärts glitt. Jan entspannte sich, bemerkte, daß seine Zigarette ausgegangen war, und zündete sich eine neue an.

Er hatte sie halb zu Ende geraucht, als eine halbe Million Kilometer entfernt der Start erfolgte. Aus dem Herzen des sich verbreiternden Mondscheins begann ein winziger Funke zum Zenit emporzusteigen. Zuerst war seine Bewegung so langsam, daß sie kaum wahrzunehmen war, aber Sekunde für Sekunde nahm sie an Schnelligkeit zu. Während der Funke höher stieg, wuchs seine Leuchtkraft, dann plötzlich entschwand er den Blicken. Einen Augenblick später erschien er wieder und nahm an Schnelligkeit und Helle zu. In einem seltsamen Rhythmus zu- und abnehmend, stieg er noch schneller am Himmel empor und zog einen ununterbrochenen Lichtstreifen zwischen den Sternen. Auch wenn man seine wirkliche Entfernung nicht kannte, war der Eindruck seiner Schnelligkeit atemberaubend; wenn man wußte, daß das abreisende Schiff irgendwo jenseits des Mondes war, schwindelte es dem Geist angesichts der Schnelligkeit und Energie, die sich hier offenbarten.

Es war ein unwichtiges Nebenerzeugnis dieser Energien, was er jetzt sah, das wußte Jan. Das Schiff selbst war unsichtbar, diesem emporsteigenden Licht schon weit voraus. Wie ein hochfliegendes Düsenflugzeug einen Dampfschweif hinterlassen kann, so hinterließ das abreisende Schiff der Overlords seine eigene, besondere Spur. Die allgemein angenommene Theorie, an deren Richtigkeit man kaum zweifeln konnte, lief darauf hinaus, daß die ungeheure Beschleunigung der Sternenfahrt eine örtliche Verzerrung des Raumes verursache. Was Jan sah, war, wie er wußte, nichts weniger als das Licht ferner Sterne, das in seinem Auge gesammelt wurde, sobald die Bedingungen längs der Bahn des Schiffes günstig waren. Es war ein sichtbarer Beweis für die Relativität, die Beugung des Lichts in Anwesenheit eines ungeheuren Gravitationsfeldes.

Jetzt schien sich das Ende der riesigen, bleistiftdünnen Linse langsamer zu bewegen, aber das lag nur an der Perspektive. In Wirklichkeit steigerte das Schiff seine Schnelligkeit immer noch, sein Weg wurde nur in der Verkürzung gezeichnet, während es sich selbst zu den Sternen hinausschleuderte. Viele Teleskope würden seine Bahn begleiten, das wußte Jan, da die Wissenschaftler der Erde die Geheimnisse der Fahrt zu entdecken versuchten. Dutzende von Schriften waren bereits über dieses Thema veröffentlicht worden; ohne Zweifel hatten die Overlords sie mit größtem Interesse gelesen.

Das gespenstische Licht begann zu verschwinden. Jetzt war

es ein erlöschender Strich, auf das Herz des Sternbildes Carina gerichtet, wie Jan vorausgesehen hatte. Die Heimat der Overlords mußte irgendwo dort draußen sein, aber das Schiff konnte irgendeinen der Tausende von Sternen in jenem Teil des Weltraumes ansteuern. Seine Entfernung vom Sonnensystem konnte man nicht feststellen.

Jetzt war alles vorbei. Obwohl das Schiff seine Reise kaum angetreten hatte, war nichts mehr da, was menschliche Augen sehen konnten. Aber in Jans Geist brannte noch die Erinnerung an den leuchtenden Pfad, ein Signal, das nie erlöschen würde, solange er Ehrgeiz und Streben besaß.

Die Gesellschaft war vorbei.

Fast alle Gäste waren zum Himmel emporgestiegen und zerstreuten sich jetzt nach den vier Himmelsrichtungen. Es gab jedoch einige Ausnahmen.

Eine dieser Ausnahmen war Norman Dodsworth, der Dichter, der unangenehm betrunken, aber vernünftig genug gewesen war, ohnmächtig zu werden, bevor sich irgendeine Gewaltanwendung als notwendig erwies. Er war, nicht sehr sanft, auf den Rasen gelegt worden, wo, wie man hoffte, eine Hyäne ihm zu einem jähen Erwachen verhelfen würde. Für alle praktischen Zwecke konnte er daher als abwesend betrachtet werden.

Die andern noch verbliebenen Gäste waren George und Jean. Dies war durchaus nicht nach Georges Sinn: Er wollte nach Hause. Er mißbilligte die Freundschaft zwischen Rupert und Jean, wenn auch nicht aus den üblichen Gründen. George hielt sich voll Stolz für einen praktischen Charakter mit gesundem Verstand und betrachtete das Interesse, das Jean und Rupert zueinanderzog, nicht nur als kindisch in diesem Zeitalter der Wissenschaft, sondern eher als ziemlich ungesund. Daß irgend jemand noch den geringsten Glauben an das Übernormale haben sollte, erschien ihm ungewöhnlich, und daß er Raschaverak hier getroffen hatte, hatte sein Vertrauen in die Overlords erschüttert.

Es war jetzt unverkennbar, daß Rupert irgendeine Überraschung geplant hatte, wahrscheinlich mit Jeans Billigung. George fand sich verdrießlich damit ab, daß irgendein Unsinn kommen würde.

»Ich habe alles mögliche versucht, bevor ich hierauf gekommen bin«, sagte Rupert stolz. »Das große Problem ist, die Reibung zu vermindern, so daß man völlige Freiheit der Bewegung hat. Die altmodische Methode mit dem Tischrücken ist nicht schlecht, aber man hat sie jetzt seit Jahrhunderten benutzt, und ich war überzeugt, daß die moderne Wissenschaft etwas Besseres finden könnte. Und hier ist das Ergebnis. Zieht eure Stühle heran. Sind Sie ganz sicher, daß Sie nicht mitmachen möchten, Raschy?«

Der Overlord schien den Bruchteil einer Sekunde zu zögern. Dann schüttelte er den Kopf. Ob sie diese Gewohnheit auf der Erde gelernt hatten? fragte sich George.

»Nein, danke«, erwiderte er. »Ich möchte lieber zusehen. Ein andermal vielleicht.«

»Gut – Sie haben viel Zeit, später Ihre Meinung zu ändern.«

Ob wir viel Zeit haben? dachte George und sah finster auf seine Uhr.

Rupert hatte seine Freunde zu einem kleinen, aber massiven, völlig kreisrunden Tisch geführt, der eine glatte Platte aus Kunststoff hatte. Diese Platte hob er ab, so daß man einen glitzernden See aneinandergelegter Kugellager sah. Der ziemlich hohe Tischrand hinderte sie am Herunterfallen, und George konnte sich unmöglich vorstellen, welchen Zweck sie haben sollten. Die Hunderte von reflektierten Lichtpunkten bildeten ein faszinierendes und hypnotisch wirkendes Muster, und er hatte das Gefühl eines leichten Schwindels.

Als sie ihre Stühle heranzogen, griff Rupert unter den Tisch und zog eine Scheibe von etwa zehn Zentimetern Durchmesser heraus, die er auf die Kugellager legte. »So«, sagte er. »Jetzt legt eure Finger auf diese Scheibe, und sie bewegt sich ohne jeden Widerstand.«

George sah die Vorrichtung mit tiefem Mißtrauen an. Er bemerkte, daß die Buchstaben des Alphabets in regelmäßigen Abständen, aber ohne besondere Anordnung, am Außenrand des Tisches angebracht waren. Außerdem waren die Zahlen eins bis neun wahllos zwischen den Buchstaben verstreut, und zwei mit »Ja« und »Nein« beschriebene Karten befanden sich an entgegengesetzten Seiten des Tisches.

»Mir kommt das wie Hokuspokus vor«, murmelte er. »Es wundert mich, daß in diesem Zeitalter jemand so etwas ernst nimmt.« Er fühlte sich etwas wohler, nachdem er diesen sanften Protest geäußert hatte, der sich ebensosehr gegen Jean wie gegen Rupert richtete. Rupert gab nicht vor, mehr als ein gewisses wissenschaftliches Interesse für diese Phänomene zu haben. Er war vorurteilslos, aber nicht leichtgläubig. Jean andererseits ... Nun, George machte sich zuweilen einige Sorgen um sie. Sie schien wirklich anzunehmen, daß hinter Gedankenübertragung und Hellsehen etwas steckte.

Erst als George seine Bemerkung gemacht hatte, wurde ihm klar, daß sie auch eine Kritik Raschaveraks einschloß. Er sah sich nervös um, aber der Overlord schien unberührt. Was natürlich überhaupt nichts bewies.

Alle hatten jetzt ihre Plätze eingenommen. In Uhrzeigerrichtung saßen Rupert, Maja, Jan, Jean, George und Benny Schönberger um den Tisch. Ruth Schönberger saß außerhalb des Kreises mit einem Notizbuch. Sie hatte augenscheinlich etwas dagegen, an dem Versuch teilzunehmen, was Benny zu einigen spöttischen Bemerkungen über Leute veranlaßt hatte, die den Talmud noch ernst nähmen. Jedoch schien sie durchaus bereit zu sein, als Protokollführerin mitzuzuwirken.

»Hört jetzt zu«, begann Rupert. »Skeptikern wie George wollen wir es ganz deutlich erklären. Einerlei, ob es hier irgend etwas Übernormales gibt oder nicht – es funktioniert! Ich persönlich glaube, daß es eine rein mechanische Erklärung gibt. Wenn wir die Hände auf die Scheibe legen – auch wenn wir es zu vermeiden versuchen, ihre Bewegungen zu beeinflussen –, beginnt uns das Unterbewußtsein allerlei Streiche zu spielen. Ich habe unzählige dieser Seancen analysiert, und ich habe nie Antworten bekommen, die nicht irgendeiner in der Gruppe gewußt oder erraten haben könnte, obwohl er sich bisweilen dieser Tatsache nicht bewußt war. Ich möchte jedoch das Experiment unter diesen ziemlich – hm – sonderbaren Umständen durchführen.«

Der »sonderbare Umstand« beobachtete sie schweigend, aber zweifellos nicht gleichgültig. George fragte sich, was Raschaverak wohl über diese Possen denken mochte. Waren seine Empfindungen die eines Anthropologen, der irgendeinen primitiven religiösen Brauch beobachtet? Der ganze Apparat war tatsächlich geradezu phantastisch, und George kam sich so närrisch wie nie in seinem Leben vor.

Wenn die anderen sich ebenso töricht vorkamen, so verbargen sie ihre Gefühle. Nur Jean glühte vor Erregung, aber vielleicht kam das auch von den Cocktails.

»Alles in Ordnung?« fragte Rupert. »Gut.« Er machte eine eindrucksvolle Pause, dann rief er, ohne sich an irgendeinen Bestimmten zu wenden: »Ist jemand hier?«

George konnte die Scheibe unter seinen Fingern leise zittern fühlen. Das war nicht überraschend in Anbetracht des Drucks, der von den sechs Leuten im Kreise auf die Scheibe ausgeübt wurde. Sie glitt in einer kleinen Acht herum und blieb dann im Mittelpunkt wieder still liegen.

»Ist hier jemand?« wiederholte Rupert. Mehr im Unterhaltungston fügte er hinzu: »Es dauert oft zehn oder fünfzehn Minuten, bis wir anfangen können. Aber manchmal –«

»Still!« flüsterte Jean.

Die Scheibe bewegte sich. Sie begann in einem weitem Bogen zwischen den Karten mit der Aufschrift »Ja« und »Nein« zu schwingen. Mit einiger Mühe unterdrückte George ein Lachen. Was würde es denn beweisen, fragte er sich, wenn die Antwort »Nein« wäre?

Aber die Antwort war »Ja«. Die Scheibe kehrte rasch zum Mittelpunkt des Tisches zurück. Irgendwie schien sie jetzt lebhaft auf die nächste Frage zu warten. Wider Willen begann George beeindruckt zu werden.

»Wer bist du?« fragte Rupert.

Ohne Zögern wurden jetzt die Worte buchstabiert. Die Scheibe schwirrte wie ein denkendes Wesen über den Tisch und bewegte sich so schnell, daß es George bisweilen schwerfiel, seine Finger darauf zu lassen. Er konnte schwören, daß er zu ihrer Bewegung nicht beitrug. Bei einem raschen Rundblick vermochte er in den Gesichtern seiner Freunde nichts Verdächtiges zu sehen. Sie schienen ebenso gespannt und erwartungsvoll wie er selbst.

»Jamall«, buchstabierte die Scheibe und kehrte zu ihrem Gleichgewichtspunkt zurück.

»I am all, ich bin alles«, wiederholte Rupert. »Das ist eine typische Antwort. Ausweichend, aber anregend. Es bedeutet wahrscheinlich, daß hier nichts ist außer unseren vereinigten Geistern.« Er hielt einen Augenblick inne, wobei er offenbar seine nächste Frage überlegte. Dann fragte er wieder in die Luft hinein: »Hast du eine Botschaft für irgendeinen hier Anwesenden?«

»Nein«, erwiderte die Scheibe sofort.

Rupert warf einen Blick in die Runde. »Jetzt liegt es bei uns. Zuweilen gibt es freiwillig Auskünfte, aber diesmal müssen wir bestimmte Fragen stellen. Aber das ist ja nicht weiter schwierig, nicht wahr? Möchte jemand beginnen?«

»Wird es morgen regnen?« sagte George scherzend.

Plötzlich begann sich die Scheibe zwischen »Ja« und »Nein« hin- und herzubewegen.

»Das ist eine törichte Frage«, tadelte Rupert. »Denn irgendwo wird es regnen, und anderswo wird es trocken sein. Ihr dürft keine Fragen stellen, auf die man doppelsinnig antworten kann.«

George fühlte sich gebührend in Verlegenheit gebracht und beschloß, die nächste Frage einem andern zu überlassen.

»Welches ist meine Lieblingsfarbe?« fragte Maja.

»Blau«, kam sofort die Antwort.

»Das stimmt genau.«

»Aber es beweist nichts. Mindestens drei Leute hier haben das gewußt«, bemerkte George.

»Welches ist Ruths Lieblingsfarbe?« fragte Benny.

»Rot.«

»Stimmt das, Ruth?«

Die Protokollführerin blickte von ihrem Notizbuch auf. »Ja, das stimmt, aber Benny weiß es, und er sitzt mit im Kreis.«

»Ich habe es nicht gewußt«, widersprach Benny.

»Ich habe es dir aber oft genug gesagt!«

»Unterbewußtes Gedächtnis«, murmelte Rupert. »Das kommt oft vor. Aber können wir nicht bitte etwas intelligentere Fragen stellen? Da es so gut begonnen hat, möchte ich es nicht gern verplempern.«

Sonderbarerweise begann die Trivialität der Erscheinung auf George Eindruck zu machen. Er war überzeugt, daß es keine übernatürliche Erklärung gab. Wie Rupert gesagt hatte, reagierte die Scheibe einfach auf unbewußte Muskelbewegungen. Aber diese Tatsache an sich war überraschend und eindrucksvoll. Er hätte nie geglaubt, daß man so genaue, rasche Antworten erlangen könne. Einmal versuchte er, die Scheibe zu beeinflussen, indem er sie seinen eigenen Namen buchstabieren ließ; er bekam das G, aber das war alles. Das übrige war Unsinn. Er kam zu der Erkenntnis, daß es tatsächlich unmöglich war, daß eine einzelne Person die Führung übernahm, ohne daß der übrige Kreis es wußte.

Nach einer halben Stunde hatte Ruth mehr als ein Dutzend Antworten aufgeschrieben, darunter ziemlich lange. Zuweilen waren orthographische und grammatikalische Schnitzer in den Sätzen, aber nur wenige. Auf jeden Fall war George jetzt überzeugt, daß er an den Antworten nicht bewußt mitwirkte, welche Erklärung es nun auch geben mochte. Mehrmals, wenn ein Wort buchstabiert wurde, harte er den nächsten Buchstaben vorausgeahnt und damit auch den Sinn des Satzes. Aber jedesmal hatte die Scheibe eine ganz andere Richtung genommen und ein ganz anderes Wort buchstabiert. Zuweilen schien auch die ganze Antwort, da zwischen dem Ende eines Wortes und dem Beginn des nächsten keine Pause gemacht wurde, sinnlos, bis der Satz vollständig war und Ruth ihn vorgelesen hatte.

Das ganze Experiment gab George den unheimlichen Eindruck, mit irgendeinem zielbewußten, unabhängigen Geist in Verbindung zu stehen. Und doch gab es keinen wirklich schlüssigen Beweis. Die Antworten waren so trivial, so vieldeutig. Was konnte man zum Beispiel mit dem Satz anfangen: »GlaubtdemMenschenNaturistmiteuch.«

Aber zuweilen hörte man Andeutungen von tiefen, sogar verwirrenden Wahrheiten: »Bedenktmenschistnichtalleinnahemenschistlandvonandern.«

Natürlich wußte das jeder, aber konnte man mit Sicherheit wissen, daß die Botschaft sich nur auf die Overlords bezog?

George wurde müde. Es war höchste Zeit, dachte er schläfrig, daß sie aufbrächen. Dies alles war sehr verwirrend, aber es führte zu keinem Ziel, und man konnte auch von etwas Gutem zuviel bekommen. Er blickte in die Runde. Benny sah aus, als empfinde er ungefähr das gleiche. Maja und Rupert hatten beide etwas verglaste Augen, und Jean ... ja, sie hatte es die ganze Zeit zu ernst genommen. Ihre Miene beunruhigte George. Es war fast, als hätte sie Angst aufzuhören und doch auch Angst weiterzumachen.

Es blieb nur Jan übrig. George fragte sich, was er über die

Absonderlichkeiten seines Schwagers denken mochte. Der junge Ingenieur hatte keine Fragen gestellt und keine Überraschung über irgendeine der Antworten gezeigt. Er schien die Bewegung der Scheibe wie ein wissenschaftliches Phänomen zu studieren.

Rupert entriß sich der Schläfrigkeit, die ihn befallen zu haben schien. »Wir wollen noch eine Frage stellen«, sagte er, »dann wollen wir aufhören. Wie ist es mit dir, Jan? Du hast noch nichts gefragt.«

Überraschenderweise zögerte Jan nicht. Es war, als habe er sich schon lange darauf vorbereitet und nur auf eine Gelegenheit gewartet. Er blickte flüchtig auf den gleichmütig dasitzenden massigen Körper Raschaveraks, dann fragte er mit klarer, fester Stimme: »Welcher Stern ist die Sonne der Overlords?«

Rupert unterdrückte einen überraschten Pfiff. Maja und Benny reagierten überhaupt nicht. Jean hatte die Augen geschlossen und schien eingeschlafen zu sein. Raschaverak hatte sich vorgebeugt, so daß er über Ruperts Schulter auf den Kreis hinunterblicken konnte.

Und die Scheibe begann sich zu bewegen.

Als sie wieder zur Ruhe kam, gab es eine kurze Pause. Dann fragte Ruth mit verwunderter Stimme:

»Was bedeutet NGS 549 672?«

Sie bekam keine Antwort, denn im selben Augenblick rief George besorgt:

»Helft mir! Ich fürchte, Jean ist ohnmächtig geworden.«

— 5 —

»Dieser Boyce!« sagte Karellen. »Berichte mir alles über ihn!«

Der Oberkontrolleur bediente sich natürlich nicht tatsächlich dieser Worte, und die Gedanken, die er wirklich ausdrückte, waren viel scharfsinniger. Ein menschlicher Zuhörer hätte eine kurze Folge von raschen Tönen vernommen, nicht unähnlich einem in Tätigkeit befindlichen Hochfrequenz-Morsesender. Obwohl man viele Beispiele der Sprache der Overlords aufgenommen hatte, erwies sich bei allen infolge ihrer außerordentlichen Kompliziertheit eine Analyse als unmöglich. Die Schnelligkeit der Übertragung sorgte dafür, daß kein Dolmetscher, selbst wenn er die Sprache völlig beherrscht hätte, jemals den Overlords bei ihrer normalen Unterhaltung folgen konnte.

Der Oberkontrolleur für die Erde stand mit dem Rücken zu Raschaverak und blickte über die vielfarbige Schlucht des Grand Canyon hin. In zehn Kilometern Entfernung, aber kaum durch den Abstand verschleiert, fingen die terrassenartig ansteigenden Hänge die volle Kraft der Sonne auf. Ein paar hundert Meter tiefer an der schattigen Bergwand, an deren Rand Karellen stand, bewegte sich ein Mauleselzug in langsamen Windungen in das Tal hinab. Seltsam, dachte Karellen, daß so viele menschliche Wesen noch jede Gelegenheit ergriffen, sich primitiv zu verhalten. Sie konnten den Grund der Schlucht in einem Bruchteil der Zeit und viel bequemer erreichen, wenn sie wollten. Und doch zogen sie es vor, auf Wegen, die wahrscheinlich genauso unsicher waren, wie sie aussahen, dahinzuholpern.

Karellen machte eine unmerkliche Handbewegung. Das große Panorama entschwand den Blicken, und es blieb nur eine nebelige Leere von unendlicher Tiefe. Die Wirklichkeiten seines Amtes und seiner Stellung stürmten wieder einmal auf den Oberkontrolleur ein.

»Rupert Boyce ist ein etwas merkwürdiger Charakter«, erwiderte Raschaverak. »Beruflich ist ihm das Wohlergehen der Tiere in einem wichtigen Teil der afrikanischen Schutzgebiete anvertraut. Er ist sehr tüchtig und an seiner Arbeit interessiert. Da er mehrere tausend Quadratkilometer zu überwachen hat, besitzt er einen der fünfzehn Fernsehapparate, die wir bisher ausgeliehen haben, natürlich unter den üblichen Vorsichtsmaßnahmen. Es ist zufällig der einzige mit vollen Projektionsvorrichtungen. Er hat ihre Notwendigkeit für ihn ausreichend dargelegt, so daß wir ihm den Apparat überlassen haben.«

»Was für Gründe hat er angegeben?«

»Er wollte sich verschiedenen wilden Tieren zeigen, damit sie sich an seinen Anblick gewöhnen und ihn nicht angreifen sollten, wenn er körperlich anwesend wäre. Diese Theorie hat sich bei Tieren bewährt, die sich mehr auf das Auge als auf den Geruch verlassen, obwohl der Mann wahrscheinlich schließlich doch getötet wird. Und natürlich gab es noch einen anderen Grund, warum wir ihm den Apparat überlassen haben.«

»Es machte ihn mehr zu einer Zusammenarbeit geneigt?«

»Allerdings. Ich hatte mich ursprünglich mit ihm in Verbindung gesetzt, weil er über Parapsychologie und verwandte Themen eine der besten Sammlungen von Büchern hat, die es in der Welt gibt. Er lehnte es höflich, aber energisch ab, irgendeines der Bücher auszuleihen, so daß nichts übrigblieb, als ihn zu besuchen. Ich habe etwa seine halbe Bibliothek gelesen. Es war eine ziemliche Arbeit.«

»Das kann ich mir denken«, sagte Karellen trocken. »Haben Sie unter all dem Kram irgend etwas entdeckt?«

»Ja ... elf klare Fälle von teilweisen Durchbrüchen und siebenundzwanzig wahrscheinliche. Das Material ist jedoch so ausgewählt, daß man es nicht als Muster benutzen kann. Und die Beweise sind mit Mystizismus vermengt – vielleicht die ursprüngliche Abweichung des menschlichen Geistes.«

»Und wie ist Boyces Einstellung dazu?«

»Er behauptet, aufgeschlossen und skeptisch zu sein, aber es ist klar, daß er für dieses Gebiet nie so viel Zeit und Mühe aufgewandt hätte, wenn er nicht irgendeinen unterbewußten Glauben besäße. Ich habe ihm das auf den Kopf zugesagt, und er hat zugegeben, daß ich wahrscheinlich recht habe. Er möchte irgendeinen überzeugenden Beweis bekommen. Deshalb macht er immer diese Experimente, obwohl er behauptet, daß es nur eine Spielerei ist.«

»Sie sind überzeugt, daß er nicht argwöhnt. Ihr Interesse könne mehr als akademisch sein?«

»Fest überzeugt. In vieler Hinsicht ist Boyce bemerkenswert töricht und einfältig. Das macht seine Versuche, ausgerechnet auf diesem Gebiet Forschungen anzustellen, geradezu rührend. Es liegt keine Notwendigkeit vor, irgendwelche Schritte gegen ihn zu unternehmen.«

»Ich verstehe. Und was ist mit der Frau, die ohnmächtig wurde?«

»Das ist das Aufregendste an der ganzen Angelegenheit. Jean Morrel war fast mit Sicherheit das Medium, durch das die Auskunft gegeben wurde. Aber sie ist sechsundzwanzig, viel zu alt, um selbst den ursprünglichen Kontakt zu bilden, nach all unsern früheren Erfahrungen zu urteilen. Es muß, daher jemand sein, der eng mit ihr verbunden ist. Die Schlußfolgerung liegt auf der Hand. Wir haben nicht mehr viele Jahre zu warten. Wir müssen sie in die Purpurne Kategorie versetzen. Sie kann das wichtigste lebende menschliche Wesen sein.«

»Dafür werde ich sorgen. Und was ist mit dem jungen Mann, der die Frage gestellt hat? War es einfach Neugier? Oder hatte er irgendeinen andern Grund?«

»Er ist zufällig dorthin gekommen. Seine Schwester hat sich kürzlich mit Rupert Boyce verheiratet. Er hatte vorher keinen der andern Gäste gekannt. Ich bin überzeugt, daß die Frage völlig unüberlegt war, veranlaßt durch die ungewöhnliche Situation und wahrscheinlich durch meine Anwesenheit. Wenn man diese Umstände berücksichtigt, ist es kaum überraschend, daß er so handelte. Sein großes Interesse ist die Astronautik. Er ist Sekretär der Arbeitsgruppe für Weltraumfahrten an der Universität Kapstadt und beabsichtigt offenbar, dieses Fach zu seiner Lebensarbeit zu machen.«

»Seine Laufbahn dürfte interessant sein. Aber was wird er

nach Ihrer Meinung unternehmen, und was sollen wir im Hinblick auf ihn tun?«

»Er wird zweifellos, sobald er kann, gewisse Feststellungen machen. Aber er kann auf keine Art die Richtigkeit seiner Information beweisen, und auf Grund ihres sonderbaren Ursprungs kann er sie auch schwerlich veröffentlichen. Und würde es, selbst wenn er es tut, die Sache im geringsten berühren?«

»Ich werde beide Situationen untersuchen lassen«, erwiderte Karellen. »Obwohl unsere Anweisung dahin geht, unsern Stützpunkt nicht bekanntzugeben, könnte die Auskunft doch in keiner Weise gegen uns benutzt werden.«

»Ich bin der gleichen Meinung. Rodricks besitzt eine Information, deren Wahrheit ungewiß ist und die keinen praktischen Wert hat.«

»So scheint es«, sagte Karellen. »Aber wir wollen nicht allzu unbesorgt sein. Menschliche Wesen sind bemerkenswert erfinderisch und oft sehr hartnäckig. Man sollte sie nie unterschätzen, und es ist interessant, Rodricks Laufbahn zu verfolgen. Ich muß über diese Dinge nachdenken.«

Rupert Boyce kam der Sache nie wirklich auf den Grund. Als seine Gäste sich, weniger lärmend als gewöhnlich, entfernt hatten, schob er den Tisch nachdenklich in seine Ecke zurück. Der leichte alkoholische Nebel hinderte ihn, das Geschehene gründlich zu durchdenken, und selbst die Tatsachen hatten sich schon etwas verwischt. Er hatte die unklare Vorstellung, daß irgend etwas von großer, aber nicht recht greifbarer Bedeutung geschehen sei, und fragte sich, ob er mit Raschaverak darüber sprechen solle. Bei genauerem Überlegen erschien ihm das jedoch taktlos. Schließlich hatte sein Schwager die Verwirrung verursacht, und Rupert war etwas ärgerlich auf den jungen Jan. Aber war es Jans Schuld? Hatte irgend jemand die Schuld? Mit einigen Gewissensbissen erinnerte sich Rupert, daß es *sein* Experiment gewesen war. Er beschloß, sehr erfolgreich, die ganze Sache zu vergessen.

Vielleicht hätte er etwas tun können, wenn man die letzte Seite von Ruths Notizen hätte finden können, aber sie war in der Aufregung verschwunden. Jan stellte sich unschuldig, und Raschaverak konnte man ja nicht gut bezichtigen. Und niemand würde sich jemals genau erinnern, was da buchstabiert worden war, abgesehen davon, daß es keinen Sinn zu geben schien.

Der unmittelbar Betroffene war George Greggson gewesen. Er konnte nie das Gefühl des Entsetzens vergessen, als Jean in seine Arme sank. Ihre plötzliche Hilflosigkeit verwandelte sie in jenem Augenblick aus einer amüsanten Gefährtin in einen Gegenstand der Zärtlichkeit und Liebe. Frauen waren seit undenklichen Zeiten ohnmächtig geworden, nicht immer ohne Vorbedacht, und Männer hatten unveränderlich in der gewünschten Art und Weise darauf reagiert. Jeans Zusammenbruch war ganz plötzlich gekommen, hätte aber nicht besser geplant sein können. In jenem Augenblick war George, wie er später begriff, zu einem der wichtigsten Entschlüsse seines Lebens gekommen. Jean war endgültig die Frau, auf die es ihm ankam, trotz ihrer sonderbaren Einfälle und ihrer noch sonderbareren Freunde. Er hatte nicht die Absicht, Naomi oder Joy oder Elsa oder – wie hieß sie doch? – Denise völlig zu verlassen, aber jetzt war die Zeit für etwas Beständigeres gekommen. Er zweifelte nicht, daß Jean ihm zustimmen würde, denn ihre Gefühle waren von Anfang an ganz klar gewesen.

Hinter seinem Entschluß stand noch ein anderer Umstand, über den er sich nicht klar war. Das Erlebnis dieses Abends hatte seine Verachtung und seinen Skeptizismus in bezug auf Jeans eigentümliche Interessen geschwächt. Er würde diese Tatsache nie zugeben, aber es war so, und damit war die letzte Schranke zwischen ihnen beseitigt.

Er sah Jean an, wie sie blaß, aber gefaßt im Liegesessel des Flugzeugs lehnte. Unter ihnen war Dunkelheit, über ihnen Sterne. George hatte keine Vorstellung, wo sie sich befinden mochten, und es kümmerte ihn auch nicht. Das war die Aufgabe des Roboters, der ihr Flugzeug nach Hause steuerte und, wie die Schalttafel anzeigte, in siebenundfünfzig Minuten mit ihnen landen würde.

Jean erwiderte sein Lächeln und zog sanft ihre Hand aus der seinen. »Laß mich nur mal den Blutkreislauf wiederherstellen«, bat sie, sich die Finger reibend. »Du mußt mir glauben, wenn ich dir sage, daß ich mich jetzt wieder völlig wohl fühle.«

»Was meinst du denn, was geschehen ist? Du erinnerst dich doch sicherlich an irgend etwas?«

»Nein – es ist eine völlige Leere. Ich hörte Jan seine Frage stellen, und dann machtet ihr alle so viel Lärm um mich ... Es war bestimmt eine Art Trance. Schließlich ...«

Sie hielt inne; dann beschloß sie, George nicht zu sagen, daß ihr so etwas schon öfter geschehen war. Sie wußte, wie er über diese Dinge dachte, und wollte ihn nicht weiter aufregen und – vielleicht völlig abschrecken.

»Schließlich? Was meinst du?« fragte George.

»Ach, nichts! Ich frage mich nur, was der Overlord bei der ganzen Sache gedacht haben mag. Wir haben ihm wahrscheinlich mehr Material geliefert, als er überhaupt haben wollte.«

Jean erschauerte leicht, und ihre Augen verschleierten sich. »Ich habe Angst vor den Overlords, George. Oh, ich meine nicht, daß sie böse sind, oder sonst etwas Törichtes. Ich bin überzeugt, daß sie es gut meinen und das tun, was nach ihrer Meinung das Beste für uns ist. Ich frage mich nur, was für Pläne sie in Wirklichkeit mit uns haben.«

George rückte unbehaglich auf seinem Platz hin und her. »Das fragen sich die Menschen, seit die Overlords auf die Erde gekommen sind«, erwiderte er. »Sie werden es uns sagen, wenn wir reif dafür sind, und offen gestanden bin ich nicht neugierig. Außerdem habe ich Wichtigeres zu bedenken.« Er wandte sich zu Jean und ergriff ihre Hände. »Was meinst du, ob wir morgen zum Archiv gehen und einen Vertrag über ... sagen wir fünf Jahre unterzeichnen?«

Jean sah ihn fest an und kam zu der Überzeugung, daß ihr im ganzen gefiel, was sie sah. »Sagen wir über zehn Jahre«, erwiderte sie.

Jan wartete seine Zeit ab. Er hatte keine Eile, und er wollte nachdenken. Es war fast, als scheue er sich, irgendwelche Prüfungen vorzunehmen, damit die phantastische Hoffnung, die in seinen Geist eingedrungen war, nicht allzu schnell zerstört würde. Solange er noch im ungewissen war, konnte er wenigstens träumen.

Außerdem, um überhaupt etwas unternehmen zu können, müßte er mit der Bibliothekarin des Observatoriums sprechen. Sie kannte ihn und seine Interessen aber zu gut und würde sicherlich durch seine Bitte beunruhigt sein. Wahrscheinlich würde es keinen Unterschied machen, aber Jan war entschlossen, nichts dem Zufall zu überlassen. In einer Woche würde die Gelegenheit besser sein. Er war übervorsichtig, das wußte er, aber das steigerte seinen schülerhaften Eifer. Jan fürchtete auch die Lächerlichkeit genausosehr wie irgend etwas, was die Overlords tun könnten, um seine Pläne zu durchkreuzen. Falls er sich da auf ein törichtes Unternehmen einließ, sollte niemand jemals davon etwas erfahren.

Er hatte einen triftigen Grund, nach London zu reisen. Die Vorbereitungen waren schon vor Wochen getroffen worden. Obwohl er zu jung war und noch nicht die genügenden Eigenschaften besaß, als Delegierter hinzugehen, war er doch einer der drei Studenten, die es fertiggebracht hatten, in die offizielle Gruppe aufgenommen zu werden, die zum Kongreß der Internationalen Astronomischen Union fuhr. Jetzt hatte er Ferien, und es wäre sträflich, die Gelegenheit ungenutzt zu lassen, da er London seit seiner Kindheit nicht besucht hatte. Er wußte, daß sehr wenige der Dutzende von Schriften, die man der Internationalen Astronomischen Union vorlegen würde, für ihn das geringste Interesse hätten, selbst wenn er sie verstehen könnte. Wie ein Delegierter bei irgendeinem wissenschaftlichen Kongreß würde er die Vorträge hören, die ihm wichtig erschienen, und würde die übrige Zeit damit verbringen, mit anderen Enthusiasten zu sprechen, oder würde sich einfach London ansehen.

London hatte sich in den letzten fünfzig Jahren ungeheuer verändert. Dort waren jetzt kaum zwei Millionen Menschen und hundertmal soviel Maschinen. Es war kein großer Hafen mehr, denn da jedes Land fast seinen ganzen Bedarf selbst erzeugte, hatte sich das ganze System des Welthandels verändert. Es gab einige Waren, die bestimmte Länder noch immer am besten herstellten, aber sie wurden auf dem Luftwege unmittelbar an ihren Bestimmungsort gebracht. Die Handelswege, die einstmals in den großen Häfen und später auf den Flugplätzen zusammengelaufen waren, hatten sich schließlich zu einem verwickelten Spinnennetz erweitert, das die ganze Welt umfaßte und keine größeren Knotenpunkte hatte.

Aber einige Dinge hatten sich nicht verändert. Die City war noch immer ein Mittelpunkt für Regierung, Kunst und Studium. In dieser Beziehung konnte keine Hauptstadt des Kontinents mit ihr wetteifern, nicht einmal Paris, sosehr es auch das Gegenteil behauptete. Ein Londoner aus dem vorigen Jahrhundert hätte sich noch immer – wenigstens im Zentrum der Stadt – ohne Schwierigkeit zurechtfinden können. Neue Brücken führten über die Themse, aber an den alten Stellen. Die großen häßlichen Bahnhöfe waren verschwunden, in die Vororte verbannt. Aber das Parlamentsgebäude war unverändert. Nelsons Auge blickte noch immer auf Whitehall, die Sankt-Pauls-Kathedrale erhob sich noch immer auf Ludgate Hill, obwohl ihr jetzt höhere Bauten die Vorherrschaft streitig machten.

Und die Wache marschierte noch immer vor dem Buckingham-Palast auf und ab.

Alle diese Dinge, dachte Jan, konnten warten. Es war Ferienzeit, und er wohnte mit seinen beiden Studiengenossen in einem der Studentenhäuser der Universität. Bloomsbury hatte in den letzten hundert Jahren seinen Charakter ebenfalls nicht verändert; es war noch immer eine Insel von Hotels und Pensionshäusern, obwohl sie sich nicht mehr so nahe zusammendrängten oder so endlose, gleichförmige Reihen von rußbedeckten Mauern bildeten.

Erst am zweiten Tage des Kongresses fand Jan seine Chance. Die Hauptschriften verlas man in dem großen Versammlungsraum des Wissenschaftszentrums, nicht weit von der Konzerthalle, die so viel dazu getan hatte, London zur Musikmetropole der Welt zu machen. Jan wollte den ersten Vortrag dieses Tages hören, der, wie das Gerücht ging, die gängige Theorie von der Bildung der Planeten völlig zerstören sollte.

Vielleicht tat er das wirklich, aber Jan war kaum klüger, als er nach der Pause ging. Er eilte hinunter und sah sich auf dem Plan an, wohin er sich begeben mußte.

Ein humorvoller Beamter hatte die Königlich Astronomische Gesellschaft im obersten Stock des großen Gebäudes untergebracht, eine Maßnahme, die die Mitglieder des Rates voll zu schätzen wußten, da sie ihnen einen prachtvollen Blick auf die Themse und den ganzen nördlichen Teil der Stadt sicherte. Hier schien niemand zu sein, Jan aber, der seine Mitgliedskarte wie einen Paß bereithielt, falls man ihn anhalten sollte, hatte keine Schwierigkeit, die Bibliothek zu finden.

Er brauchte fast eine Stunde, um das zu finden, was er sehen wollte, und um zu begreifen, wie man die großen Sternenkataloge mit ihren Millionen von Eintragungen benutzte. Er zitterte ein wenig, als er sich dem Ende seiner Suche näherte, und war froh, daß niemand hier war, der seine Nervosität bemerkte.

Er stellte den Katalog in seine Reihe zurück und saß lange Zeit ganz still, während er auf die Bücherwand vor sich blickte, ohne sie zu sehen. Dann ging er langsam auf die stillen Gänge hinaus, vorbei am Sekretariat ... dort war jetzt jemand, der emsig Bücherpakete öffnete ... und stieg die Treppen hinunter. Fr vermied den Fahrstuhl, denn er wollte frei und unbeschränkt sein. Er hatte noch einen zweiten Vortrag hören wollen, aber das war jetzt nicht mehr wichtig.

Seine Gedanken wirbelten noch immer durcheinander, als er zur Kaimauer hinüberging und seine Blicke der Themse auf ihrem gemächlichen Lauf zum Meer folgen ließ. Für einen Menschen, der wie er in orthodoxer Wissenschaft geschult war, war es schwer, sich mit dem Beweis zufriedenzugeben, der ihm jetzt in die Hände gefallen war. Seine Wahrheit würde er nie feststellen können, aber die Wahrscheinlichkeit war überwältigend. Während er langsam an der Flußmauer entlangging, ordnete er die Tatsachen eine nach der anderen.

Erste Tatsache: Niemand auf Ruperts Gesellschaft hatte wissen können, daß er diese Frage stellen würde. Er hatte es selbst nicht gewußt. Es war eine plötzliche Reaktion auf die Umstände gewesen. Daher hatte niemand eine Antwort vorbereiten oder schon im Sinn haben können.

Zweite Tatsache: »NGS 549 672« sagte wahrscheinlich keinem Menschen etwas, außer einem Astronomen. Obwohl die große Nationale Geographische Vermessung vor einem halben Jahrhundert vollendet worden war, wußten nur ein paar tausend Fachleute von ihrer Existenz. Und wenn man irgendeine beliebige Zahl herausgriff, hätte niemand sagen können, wo sich dieser besondere Stern am Himmel befand.

Aber, und das war die dritte Tatsache, die er erst in diesem Augenblick entdeckt hatte: Der als NGS 549 672 bekannte kleine und unbedeutende Stern stand genau am richtigen

Platz. Er stand im Herzen des Sternbildes Carina, am Ende jener schimmernden Lichtspur, die Jan selbst vor wenigen Nächten gesehen hatte und die vom Sonnensystem durch die Tiefen des Weltraums führte.

Es konnte unmöglich ein zufälliges Zusammentreffen sein. Auf NGS 549 672 mußte sich die Heimat der Overlords befinden. Aber diese Tatsache anerkennen, hieß Jans Vorstellung von wissenschaftlichen Methoden über den Haufen werfen. Gut, mochten sie über den Haufen geworfen werden! Er mußte die Tatsache hinnehmen, daß Ruperts phantastisches Experiment eine bisher unbekannte Wissensquelle angezapft hatte.

Raschaverak? Das mochte die wahrscheinlichste Erklärung sein. Der Overlord hatte zwar nicht im Kreis gesessen, aber das war weniger bedeutsam. Jan interessierte sich nur dafür, die Ergebnisse zu benutzen.

Über NGS 549 672 war sehr wenig bekannt. Nichts hatte diesen Stern von einer Million anderer unterschieden. Aber der Katalog gab seine Größe an, seine Koordinate und seine Spektral-Analyse. Jan würde einige Nachforschungen anstellen und etliche Berechnungen machen müssen, und dann würde er, wenigstens annähernd, wissen, wie weit die Welt der Overlords von der Erde entfernt war.

— 6 —

Die menschliche Rasse sonnte sich weiterhin in dem langen, wolkenlosen Sommernachmittag des Friedens und Gedeihens. Würde es je wieder einen Winter geben? Das war undenkbar. Das Zeitalter der Vernunft, vor zweieinhalb Jahrhunderten von den Führern der Französischen Revolution vorzeitig begrüßt, war jetzt endlich gekommen. Diesmal war es kein Irrtum.

Es gab natürlich Schattenseiten, aber sie wurden bereitwillig hingenommen. Man mußte schon sehr alt sein, um zu erkennen, daß die Zeitungen, die der Fernschreiber in jedem Heim druckte, eigentlich ziemlich langweilig waren. Vorbei waren die Krisen, die einstmals Riesen-Schlagzeilen geliefert hatten. Es gab keine geheimnisvollen Morde, die die Polizei vor ein Rätsel stellten und in Millionen Herzen die moralische Entrüstung weckten, die oft unterdrückter Neid war. Die Morde, die jetzt vorkamen, waren niemals geheimnisvoll. Man brauchte nur an einem Knopf zu drehen, und man konnte die Wiederholung des Verbrechens sehen. Daß es Apparate gab, die so etwas fertigbrachten, hatte zunächst unter völlig gesetzestreuen Menschen eine erhebliche Panik hervorgerufen. Dies hatten die Overlords, die die meisten, aber nicht alle Wunderlichkeiten der menschlichen Psychologie kannten, nicht vorausgesehen. Es mußte genau erklärt werden, daß kein solcher »Spion« imstande wäre, die Menschen zu belauern, und daß die sehr wenigen in menschlichen Händen befindlichen Apparate unter strenger Kontrolle sein würden. Rupert Boyces Projektor zum Beispiel konnte nicht über die Grenzen des Reservationsgebietes hinaus wirken, so daß er und Maja die einzigen Personen innerhalb seiner Reichweite waren.

Selbst die wenigen ernsthaften Verbrechen, die sich ereigneten, wurden in den Zeitungen und Nachrichten nicht besonders beachtet. Denn wohlerzogene Menschen tragen kein Verlangen danach, über die gesellschaftlichen Entgleisungen oder Verfehlungen anderer zu lesen.

Die durchschnittliche Arbeitswoche betrug jetzt zwanzig Stunden, aber diese zwanzig Stunden waren keine leichte Sache. Es gab nur noch wenige Arbeiten rein mechanischer Art. Die Gehirne der Menschen waren zu wertvoll, um sie für Aufgaben zu verschwenden, die einige tausend Transistoren, etliche photoelektrische Zellen und ein Kubikmeter gedruckter Schaltungen bewältigen konnten. Es gab Fabriken, die wochenlang arbeiteten, ohne von einem einzigen menschlichen Wesen besucht zu werden. Menschen wurden gebraucht, um Störungen zu beseitigen, um Entscheidungen zu treffen, um neue Unternehmungen zu planen. Das übrige besorgten die Roboter.

So viel Freiheit hätte noch vor hundert Jahren ein furchtbares Problem bedeutet. Die Erziehung hatte die meisten dieser Schwierigkeiten beseitigt, denn ein gut ausgerüstetes Gehirn ist gegen Langeweile gesichert. Das allgemeine kulturelle Niveau wäre früher phantastisch erschienen. Es gab keine Beweise dafür, daß die Intelligenz der menschlichen Rasse sich verbessert hatte, aber zum erstenmal war einem jeden die Möglichkeit gegeben, das Gehirn, das er besaß, voll auszunutzen.

Die meisten Menschen hatten zwei Wohnsitze, in weit auseinanderliegenden Teilen der Welt. Nachdem jetzt die Polargebiete erschlossen waren, begab sich ein beträchtlicher Teil der menschlichen Rasse alle sechs Monate von der Arktis zur Antarktis, auf der Suche nach dem langen Polarsommer, der keine Nächte kannte. Andere waren in die Wüste gegangen, auf die Berge oder sogar ins Meer. Es gab keinen Ort auf dem Planeten, wo Wissenschaft und Technik einem nicht ein behagliches Heim schaffen konnten, wenn man es nur lebhaft genug wünschte.

Einige der ausgefallensten Wohnsitze lieferten die wenigen Sensationsberichte in den Zeitungen. Auch in der bestgeordneten Gesellschaft wird es immer Unfälle geben. Vielleicht war es ein gutes Zeichen, daß die Leute es lohnend fanden, wegen eines hübschen Hauses nahe dem Gipfel des Mount Everest oder hinter dem Gischt der Viktoriafälle ihr Leben zu wagen und sich gelegentlich auch den Hals zu brechen. Infolgedessen mußte immer irgend jemand von irgendwo gerettet werden. Es war eine Art Spiel geworden, fast ein planetarischer Sport.

Die Menschen konnten sich solchen Launen hingeben, weil sie Zeit und Geld hatten. Die Abschaffung der bewaffneten

Streitkräfte hatte mit einem Schlage den tatsächlichen Reichtum der Welt fast verdoppelt, und die vermehrte Produktion hatte das übrige getan. Infolgedessen konnte man den Lebensstandard der Menschen des einundzwanzigsten Jahrhunderts schwer mit dem irgendwelcher ihrer Vorgänger vergleichen. Alles war so billig, daß man die Dinge, die man zum Leben brauchte, als eine Dienstleistung des Staates umsonst bekam, so wie früher Straßen, Wasser, Straßenbeleuchtung und Kanalisation geliefert worden waren. Ein Mensch konnte reisen, wohin er wollte, essen, was er mochte – ohne irgendwie Geld dafür zu zahlen. Er hatte dieses Recht dadurch erworben, daß er ein produktives Mitglied der Gemeinschaft war.

Es gab natürlich einige Drohnen, aber die Anzahl der Menschen, die einen genügend starken Willen haben, um sich einem Leben völliger Trägheit hinzugeben, ist viel kleiner, als im allgemeinen angenommen wird. Die Erhaltung solcher Schmarotzer war eine erheblich geringere Belastung, als die Heere der Fahrkartenkontrolleure, der Verkäufer, der Bankangestellten, der Makler und so weiter zu versorgen, deren Hauptaufgabe, genau betrachtet, darin bestand, Summen von einem Buch ins andere zu übertragen.

Fast ein Viertel der Gesamttätigkeit der menschlichen Rasse wurde, wie berechnet worden war, jetzt für verschiedene Sportarten aufgewandt, die von so seßhaften Beschäftigungen wie Schach bis zu so halsbrecherischen Unternehmungen wie Skilaufen in den Bergen reichten. Eine unerwartete Folge davon war das Aussterben des berufsmäßigen Sportsmannes. Es gab zu viele glänzende Amateure, und die veränderten wirtschaftlichen Bedingungen ließen das frühere System veraltet erscheinen.

Nächst dem Sport war die Unterhaltung in allen ihren Zweigen die größte Industrie. Länger als hundert Jahre hatte es Menschen gegeben, die Hollywood für den Mittelpunkt der Welt hielten. Sie konnten diese Behauptung jetzt besser begründen als je zuvor, aber man konnte ruhig sagen, daß ihnen die meisten Filme des Jahres 2050 im Jahre 1950 geistig viel zu hoch erschienen wären. Es hatte einen Fortschritt gegeben: Die Eintrittskasse war nicht mehr entscheidend für die Produktion.

— 7 —

Jan lehnte sich gegen den Elefanten, und seine Hände ruhten auf der Haut, die rauh war wie die Rinde eines Baumes. Er blickte zu den großen Stoßzähnen und dem geschwungenen Rüssel auf, der durch die Geschicklichkeit des Ausstopfenden im Augenblick der Herausforderung oder der Begrüßung festgehalten war. Was für noch unheimlichere Geschöpfe, fragte er sich, aus welchen unbekannten Welten, würden eines Tages diesen von der Erde Verbannten betrachten?

»Wie viele Tiere habt ihr den Overlords geschickt?« fragte er Rupert.

»Mindestens fünfzig, aber natürlich ist dies hier das größte. Er ist prachtvoll, nicht wahr? Die meisten andern waren recht klein ... Schmetterlinge, Schlangen, Affen und so weiter. Aber voriges Jahr habe ich ein Flußpferd bekommen.«

Jan verzog das Gesicht zu einem Lächeln. »Es ist ein krankhafter Gedanke, aber ich vermute, sie haben jetzt schon eine ansehnliche ausgestopfte Gruppe des Homo sapiens in ihrer Sammlung. Ich überlege, wer wohl beehrt wurde.«

»Du hast wahrscheinlich recht«, sagte Rupert ziemlich gleichgültig. »Man könnte es leicht durch die Krankenhäuser bewerkstelligen.«

»Was würde geschehen«, fuhr Jan nachdenklich fort, »wenn jemand freiwillig als lebendes Musterstück mitginge? Angenommen natürlich, daß für später eine Rückkehr garantiert wäre.«

Rupert lachte, nicht ohne Anteilnahme. »Ist das ein Angebot? Soll ich es an Raschaverak weiterleiten?«

Einen Augenblick erwog Jan diesen Gedanken mehr als nur halb ernsthaft. Dann schüttelte er den Kopf. »Hm ... nein. Ich habe nur laut gedacht. Sie würden bestimmt ablehnen. Triffst du übrigens Raschaverak in diesen Tagen?«

»Er rief mich vor etwa sechs Wochen an. Er hatte gerade ein Buch gefunden, hinter dem ich her war. Sehr nett von ihm.«

Jan ging langsam um das ausgestopfte Riesentier herum und bewunderte die Geschicklichkeit, die es für immer in diesem Augenblick größter Kraft festgehalten hatte.

»Hast du je herausgefunden, was er sucht?« fragte er. »Ich meine, man kann die Wissenschaft der Overlords schwer mit einem Interesse an dem Okkulten vereinen.«

Rupert sah Jan etwas argwöhnisch an und fragte sich, ob sein Schwager sich über sein Steckenpferd lustig mache. »Seine Erklärung erschien glaubhaft. Als Anthropologe interessiert er sich für jede Seite unserer Kultur. Bedenke, daß sie ungeheuer viel Zeit haben. Sie können sich viel mehr in die Einzelheiten vertiefen, als dies ein menschlicher Forscher jemals konnte. Wenn Raschy meine ganze Bibliothek gelesen hat, war das für ihn wahrscheinlich nur eine geringe Anstrengung.«

Das mochte die Antwort sein, aber Jan war nicht überzeugt. Bisweilen hatte er daran gedacht, Rupert sein Geheimnis anzuvertrauen, aber seine natürliche Vorsicht hielt ihn zurück. Wenn Rupert seinen Freund, den Overlord, wiedertraf, würde er ihm wahrscheinlich etwas verraten – die Versuchung wäre zu groß.

»Übrigens«, sagte Rupert und wechselte plötzlich das Thema, »wenn du dies für eine große Sache hältst, so solltest du den Auftrag sehen, den Sullivan bekommen hat. Er hat versprochen, die beiden größten Geschöpfe überhaupt zu liefern: einen Pottwal und einen Riesentintenfisch. Man wird sie im tödlichen Kampf zeigen. Das ist ein Schauspiel!«

Einen Augenblick antwortete Jan nicht. Der Gedanke, der sich in seinem Kopf entzündet hatte, war zu gewaltig, zu phantastisch, um ernst genommen zu werden. Aber gerade wegen seiner Kühnheit könnte es gelingen …

»Was ist?« sagte Rupert besorgt. »Greift die Hitze dich an?«

Jan zwang sich in die Wirklichkeit zurück. »Ich bin völlig in Ordnung«, sagte er. »Ich überlegte nur, wie die Overlords so ein kleines Paket befördern werden.«

»Oh«, sagte Rupert, »da kommt eines ihrer Transportschiffe, öffnet eine Luke und nimmt es auf.«

»Genau das hatte ich mir auch gedacht«, erwiderte Jan.

Es hätte die Kabine eines Raumschiffes sein können, aber sie war es nicht. Die Wände waren mit Meßgeräten und Instrumenten bedeckt: Fenster waren nicht darin, nur ein großer Bildschirm vor dem Piloten. Das Schiff konnte sechs Passagiere aufnehmen, aber im Augenblick war Jan der einzige.

Er beobachtete gespannt den Bildschirm und nahm jede Einzelheit dieser sonderbaren und unbekannten Region, während sie vor seinen Augen vorbeiglitt, in sich auf. Unbekannt war sie, ja, so unbekannt wie irgend etwas, was er jenseits der Sterne sehen würde, wenn sein toller Plan glückte. Er begab sich jetzt in ein Reich von Geschöpfen, die wie aus Alpträumen stammten, die einander in einer seit Anbeginn der Welt ungestört gebliebenen Finsternis belauerten. Es war ein Reich, über das die Menschen jahrtausendelang dahingefahren waren: Es lag nicht mehr als tausend Meter unter dem Kiel ihrer Schiffe, aber bis vor hundert Jahren hatten sie weniger darüber gewußt als über das sichtbare Antlitz des Mondes.

Der Pilot ging von der Oberfläche des Ozeans in die noch unerforschten Tiefen des südlichen Pazifiks hinunter. Jan wußte, daß er der unsichtbaren Führung der Schallwellen folgte, die von den auf dem Grunde des Ozeans angebrachten Apparaten erzeugt wurden. Noch befand sich das Schiff so hoch über dem Meeresgrund wie die Wolken über der Erdoberfläche.

Es gab sehr wenig zu sehen. Die Sucher des Unterseebootes durchforschten die Gewässer vergeblich. Die durch seine Düsen hervorgerufene Störung hatte wahrscheinlich die kleineren Fische verscheucht: Wenn irgendein Geschöpf sich näherte, um die Störung zu untersuchen, so würde es so groß sein, daß es den Begriff Furcht nicht kannte.

Die kleine Kabine vibrierte von Kraft, jener Kraft, die das ungeheure Gewicht des Wassers über ihren Köpfen meistern und diese kleine Blase von Licht und Luft schaffen konnte, in der Menschen zu leben vermochten. Wenn diese Kraft versagte, dachte Jan, so würden sie Gefangene in einem Metallsarg sein, tief im Schlamm des Ozeangrundes begraben.

»Zeit, eine Messung zu machen«, sagte der Pilot. Er drehte an einigen Schaltern, und das Unterseeboot kam langsam zum Stillstand, als die Düsen ihren Antrieb einstellten. Das Schiff lag regungslos da und schwamm in völligem Gleichgewicht, wie ein Ballon in der Atmosphäre.

Es dauerte nur einen Augenblick, mit Hilfe der Schallwellen ihre Position festzustellen. Als der Pilot seine Instrumente abgelesen hatte, bemerkte er: »Ehe wir die Motoren wieder anstellen, wollen wir versuchen, ob wir irgend etwas hören können.«

Der Lautsprecher erfüllte den stillen kleinen Raum mit einem leisen, andauernden Gemurmel von Tönen. Es gab darin kein auffallendes Geräusch, das Jan von den übrigen hätte unterscheiden können. Es war ein gleichmäßiger Hintergrund, in dem alle einzelnen Töne ineinander übergingen. Jan wußte, daß er hier dem Gespräch der Myriaden von Meerestieren miteinander lauschte. Es war, als stände er mitten in einem Wald, der von Leben strotzte, nur daß er dort einige Stimmen erkannt hätte. Hier konnte nicht ein einziger Faden des Tongewebes herausgelöst und identifiziert werden. Es war so fremd, so fern allem, was Jan je erlebt hatte, daß sein Schädel zu brummen begann. Und doch war dies ein Teil seiner eigenen Welt ...

Der Schrei durchschnitt den vibrierenden Hintergrund wie ein Blitz, der in einer dunklen Gewitterwolke aufzuckt. Er verebbte rasch in einem trauervollen Klagen, einem Geheul, das leiser wurde und erstarb, jedoch einen Augenblick aus einer entfernteren Quelle wiederholt wurde. Dann brach ein Chor von Schreien los, ein Pandämonium, das den Piloten veranlaßte, rasch nach dem Volumenmesser zu greifen.

»Um Himmels willen, was war das?« ächzte Jan.

»Unheimlich, nicht wahr? Es ist ein Walschwarm, etwa zehn Kilometer entfernt. Ich wußte, daß sie in der Nachbarschaft wären, und dachte mir, daß Sie sie gern hören würden.«

Jan schüttelte sich. »Und ich habe immer gedacht, das Meer wäre still! Warum machen sie so einen Krach?«

»Sie reden miteinander, vermute ich. Sullivan könnte es Ihnen sagen – man behauptet, er könne die einzelnen Wale an der Stimme erkennen, obwohl ich das kaum glauben kann. Hallo, wir haben Gesellschaft bekommen!«

Ein Fisch mit unglaublich hervorstehenden Kiefern wurde auf dem Bildschirm sichtbar. Er schien ziemlich groß zu sein, aber da Jan den Maßstab des Bildes nicht kannte, konnte er es schwer beurteilen. Von einer Stelle dicht unter den Kiemen hing eine lange Ranke herunter, die in einem nicht zu bestimmenden glockenförmigen Organ endete.

»Wir sehen es im Infrarot«, sagte der Pilot. »Wir wollen uns das normale Bild ansehen.«

Der Fisch verschwand völlig. Nur das Gehänge blieb sichtbar, da es mit seiner eigenen Leuchtkraft schimmerte. Dann konnte man für einen Augenblick die Gestalt des Geschöpfes sehen, als eine Lichtpunktreihe seinen Körper entlangglitt.

»Es ist ein Seeteufel: Dies ist der Köder, den er benutzt, um andere Fische zu fangen. Phantastisch, nicht wahr? Was ich nicht verstehe: Warum lockt sein Köder nicht Fische an, die groß genug sind, *ihn* zu fressen? Aber wir können hier nicht den ganzen Tag warten … Passen Sie auf, wie er davonrast, wenn ich die Düsen anstelle.«

Wieder erzitterte die Kabine, als das Schiff sich langsam in Bewegung setzte. Der große, leuchtende Fisch ließ plötzlich all seine Lichter aufzucken, wie zu einem heftigen Alarmsignal, und schoß wie ein Meteor in die Finsternis der Tiefe hinein.

Nach weiteren zwanzig Minuten langsamen Abstiegs ertasteten die unsichtbaren Finger der Suchstrahlen die erste Spur des Meeresgrundes. Weit unten in der Tiefe glitt eine Reihe von niedrigen Hügeln mit seltsam sanften und gerundeten Umrissen vorbei. Die Unregelmäßigkeiten, die sie vielleicht einstmals besessen haben mochten, waren längst durch den unaufhörlichen Regen aus den wäßrigen Höhen über ihnen ausgelöscht worden. Selbst hier mitten im Pazifik, fern von den großen Flußmündungen, die langsam die Kontinente ins Meer hinausschwemmten, hörte dieser Regen niemals auf. Er kam von den sturmgepeitschten Hängen der Anden, von den Körpern der Milliarden Lebewesen, vom Staub der Meteore, die lange Zeiten durch den Raum gewandert und endlich zur Ruhe gekommen waren. Hier in der ewigen Nacht bildete dieser Regen die Fundamente der künftigen Länder.

Die Hügel blieben hinter ihnen zurück. Sie waren, wie Jan auf den Karten sehen konnte, die Grenzposten einer weiten Ebene, die in zu großer Tiefe lag, als daß die Suchstrahlen sie erreichen könnten.

Das Unterseeboot setzte seinen langsamen Abstieg fort. Jetzt begann sich ein anderes Bild auf dem Schirm zu formen: Wegen des Blickwinkels dauerte es einige Zeit, bis Jan erkennen konnte, was er sah. Dann merkte er, daß sie sich einem Unterwasserberg näherten, der von der verborgenen Ebene aufstieg.

Das Bild war jetzt deutlicher: In dieser kurzen Entfernung verbesserte sich die Arbeit der Suchstrahlen, und das Bild wurde fast so klar, als würde es von Lichtwellen geformt. Jan konnte Einzelheiten sehen, konnte die seltsamen Fische beobachten, die einander zwischen den Felsen verfolgten. Einmal schwamm ein bösartig aussehendes Geschöpf mit aufgesperrten Kiefern langsam über eine halbverborgene Kluft. So rasch, daß das Auge der Bewegung nicht folgen konnte, schnellte ein langer Fühler heraus und zog den sich wehrenden Fisch in den Schlund.

»Jetzt sind wir fast am Ziel«, sagte der Pilot. »In einer Minute werden Sie das Laboratorium sehen können.«

Sie glitten langsam über eine Felsenkette dahin, die sich am Fuß des Berges erhob. Jetzt wurde die darunterliegende Ebene sichtbar. Jan erriet, daß sie sich nicht mehr als einige hundert Meter über dem Meeresgrund befanden. Dann sah er, etwa einen Kilometer entfernt, eine Gruppe von Kugeln, die auf Dreifüßen standen und durch verbindende Röhren vereinigt waren. Es sah genau aus wie die Tanks irgendeiner chemischen Fabrik und war in der Tat nach den gleichen Grundprinzipien erbaut. Der einzige Unterschied war, daß hier der Druck, dem Widerstand geleistet werden mußte, außen lag, nicht innen.

»Was ist das?« sagte Jan plötzlich erschrocken. Er deutete mit zitternden Fingern auf die nächste Kugel. Das Linienmuster auf ihrer Oberfläche hatte sich in ein Netz von riesigen Fangarmen aufgelöst. Als das Unterseeboot näher herankam, konnte er sehen, daß sie in einem großen, schwammigen Sack endeten, aus dem zwei ungeheure Augen herausspähten.

»Das«, sagte der Pilot gleichmütig, »ist wahrscheinlich Luzifer. Jemand hat ihn wieder gefüttert.« Er drehte an einem Schalter und beugte sich über den Schalttisch. »S 2 ruft Labor. Ich komme. Nehmt euer Haustier weg!«

Die Antwort ertönte unmittelbar. »Labor an S 2. Alles in Ordnung. Kommt nur. Lucy macht euch Platz.«

Die gerundeten Metallwände begannen den Bildschirm zu füllen.

Jan fing noch ein letztes Bild von einem riesigen, mit Saugnäpfen besetzten Arm auf, der bei ihrem Näherkommen weggezogen wurde. Dann gab es einen dumpfen Aufprall und eine Reihe kratzender Geräusche, als die Klammern nach ihren Haltepunkten auf dem Rumpf des Unterseeboots suchten. In wenigen Minuten war das Schiff dicht gegen die Wand des Stützpunktes gepreßt, die beiden Eintrittpforten waren zusammengeschlossen und bewegten den Rumpf des Unterseeboots weiter vorwärts bis an das Ende einer riesigen hohlen Schraube. Dann kam das Signal, daß der Druck ausgeglichen sei, die Klammern wurden gelöst, und der Weg in das Tiefseelaboratorium Nummer Eins stand offen.

Jan fand Professor Sullivan in einem kleinen, unordentlichen Raum, der als Büro, Werkstatt und Laboratorium zugleich zu dienen schien. Der Forscher spähte durch ein Mikroskop in etwas hinein, das wie eine kleine Bombe aussah. Wahrscheinlich war es eine Druckkapsel, die irgendein Tiefseelebewesen enthielt, das noch glücklich unter seinem normalen Tonnengewicht pro Quadratzentimeter umherschwamm.

»Nun«, sagte Sullivan und blickte von dem Okular auf, »wie geht es Rupert? Und was können wir für Sie tun?«

»Rupert geht es gut«, erwiderte Jan. »Er läßt bestens grüßen und sagt, er würde Sie gern besuchen, wenn er nicht fürchtete, hier an Platzangst zu erkranken.«

»Dann würde er sich hier unten etwas unglücklich fühlen, wenn fünftausend Meter Wasser über ihm sind. Macht es Ihnen übrigens nichts aus?«

Jan zuckte die Schultern. »Nicht mehr, als wenn ich in einem Stratosphärenflugzeug bin. Wenn irgend etwas schiefginge, wäre das Ergebnis in beiden Fällen das gleiche.«

»Das ist ein vernünftiger Standpunkt, aber es ist erstaunlich, wie wenige Menschen es so ansehen.« Sullivan spielte an den Schaltern seines Mikroskops, dann warf er Jan einen forschenden Blick zu.

»Es wird mir eine große Freude sein, Sie herumzuführen«, sagte er, »aber ich muß gestehen: Ich war etwas überrascht, als Rupert mir Ihre Bitte vortrug. Ich konnte nicht begreifen, warum einer von euch Weltraumfahrern sich für unsere Arbeit interessieren sollte. Gehen Sie nicht in die falsche Richtung?« Er lachte belustigt. »Persönlich habe ich nie begriffen, warum Sie es so eilig hatten, in den Weltraum hinauszukommen. Es wird noch Jahrhunderte dauern, bis wir in den Ozeanen alles fein säuberlich aufgezeichnet und rubriziert haben.«

Jan holte tief Luft. Er war froh, daß Sullivan das Thema selbst angeschnitten hatte, denn dadurch wurde seine Aufgabe sehr erleichtert. Trotz jenes Witzes hatten der Fischforscher und er vieles gemeinsam. Es dürfte nicht zu schwierig sein, eine Brücke zu bauen und sich Sullivans Anteilnahme und Hilfe zu sichern. Sullivan war ein phantasievoller Mann, sonst wäre er nie in diese Unterwasserwelt eingedrungen. Aber Jan würde vorsichtig sein müssen, denn die Bitte, die er vorbringen wollte, war, gelinde gesagt, etwas unüblich.

Aber ein Umstand beruhigte ihn. Selbst wenn Sullivan sich weigern sollte, gemeinsame Sache mit ihm zu machen, so würde er doch sicherlich Jans Geheimnis wahren. Und hier in diesem stillen kleinen Büro auf dem Grunde des Pazifiks schien keine Gefahr zu bestehen, daß die Overlords, so seltsame Kräfte sie auch besitzen mochten, ihrer Unterhaltung zuhören konnten.

»Professor Sullivan«, begann er, »wenn Sie sich für den Ozean interessieren, die Overlords Ihnen aber verböten, sich ihm zu nähern – was für ein Gefühl würden Sie dann haben?«

»Ich würde zweifellos äußerst ärgerlich sein.«

»Davon bin ich überzeugt. Und angenommen, Sie hätten eines Tages eine Möglichkeit, Ihr Ziel zu erreichen, ohne daß die Overlords es wüßten – was würden Sie dann tun? Würden Sie die Gelegenheit ergreifen?«

»Natürlich. Und ich würde später dafür eintreten.«

Nun habe ich ihn in der Hand, dachte Jan. Jetzt kann er nicht zurück – falls er nicht vor den Overlords Angst hat. Und ich bezweifle, daß Sullivan vor irgend etwas Angst hat. Jan beugte sich über den hochbeladenen Tisch und schickte sich an, seinen Fall vorzutragen.

Professor Sullivan war kein Narr. Ehe Jan sprechen konnte, schürzten sich seine Lippen zu einem sarkastischen Lächeln. »Also darauf läuft es hinaus?« sagte er langsam. »Sehr, sehr interessant! Jetzt schießen Sie los und sagen Sie mir, wobei ich Ihnen helfen soll.«

— 8 —

Ein früheres Zeitalter würde die Arbeiten Professor Sullivans als kostspieligen Luxus angesehen haben. Seine Arbeiten kosteten soviel wie ein kleiner Krieg. Tatsächlich konnte er mit einem General verglichen werden, der einen ständigen Kampf gegen einen nie zurückweichenden Feind führt. Professor Sullivans Feind war die See, und sie bekämpfte ihn mit den Waffen der Kälte, der Finsternis und vor allem des Drucks. Er seinerseits trat seinem Gegner mit Klugheit und technischer Geschicklichkeit entgegen. Er hatte viele Siege errungen, aber die See war geduldig. Sie konnte warten. Eines Tages, das wußte Sullivan, würde er einen Fehler machen. Wenigstens hatte er den Trost, zu wissen, daß er nie ertrinken könnte, dazu würde es viel zu schnell gehen.

Er hatte sich, als Jan seine Bitte vortrug, geweigert, sich sogleich nach irgendeiner Seite festzulegen, aber er wußte, wie seine Antwort sein würde. Hier bot sich die Gelegenheit zu einem höchst interessanten Experiment. Schade, daß er das Ergebnis nie erfahren würde, aber das kam in der Forschung oft vor, und er selbst hatte andere Vorhaben in Angriff genommen, deren Durchführung Jahrzehnte erfordern würde.

Professor Sullivan war ein tapferer und ein intelligenter Mann, aber wenn er auf seine Laufbahn zurückblickte, war er sich bewußt, daß sie ihm nicht den Ruhm gebracht hatte, der den Namen eines Gelehrten durch die Jahrhunderte trägt. Hier bot sich eine völlig unerwartete und dadurch nur um so reizvollere Gelegenheit, wirklich in die Bücher der Geschichte einzugehen. Diesen Ehrgeiz hätte er nie irgendeinem Menschen eingestanden, aber, um ihm Gerechtigkeit widerfahren zu lassen: Er hätte Jan auch geholfen, selbst wenn seine Rolle bei dem Unternehmen für immer unbekannt bleiben würde.

Jan mußte jetzt alles noch reiflich durchdenken. Der Schwung seiner ursprünglichen Entdeckung hatte ihn ohne Anstrengung bis hierher gebracht. Er hatte seine Nachforschungen angestellt, hatte aber keine ernsthaften Schritte unternommen, um seinen Traum zu verwirklichen. In wenigen Tagen jedoch mußte er seine Wahl treffen. Wenn Professor Sullivan sich zur Mitarbeit bereit erklärte, so konnte Jan nicht mehr zurück. Er mußte der Zukunft, die er gewählt hatte, mit all ihren Folgen ins Auge blicken.

Was schließlich die Entscheidung brachte, war der Gedanke, daß er es sich nie verzeihen würde, wenn er diese unglaubliche Gelegenheit vorbeigehen ließ. Sein ganzes übriges Leben würde in vergeblichem Bedauern verbracht werden, und nichts konnte schlimmer sein als das.

Sullivans Antwort erreichte ihn wenige Stunden später, und Jan wußte, daß die Würfel gefallen waren. Langsam, da er noch viel Zeit hatte, begann er seine Angelegenheiten zu ordnen.

»Liebe Maja«, begann der Brief, »dies wird, gelinde ausgedrückt, eine Überraschung für Dich sein. Wenn Du diesen Brief bekommst, bin ich nicht mehr auf der Erde. Damit meine ich nicht, daß ich zum Mond gereist bin, wie so viele andere. Nein, ich bin auf dem Wege zur Heimat der Overlords. Ich werde der erste Mensch sein, der je das Sonnensystem verlassen hat.

Ich übergebe diesen Brief dem Freunde, der mir hilft: Er wird ihn behalten, bis er weiß, daß mein Plan geglückt ist, wenigstens in seinem ersten Teil, und daß es für die Overlords zu spät ist, ihn zu verhindern. Ich werde so weit entfernt sein und so schnell reisen, daß ich bezweifle, ob irgendeine Rückberufungsnachricht mich einholen könnte. Selbst wenn das der Fall wäre, ist es höchst unwahrscheinlich, daß das Schiff zur Erde zurückzukehren vermöchte. Und ich bezweifle sehr, daß ich überhaupt so wichtig bin.

Zuerst will ich erklären, wie dies alles gekommen ist. Du weißt, daß ich mich stets für Weltraumflüge interessiert habe, und ich war immer enttäuscht, weil man uns nie erlaubt hat, zu den anderen Planeten zu reisen oder irgend etwas über die Zivilisation der Overlords zu erfahren. Wenn sie sich nie eingemischt hätten, so wären wir jetzt sicherlich schon zum Mars und zur Venus gekommen. Ich gebe zu, daß es ebenso wahrscheinlich ist, daß wir uns mit Kobaltbomben und den anderen Massenzerstörungswaffen, die das zwanzigste Jahrhundert entwickelte, selbst vernichtet hätten. Aber manchmal wünsche ich doch, wir hätten eine Möglichkeit gehabt, auf unseren eigenen Füßen zu stehen.

Wahrscheinlich haben die Overlords ihre Gründe dafür gehabt, uns nicht aus der Kinderstube herauszulassen, und wahrscheinlich sind es ausgezeichnete Gründe gewesen. Aber selbst wenn ich wüßte, aus welchem Grund es geschah, so bezweifle ich, daß es meine eigenen Gefühle oder Taten wesentlich verändern würde.

In Wirklichkeit hat es damals auf Ruperts Gesellschaft begonnen. Er weiß übrigens nichts hiervon, obwohl er mich auf die richtige Spur gebracht hat. Du erinnerst Dich an die alberne Seance, die er veranstaltete, und wie sie endete, als die Dame ... ich habe ihren Namen vergessen ... ohnmächtig wurde?

Ich hatte gefragt, von welchem Stern die Overlords gekommen seien, und die Antwort war ›NGS 549 672‹. Ich hatte keine Antwort erwartet und bis dahin die ganze Sache als Spaß angesehen. Aber als ich feststellte, daß dies eine Nummer in einem Stern-Katalog war, beschloß ich, die Sache genauer zu untersuchen. Ich entdeckte, daß der Stern sich im Sternbild Carina befindet, und einige der wenigen Tatsachen, die wir über die Overlords wissen, ist, daß sie aus jener Richtung kommen.

Ich will nun nicht behaupten, daß ich begreife, wie diese Auskunft zu uns gekommen ist oder woher sie stammte. Hat irgend jemand Raschaveraks Gedanken gelesen? Selbst wenn das der Fall gewesen wäre, ist es kaum wahrscheinlich, daß Raschaverak die Nummer seiner Sonne in einem unserer Kataloge kannte. Es ist ein völliges Rätsel, und ich überlasse die Lösung Leuten wie Rupert, wenn sie dazu fähig sind. Mir genügt es, mich der Auskunft zu bedienen und entsprechend zu handeln.

Wir wissen jetzt durch unsere Beobachtung ihrer Abflüge einiges über die Schnelligkeit der Schiffe der Overlords. Sie verlassen das Sonnensystem mit so ungeheurer Beschleunigung, daß sie in weniger als einer Stunde die Lichtgeschwindigkeit erreichen. Das bedeutet, daß die Overlords irgendein Antriebsmittel besitzen müssen, das auf jedes Atom ihrer Schiffe gleichmäßig wirkt, weil sonst alles an Bord sofort zertrümmert würde. Ich frage mich, warum sie eine so ungeheure Schnelligkeit anwenden, da sie doch den ganzen Weltraum zur Verfügung haben und sich Zeit lassen könnten, ihre Schnelligkeit allmählich zu steigern. Meine Theorie ist, daß sie irgendwie die Kraftfelder der Sterne ausnutzen können und deshalb starten und stoppen müssen, wenn sie nahe bei einer Sonne sind. Aber das alles ist nur nebensächlich ...

Wichtig war für mich, zu wissen, wie weit sie reisen müssen und wie lange die Reise dauert. NGS 549 672 ist vierzig Lichtjahre von der Erde entfernt. Die Schiffe der Overlords erreichen mehr als 99 Prozent der Lichtgeschwindigkeit, so daß die Fahrt vierzig Jahre unserer Zeit dauern muß. *Unserer Zeit*, das ist das Verzwickte an der Sache.

Wie Du vielleicht gehört hast, geschehen sonderbare Dinge, wenn man sich der Lichtgeschwindigkeit nähert. Die Zeit selbst beginnt in einem anderen Tempo zu vergehen, sich zu verlangsamen, so daß Monate auf der Erde auf den Schiffen der Overlords nur wie Tage sein würden. Diese Wahrheit steht fest: Sie wurde von dem großen Einstein vor mehr als hundert Jahren entdeckt.

Ich habe Berechnungen angestellt und die wohlbegründeten Ergebnisse der Relativitätstheorie benutzt. Für die Passagiere eines der Overlordschiffe dauert die Reise zum NGS 549 672 nicht länger als zwei Monate, wenn auch nach unseren irdischen Begriffen vierzig Jahre vergehen werden. Ich weiß, daß dies paradox klingt, und wenn es Dir ein Trost ist, kann ich Dir sagen, daß es die besten Köpfe der Welt beschäftigt hat, seit Einstein es verkündete.

Vielleicht zeigt Dir dieses Beispiel, was für Dinge geschehen können, und es gibt Dir ein klareres Bild von der Situation.

Wenn die Overlords mich sofort zur Erde zurückschicken, so werde ich daheim, nur um vier Monate älter geworden, ankommen. Aber auf der Erde selbst werden achtzig Jahre vergangen sein. Du verstehst also, Maja: Was auch geschieht, dies ist ein Lebewohl …

Ich habe hier wenig, was mich bindet, was Du ja weißt; ich kann also mit ruhigem Gewissen gehen. Ich habe es unserer Mutter noch nicht gesagt, sie würde sich schrecklich aufregen, und das könnte ich nicht mit ansehen. Es ist besser *so*. Obwohl ich versucht habe, seit dem Tode unseres Vaters Nachsicht zu üben – nun, es hat keinen Sinn, über das alles jetzt wieder zu reden.

Alles übrige ist geregelt, und Du brauchst Dir über nichts Sorgen zu machen.

Vielleicht hältst Du mich für närrisch, da es unmöglich erscheint, daß irgend jemand eines der Schiffe der Overlords betreten kann. Aber ich habe einen Weg gefunden. Er bietet sich nicht sehr oft und nach diesem Vorfall vielleicht nie wieder, denn ich bin überzeugt, daß Karellen den gleichen Fehler nie zweimal macht. Kennst Du die Sage von dem hölzernen Pferd, das die griechischen Soldaten in die Stadt Troja brachte? Aber es gibt im Alten Testament eine Erzählung, die der Sache noch näherkommt ...«

»Sie werden es sicherlich viel bequemer haben als Jonas«, sagte Sullivan. »Man hat nie gehört, daß er elektrisches Licht und sanitäre Anlagen zur Verfügung hatte. Aber Sie werden eine Menge Vorräte brauchen, und ich sehe, daß Sie Sauerstoff mitnehmen. Können Sie für eine zweimonatige Reise in so kleinem Raum genügend mitnehmen?«

Er deutete mit dem Finger auf die sorgfältigen Zeichnungen, die Jan auf den Tisch gelegt hatte. Das Mikroskop diente an dem einen Ende als Briefbeschwerer, der Schädel irgendeines merkwürdigen Fisches hielt das andere Ende fest.

»Ich hoffe, der Sauerstoff wird nicht nötig sein«, sagte Jan. »Wir wissen, daß sie unsere Atmosphäre atmen können, aber sie scheinen sie nicht gerade zu lieben, und ich bin vielleicht nicht imstande, mit der ihren zurechtzukommen. Was die Nahrung betrifft, so wird diese Frage dadurch gelöst, daß ich Narkosamin nehme. Das ist völlig sicher. Wenn wir unterwegs sind, gebe ich mir eine Spritze, die mich für sechs Wochen und ein paar Tage bewußtlos macht, also fast bis zu meiner Ankunft dort. Übrigens betraf meine Sorge weniger die Nahrung und den Sauerstoff als vielmehr die Langeweile.«

Professor Sullivan nickte nachdenklich. »Ja, Narkosamin ist eine sichere Sache und kann sehr genau dosiert werden. Aber sorgen Sie dafür, daß Sie viel Nahrung bereit haben – Sie werden heißhungrig sein, wenn Sie erwachen, und so schwach wie ein Kätzchen. Wenn Sie nun verhungern müssen, weil Sie nicht die Kraft haben, einen Dosenöffner zu benutzen?«

»Daran habe ich gedacht«, sagte Jan etwas gekränkt. »Ich werde mich auf übliche Weise durch Traubenzucker und Schokolade wieder zu Kräften bringen.«

»Gut. Ich freue mich, daß Sie alles gründlich überlegt haben und es nicht als einen Jux ansehen, aus dem Sie jederzeit wieder aussteigen können. Es ist Ihr Leben, mit dem Sie spielen, aber mir wäre es schrecklich, wenn ich das Gefühl haben müßte, daß ich Ihnen half, Selbstmord zu begehen.«

Er ergriff den Fischschädel und wog ihn gedankenlos in der Hand. Jan hielt den Plan fest, damit er sich nicht zusammenrollte.

»Glücklicherweise«, fuhr Professor Sullivan fort, »ist die Ausrüstung, die Sie brauchen, durchaus normal, und unsere Werkstatt kann sie in wenigen Wochen zusammenstellen. Und wenn Sie doch noch Ihren Entschluß ändern sollten ...«

»Das werde ich nicht tun«, sagte Jan.

»Ich habe alle Gefahren, denen ich mich aussetze, erwogen, und der Plan scheint keinen Fehler zu haben. Nach sechs Wochen melde ich mich wie irgendein blinder Passagier. Dann wird – nach meiner Zeit gerechnet – die Reise fast beendet sein. Wir werden im Begriff stehen, auf der Welt der Overlords zu landen. Was dann geschieht, liegt natürlich in ihrer Hand. Wahrscheinlich werde ich mit dem nächsten Schiff nach Hause zurückgeschickt, aber immerhin kann ich erwarten, wenigstens einiges zu sehen. Ich nehme eine Vier-Millimeter-Kamera und ein paar tausend Meter Film mit. Es wird nicht meine Schuld sein, wenn ich sie nicht benutzen kann. Schlimmstenfalls habe ich bewiesen, daß man Menschen auf die Dauer nicht in Quarantäne halten kann. Ich habe dann einen Präzedenzfall geschaffen, der Karellen zwingen wird, irgend etwas zu unternehmen.

Dies, meine liebe Maja, ist alles, was ich Dir zu sagen habe. Ich weiß, Du wirst mich nicht sehr vermissen. Wir wollen ehrlich zugeben, daß wir nie sehr stark miteinander verbunden waren, und nachdem Du Rupert geheiratet hast, wirst Du in Deiner eigenen privaten Welt vollkommen glücklich sein. Wenigstens hoffe ich das.

Also leb wohl und viel Glück! Ich freue mich darauf, Deinen Enkeln zu begegnen. Bitte sorge dafür, daß sie etwas von mir wissen.

Dein Dich liebender Bruder Jan«

— 9 —

Als Jan es das erstemal sah, konnte er sich kaum vorstellen, daß er nicht den Rumpf eines kleinen Luftschiffes vor sich hatte, das zusammengefügt wurde. Das Metallgestell war zwanzig Meter lang, stromlinienförmig und von einem leichten Gerüst umgeben, auf dem die Arbeiter mit ihren Werkzeugmaschinen herumkletterten.

»Ja«, sagte Sullivan als Antwort auf Jans Frage, »wir wenden die übliche aeronautische Technik an, und die meisten dieser Leute kommen aus der Flugzeugindustrie. Es ist kaum zu glauben, daß ein Ding dieser Größe lebendig sein könnte, nicht wahr? Oder daß es aus dem Wasser herausschnellen kann, wie ich es gesehen habe.«

Es war alles sehr fesselnd, aber Jan hatte andere Dinge im Kopf. Seine Augen schweiften über den riesigen Rumpf, um einen geeigneten Platz für seine kleine Zelle, den ›Sarg mit Luftloch‹, wie Sullivan sie getauft hatte, zu finden. In einem Punkt fühlte er sich sofort beruhigt. Was den Platz anbetraf, so würde hier Raum für ein Dutzend blinder Passagiere sein.

»Das Skelett sieht fast fertig aus«, sagte Jan. »Wann werden Sie die Haut überziehen? Ich vermute, Sie haben Ihren Wal schon gefangen, denn sonst wüßten Sie nicht, wie groß Sie den Rumpf machen müßten.«

Sullivan schien durch diese Bemerkung sehr belustigt zu sein.

»Wir haben nicht die geringste Absicht, einen Wal zu fangen. Übrigens haben Wale keine Häute im eigentlichen Sinn des Wortes. Es wäre kaum möglich, eine Decke aus zwanzig Zentimeter dickem Speck über dieses Gerüst zu spannen. Nein, das ganze Ding wird mit Kunststoff belegt und dann sorgfältig angemalt. Wenn es fertig ist, wird niemand den Unterschied sehen können.«

Dann, dachte Jan, wäre es doch für die Overlords das vernünftigste gewesen, Fotos aufzunehmen und das lebensgroße Modell auf ihrem Heimatplaneten selbst herzustellen. Aber vielleicht kehrten ihre Versorgungsschiffe leer zurück, und selbst ein zwanzig Meter langer Pottwal würde kaum bemerkt werden. Wenn man so viel Kraft und so viele Hilfsquellen besaß, konnte einem nicht an kleineren Ersparnissen liegen.

Professor Sullivan stand neben einer der großen Plastiken, die seit Entdeckung der Osterinsel für die Archäologie ein so großes Rätsel gewesen waren. Wen sie nun auch darstellen mochte, ob König, ob Gott, ihre blinden Augen schienen seinem Blick zu folgen, während er auf seine Arbeit schaute. Er war stolz auf sein Werk; es war bedauerlich, daß es bald für immer dem menschlichen Betrachter entzogen wurde.

Dieses Gebilde hätte das Werk irgendeines wahnsinnigen Künstlers im Rauschgiftdelirium sein können. Und doch war es eine sorgfältige Kopie des Lebens: Hier war die Natur selbst die Künstlerin. Dieses Schauspiel hatten bis zur Entwicklung des Unterwasserfernsehens nur wenige Menschen jemals gesehen und selbst dann nur für Sekunden bei den seltenen Gelegenheiten, wenn diese riesigen Gegner sich zur Oberfläche hinaufarbeiteten. Diese Kämpfe wurden in der endlosen Nacht der Ozeantiefen ausgefochten, wo die Pottwale ihre Beute erjagten, eine Beute, die sich heftig dagegen wehrte, lebend verschlungen zu werden.

Der lange, mit Sägezähnen besetzte Unterkiefer des Wals war weit geöffnet, bereit, die Beute zu packen. Der Kopf des Riesenpolypen war fast versteckt unter dem Netzwerk von weißen, schwammigen Armen, mit denen er verzweifelt um sein Leben kämpfte. Bläuliche Saugmale mit einem Durchmesser von zwanzig Zentimetern oder mehr hatten die Haut des Wals überall da, wo diese Arme sich angeklammert hatten, gefleckt ... Ein Fangarm war schon verstümmelt, und über den endgültigen Ausgang des Kampfes konnte es keinen Zweifel geben. Wenn die beiden größten Tiere der Erde miteinander kämpften, war der Wal immer der Sieger. Trotz der ungeheuren Kraft der unzähligen Fangarme lag die einzige Hoffnung des Polypen darin, zu entkommen, bevor der geduldig mahlende Kiefer ihn in Stücke zersägt hatte. Seine großen, ausdruckslosen Augen, einen halben Meter voneinander entfernt, starrten seinen Vernichter an, obwohl höchstwahrscheinlich in der Finsternis der Tiefe kein Geschöpf das andere sehen konnte.

Das ganze Ausstellungsstück war über dreißig Meter lang und jetzt von einem Aluminiumkäfig umgeben, an dem der Hebekran befestigt war. Alles war bereit, man wartete nur auf die Weisung der Overlords. Sullivan hoffte, daß sie schnell handeln würden; der Aufschub begann unbehaglich zu werden.

Jemand war aus dem Büro in den hellen Sonnenschein hinausgetreten, offenbar um ihn zu suchen. Sullivan erkannte seinen Sekretär und ging ihm entgegen. »Nun, Bill, was ist los?«

Der andere hielt ein Fernschreiben in der Hand und sah sehr erfreut aus. »Gute Nachricht, Herr Professor. Man ehrt uns. Der Oberkontrolleur möchte selber herkommen und sich unser Werk ansehen, ehe es verfrachtet wird. Denken Sie nur, was das für eine Reklame für uns ist! Das wird uns sehr nützen, wenn wir neue Zuwendungen beantragen. Ich hatte auf so etwas gehofft.«

Professor Sullivan schluckte heftig. Er hatte nichts gegen Reklame, aber diesmal fürchtete er, es könne zuviel des Guten werden.

Karellen stand neben dem Kopf des Wals und blickte zu dem großen, plumpen Maul und den mit Elfenbeinzähnen besetzten Kiefern auf. Sullivan, der sein Unbehagen verbarg, fragte sich, was der Oberkontrolleur wohl denken mochte. Sein Verhalten hatte auf keinen Argwohn schließen lassen, und der Besuch war leicht als ganz normal zu erklären. Aber Sullivan würde froh sein, wenn er vorbei wäre.

»Wir haben nicht so große Geschöpfe wie diese auf unserem Planeten«, sagte Karellen. »Das ist einer der Gründe, warum wir Sie gebeten haben, diese Gruppe zu schaffen. Meine – hm – Landsleute werden sie sehr aufregend finden.«

»Ich nahm an«, erwiderte Sullivan, »daß Sie bei Ihrer niedrigen Schwerkraft einige sehr große Tiere hätten. Sehen Sie doch, wieviel größer Sie sind als wir!«

»Ja, aber wir haben keine Ozeane. Und wenn es um die Größe geht, kann das Land nie mit dem Meer wetteifern.«

Stimmt, dachte Sullivan. Und soviel er wußte, war dies eine bisher unbekannte Tatsache über die Welt der Overlords. Das würde den verwünschten Jan sehr interessieren.

In diesem Augenblick saß der junge Mann in einer einen Kilometer entfernten Baracke und beobachtete besorgt durch ein Fernglas die Besichtigung. Er sagte sich, daß nichts zu fürchten sei. Auch bei noch so eingehender Besichtigung des Wals konnte dessen Geheimnis nicht entdeckt werden. Aber es gab immerhin die Möglichkeit, daß Karellen irgend etwas ahnte … und mit ihnen spielte.

Dieser Verdacht steigerte sich bei Sullivan, als der Oberkontrolleur in den höhlenartigen Rachen des Wals blickte.

»In Ihrer Bibel«, sagte Karellen, »steht eine bemerkenswerte Geschichte von einem hebräischen Propheten, einem gewissen Jonas, der von einem Walfisch verschluckt und wohlbehalten an Land getragen wurde, nachdem er von einem Schiff ins Meer geworfen worden war. Glauben Sie, daß eine solche Sage auf Tatsachen beruhen könnte?«

»Ich glaube«, erwiderte Sullivan vorsichtig, »daß es wirklich einmal vorgekommen sein kann, daß ein Walfischfänger verschluckt und dann, ohne Schaden genommen zu haben, wieder ausgespien wurde. Natürlich, wenn er länger als einige Sekunden in dem Wal gewesen wäre, würde er erstickt sein. Und er muß großes Glück gehabt haben, daß er nicht von den Zähnen erfaßt wurde. Es ist eine fast unglaubliche Geschichte, aber nicht ganz unmöglich.«

»Sehr interessant«, sagte Karellen. Er blickte noch einen Augenblick auf den riesigen Kiefer, dann trat er zu dem Polypen, um ihn ebenfalls zu besichtigen. Sullivan hoffte, daß Karellen seinen Seufzer der Erleichterung nicht hörte.

»Wenn ich gewußt hätte, was ich durchmachen müßte«, sagte Professor Sullivan, »hätte ich Sie aus meinem Büro hinausgeworfen, sobald Sie den Versuch machten, mich mit Ihrem Wahnsinn anzustecken.«

»Es tut mir leid«, erwiderte Jan, »aber wir sind ja glücklich davongekommen.«

»Ich hoffe es. Jedenfalls alles Gute! Wenn Sie sich anders besinnen wollen, so haben Sie ja noch wenigstens sechs Stunden Zeit.«

»Ich brauche sie nicht. Nur Karellen kann mich jetzt aufhalten. Ich danke Ihnen für alles, was Sie getan haben. Wenn ich je zurückkomme und ein Buch über die Overlords schreibe, werde ich es Ihnen widmen.«

»Das wird mir viel nützen«, brummte Sullivan. »Dann bin ich schon viele Jahre tot.« Zu seiner Überraschung und leisen

Bestürzung, denn er war kein sentimentaler Mann, bemerkte er, daß dieser Abschied ihm naheging. Er hatte Jan in den Wochen, da sie zusammen Pläne schmiedeten, liebgewonnen. Überdies hatte er angefangen zu fürchten, daß er vielleicht Hilfestellung für einen komplizierten Selbstmord leistete.

Er hielt die Leiter, als Jan in das große Maul hineinkletterte, wobei er sorgfältig eine Berührung der Zahnreihen vermied. Im Licht der Taschenlampe sah Sullivan, wie Jan sich umdrehte und winkte, ehe er in der Höhle verschwand. Man hörte das Geräusch der sich öffnenden und wieder schließenden Luftschleuse, und danach herrschte Stille.

Im Mondlicht, das den erstarrten Kampf in ein Bild aus einem Alptraum verwandelte, kehrte Professor Sullivan in sein Büro zurück. Er überlegte, was er getan hatte und wohin es führen konnte. Aber das würde er natürlich nie erfahren. Jan würde vielleicht eines Tages wieder hier über diesen Boden gehen, nachdem er nicht mehr als ein paar Monate seines Lebens dafür hingegeben hatte, zur Heimat der Overlords zu reisen und wieder zur Erde zurückzukehren. Gleichviel, falls er dies tat, würde es jenseits der unüberschreitbaren Zeitgrenze sein, denn es wäre erst in achtzig Jahren.

Die Lichter in dem kleinen Metallzylinder flammten auf, sobald Jan die Innentür der Luftschleuse geschlossen hatte. Er ließ sich keine Zeit zum Überlegen, sondern machte sich sofort an die routinemäßige Kontrolle, die er bereits in allen Einzelheiten ausgearbeitet hatte. Alle Vorräte und Bedarfsgegenstände waren schon vor Tagen verladen worden, aber die endgültige Kontrolle würde ihn in die richtige Verfassung versetzen, indem sie ihm die Gewißheit gab, daß nichts ungetan geblieben war.

Eine Stunde später war er davon überzeugt. Er legte sich auf das Schaumgummilager und überdachte nochmals sein Vorhaben. Das einzige Geräusch war das leise Surren der elektrischen Kalenderuhr, die ihm mitteilen würde, wenn die Reise sich ihrem Ende näherte.

Er wußte, daß er erwarten konnte, hier in seiner Zelle nichts zu spüren, denn die gewaltigen Kräfte, die die Schiffe der Overlords antrieben, mußten völlig ausgeglichen sein. Sullivan hatte das festgestellt, indem er darauf hinwies, daß sein Werk zusammenfiele, wenn es auch nur ganz wenigen Gravitäten ausgesetzt würde. Seine »Kunden« hatten ihm versichert, daß in dieser Hinsicht keine Gefahr bestehe.

Es würde jedoch eine erhebliche Veränderung des Luftdrucks eintreten. Das war unwichtig, da die hohlen Modelle durch mehrere Öffnungen »atmen« konnten. Bevor Jan seine Zelle verließ, mußte er den Luftdruck ausgleichen, denn er hatte angenommen, daß die Luft im Overlordschiff für ihn nicht zu atmen sei. Eine einfache Sauerstoffmaske würde dem abhelfen; es waren keine großen Vorkehrungen nötig. Wenn er ohne technische Hilfe atmen könnte, um so besser!

Es hatte keinen Sinn, länger zu warten: Das würde nur seine Nerven beunruhigen. Er holte die kleine Spritze heraus, die bereits mit der sorgfältig vorbereiteten Lösung gefüllt war. Narkosamin war bei Erforschung des Winterschlafs der Tiere entdeckt worden: Man konnte nicht sagen, daß es, wie vielfach angenommen wurde, das Leben suspendieren könne. Es hatte keine weiteren Wirkungen, als die Lebensvorgänge sehr zu verlangsamen, jedoch so, daß der Stoffwechsel in vermindertem Maße noch erhalten blieb. Es war, als hätte jemand das Feuer des Lebens zugeschüttet, so daß es unter der Asche noch glimmte. Aber wenn nach Wochen oder Monaten die Wirkung des Mittels nachließ, so flammte das Leben auf, und der Schläfer kam wieder zu sich. Narkosamin war völlig sicher. Die Natur hatte es seit Jahrmillionen benutzt, um viele ihrer Kinder vor dem nahrungslosen Winter zu schützen.

Jan schlief also. Er spürte nicht den Ruck der Kabel, als das riesige Metallgerüst in den Laderaum des Transportschiffs der Overlords gehoben wurde. Er hörte nicht, wie sich die Schleusentore schlossen, um sich erst nach dreihundert Millionen mal Millionen Kilometern wieder zu öffnen. Er hörte nicht, fern und schwach durch die mächtigen Wände, das protestierende Kreischen der Erdatmosphäre, als das Schiff rasch zu seinem natürlichen Element emporstieg.

Und er spürte nicht, wie die Fahrt verlief.

— 10 —

Der Konferenzraum war bei diesen wöchentlichen Versammlungen immer gefüllt, aber heute war er so gedrängt voll, daß die Reporter kaum Platz zum Schreiben hatten. Zum hundertsten Male murrten sie untereinander über Karellens konservative Art und seinen Mangel an Rücksicht. Überall in der Welt hätten sie Fernsehkameras, Tonbandgeräte und alle andern Werkzeuge ihres hochtechnisierten Berufs mitbringen können, aber hier mußten sie sich mit so vorzeitlichen Hilfsmitteln wie Papier und Bleistift begnügen.

Um die Situation noch ungerechter zu machen, nahm Karellen selbst die ganzen Unterredungen auf Tonband auf. Berichterstatter, die sich der Nachlässigkeit oder gar einer falschen Wiedergabe schuldig machten – obwohl dies sehr selten vorkam –, waren zu kurzen und unangenehmen Konferenzen mit Karellens Untergebenen geladen und ersucht worden, aufmerksam der Wiedergabe dessen zuzuhören, was der Oberkontrolleur wirklich gesagt hatte. Diese Lektion brauchte nie wiederholt zu werden.

Es war seltsam, wie diese Gerüchte sich verbreiteten. Es gab keine vorherige Ankündigung, und doch war das Haus immer voll, wenn Karellen eine wichtige Mitteilung zu machen hatte, was durchschnittlich zwei- oder dreimal jährlich vorkam.

Stille senkte sich über die murmelnde Menge, als die große Tür sich öffnete und Karellen die Tribüne betrat. Die Beleuchtung hier war matt, ohne Zweifel dem Licht der weit entfernten Sonne der Overlords ähnlich, so daß der Oberkontrolleur die dunkle Brille abgelegt hatte, die er im Freien trug.

Er antwortete auf den Chor der Begrüßung mit einem formellen: »Guten Morgen, allerseits«, dann wandte er sich zu der schlanken, vornehmen Gestalt in der vordersten Reihe. Auf den Doyen des Presseklubs, Golde, hätte die Meldung des Dieners gepaßt: Zwei Reporter und ein Gentleman von der ›Times‹. Er kleidete und benahm sich wie ein Diplomat der alten Schule. Niemand würde je zögern, ihm zu vertrauen, und niemand hatte es in der Folge je bereut.

»Sehr voll heute, Herr Golde. Wahrscheinlich mangelt es an Neuigkeiten.«

Der Herr von der ›Times‹ lächelte und räusperte sich. »Ich hoffe, Sie können dem abhelfen, Herr Oberkontrolleur.«

Er beobachtete Karellen gespannt, während dieser seine Antwort überlegte. Es war unangenehm, daß die maskenhaften Gesichter der Overlords keine Spur von Erregung verrieten. Die großen, weitgeöffneten Augen, deren Pupillen selbst in diesem matten Licht scharf zusammengezogen waren, starrten unergründlich in die unverkennbar neugierigen menschlichen Augen. Die doppelten Atmungsöffnungen auf jeder Wange, wenn man die zerfurchten und gekräuselten erstarrten Wölbungen Wangen nennen konnte, gaben ein ganz leises Pfeifen von sich, wenn Karellens vermutliche Lungen in der dünnen Luft der Erde atmeten. Golde konnte genau erkennen, wie der Vorhang von feinen weißen Haaren hin- und herflatterte und sich im Einklang mit Karellens raschem, doppelwirkendem Atmungskreislauf hielt. Man nahm im allgemeinen an, daß sie Staubfilter wären, und es hatten sich weitschweifige Theorien über die Atmosphäre in der Heimat der Overlords auf diese gebrechlichen Fundamente gestützt.

»Ja, ich habe einige Neuigkeiten für Sie. Wie Sie zweifellos wissen, hat eines meiner Versorgungsschiffe kürzlich die Erde verlassen, um zu seinem Stützpunkt zurückzukehren. Wir haben soeben entdeckt, daß ein blinder Passagier an Bord war.«

Hundert Bleistifte hielten plötzlich an. Hundert Augenpaare richteten sich auf Karellen.

»Ein blinder Passagier, sagten Sie, Herr Oberkontrolleur?« fragte Golde. »Dürfen wir erfahren, wer es war und wie er an Bord gekommen ist?«

»Sein Name ist Jan Rodricks. Er ist Student des Maschinenbaus an der Universität Kapstadt. Weitere Einzelheiten können Sie zweifellos durch Ihre eigenen, sehr guten Kanäle feststellen.« Karellen lächelte. Das Lächeln des Oberkontrolleurs war eine seltsame Sache. Der größte Teil seiner Wirkung lag tatsächlich in den Augen: Der unbewegliche, lippenlose Mund bewegte sich überhaupt kaum. War dies wieder eine der menschlichen Gewohnheiten, die Karellen mit so großer Geschicklichkeit nachgeahmt hatte? fragte sich Golde. Denn die Gesamtwirkung war zweifellos die eines Lächelns, und man nahm es bereitwillig als solches auf.

»*Wie* er es angestellt hat«, fuhr der Oberkontrolleur fort, »ist von zweitrangiger Bedeutung. Ich kann Ihnen und allen unternehmungslustigen Astronauten versichern, daß es keine Möglichkeit gibt, diese Heldentat zu wiederholen.«

»Was wird diesem jungen Mann geschehen?« beharrte Golde. »Wird er zur Erde zurückgeschickt werden?«

»Das steht außerhalb meiner Entscheidung, aber ich erwarte, daß er mit dem nächsten Schiff zurückkommt. Er würde dort, wohin er gereist ist, die Bedingungen zu ... fremd finden. Und das bringt mich auf den Hauptzweck unserer heutigen Versammlung.«

Karellen machte eine Pause, und die Stille wurde noch tiefer.

»Unter den jüngeren und romantischeren Elementen Ihrer Bevölkerung sind oft Klagen erhoben worden, weil Ihnen der

Weltraum verschlossen ist. Wir hatten dabei eine Absicht. Wir erlassen nicht zu unserem Vergnügen Verbote, aber haben Sie je überlegt, was ein Mann aus Ihrer Steinzeit, wenn Sie mir diesen wenig schmeichelhaften Vergleich verzeihen wollen, empfunden hätte, wenn er plötzlich in eine moderne Stadt versetzt worden wäre?«

»Sicherlich«, protestierte die ›Herald Tribune‹, »gibt es da einen grundlegenden Unterschied. Wir sind an die Wissenschaft gewöhnt. In Ihrer Welt gibt es zweifellos viele Dinge, die wir nicht verstehen, aber sie würden uns nicht wie Zauberei erscheinen.«

»Sind Sie dessen ganz sicher?« fragte Karellen so leise, daß man seine Worte kaum hören konnte. »Nur hundert Jahre liegen zwischen dem Zeitalter der Elektrizität und dem Zeitalter des Dampfes, aber was hätte ein Ingenieur der viktorianischen Zeit mit einem Fernsehapparat oder Elektronengehirn angefangen? Und wie lange hätte er leben müssen, wenn er anfinge, ihre Arbeitsweise zu erforschen? Die Kluft zwischen zwei Technologien kann leicht so groß werden, daß sie ... tödlich wird.«

(»Hallo«, flüsterte ›Reuter‹ der ›BBC‹ zu, »wir haben Glück. Er wird eine große politische Erklärung abgeben. Ich kenne die Anzeichen.«)

»Und es gibt noch andere Gründe, warum wir die menschliche Rasse auf die Erde beschränkt haben. Passen Sie auf!«

Das Licht wurde noch matter und erlosch. Dann bildete sich in der Mitte des Raums eine milchige Masse. Sie formte sich zu einem Wirbel von Sternen, einem Spiralnebel, gesehen von einem Punkt weit außerhalb seiner äußersten Sonne.

»Kein menschliches Auge hat bisher jemals dieses Bild gesehen«, ertönte Karellens Stimme aus der Dunkelheit. »Sie sehen Ihr eigenes Universum, die Milchstraßeninsel, der Ihre Sonne angehört, aus einer Entfernung von einer halben Million Lichtjahren.«

Ein langes Schweigen folgte. Dann fuhr Karellen fort, und jetzt hatte seine Stimme etwas, was nicht ganz Mitleid und nicht geradezu Verachtung war.

»Ihre Rasse hat eine bemerkenswerte Unfähigkeit an den Tag gelegt, mit den Problemen Ihres eigenen, ziemlich kleinen Planeten fertig zu werden ... Als wir hierherkamen, waren Sie im Begriff, sich selbst mit den Kräften zu vernichten, die die Wissenschaft Ihnen übereilt gegeben hatte. Ohne unsere Einmischung wäre die Erde heute eine radioaktive Wüste.

Jetzt haben Sie eine friedliche Welt und eine geeinte Rasse. Bald werden Sie zivilisiert genug sein, Ihren Planeten ohne unsern Beistand zu verwalten. Vielleicht könnten Sie unter Umständen die Probleme eines ganzen Sonnensystems meistern, sagen wir von fünfzig Monden und Planeten. Aber bilden Sie sich wirklich ein, daß Sie jemals mit *diesem* fertig werden könnten?«

Der Nebel dehnte sich aus. Jetzt rasten die einzelnen Sterne vorbei, erschienen und verschwanden so schnell wie Funken eines Schmiedefeuers. Und jeder dieser vergänglichen Funken war eine Sonne mit wer weiß wie vielen kreisenden Welten ...

»In dieser unserer Milchstraße«, murmelte Karellen, »gibt es siebenundachtzigtausend Millionen Sonnen. Selbst diese Zahl gibt nur eine schwache Vorstellung von der Unermeßlichkeit des Weltraums. Wollten Sie diesen Versuch machen, wären Sie wie Ameisen, die alle Sandkörner in allen Wüsten der Welt verzeichnen und klassifizieren wollten.

Ihre Rasse kann auf ihrer jetzigen Entwicklungsstufe diese ungeheure Aufgabe nicht meistern. Eine meiner Pflichten war es, Sie gegen die Mächte und Kräfte zu schützen, die zwischen den Sternen liegen, Kräfte jenseits von allem, was Sie sich überhaupt vorstellen können.«

Das Bild der wirbelnden Feuernebel der Milchstraße verschwand: Das Licht kehrte in die plötzliche Stille des großen Raums zurück.

Karellen wandte sich zum Gehen; die Konferenz war vorbei. An der Tür blieb er stehen und blickte auf die stumm gewordene Menge zurück.

»Es ist ein bitterer Gedanke, aber Sie müssen ihm ins Auge sehen. Die Planeten können Sie eines Tages besitzen. Aber die Sterne sind nicht für den Menschen.«

DRITTER TEIL

Die letzte Generation

— 1 —

»Sieh dir das an!« fuhr George Greggson auf und schleuderte Jean die Zeitung zu. Das Blatt legte sich, obwohl Jean sich bemühte, es zu verhindern, müde auf den Frühstückstisch. Jean schabte geduldig die Marmelade ab und las die beanstandete Stelle, wobei sie ihr Bestes tat, Mißbilligung zu zeigen. Sie war darin nicht sehr geschickt, weil sie allzuoft mit den Kritikern übereinstimmte. Gewöhnlich behielt sie diese ketzerischen Ansichten für sich, und nicht nur, um Frieden und Ruhe zu haben. George war durchaus bereit, Lob von ihr – oder irgend jemand – entgegenzunehmen, aber wenn sie seine Arbeit zu kritisieren wagte, hielt er ihr einen vernichtenden Vortrag über ihre künstlerische Unwissenheit. Sie las die Kritik zweimal, dann gab sie es auf. Sie fand sie recht günstig und äußerte das auch.

»Ihm scheint die Vorstellung doch gefallen zu haben. Worüber brummst du?«

»Hier«, fauchte George und deutete mit dem Finger auf die Mittelspalte. »Lies es nur noch einmal.«

»Besonders wohltuend für das Auge war das zarte Pastellgrün des Hintergrundes bei den Balletteinlagen. Ja, und?«

»Es war nicht grün. Ich habe viel Zeit darauf verwendet, gerade diese blaue Schattierung herauszubekommen. Und was geschieht? Irgendein Techniker im Kontrollraum bringt das Farbgleichgewicht durcheinander, oder dieser Schafskopf von Kritiker hat einen farbenblinden Apparat. Was für eine Farbe hatte es auf unserem Bildschirm?«

»Tja ... Daran kann ich mich nicht erinnern«, gestand Jean. »Püppi fing gerade an zu schreien, und ich mußte nachsehen, was mit ihr los war.«

»Oh!« sagte George nur, und Jean wußte, daß jeden Augenblick ein neuer Ausbruch zu erwarten war. Als er jedoch erfolgte, war er ziemlich sanft.

»Ich habe eine neue Definition für das Fernsehen gefunden«, murmelte George düster. »Ich bin der Meinung, daß es ein Mittel ist, die Verbindung zwischen Künstler und Publikum zu verhindern.«

»Was willst du dagegen tun?« gab Jean zurück. »Zum lebenden Theater zurückkehren?«

»Und warum nicht?« fragte George. »Genau daran habe ich gedacht. Du erinnerst dich an den Brief, den ich von den Neu-Athenern bekommen habe? Sie haben mir wieder geschrieben. Diesmal werde ich antworten.«

»Wirklich?« sagte Jean, etwas beunruhigt. »Ich denke, sie sind eine Gruppe von Verschrobenen?«

»Nun, das kann man nur auf eine einzige Art und Weise feststellen. Ich werde sie innerhalb der nächsten vierzehn Tage aufsuchen. Ich muß sagen, daß die Schriften, die sie herausbringen, durchaus vernünftig wirken. Und sie haben einige sehr gute Leute.«

»Wenn du erwartest, daß ich anfange, auf einem Holzfeuer zu kochen oder mich in Felle zu hüllen, dann mußt du ...«

»Oh, sei nicht albern! Diese Erzählungen sind doch Unsinn. Die Kolonie hat alles, was für das zivilisierte Leben notwendig ist. Sie glauben nicht an unnötige Kinkerlitzchen, das ist alles. Übrigens ist es Jahre her, seit ich den Pazifik besucht habe. Es wird für uns beide ein netter Ausflug sein.«

»Darin bin ich deiner Meinung«, sagte Jean, »aber ich habe nicht die Absicht, unsern Sohn und Püppi zu polynesischen Wilden werden zu lassen.«

»Das wird nicht geschehen«, erwiderte George, »das kann ich dir versprechen.«

Er hatte recht, wenn auch nicht so, wie er es erwartet hatte.

»Wie Sie beim Anflug bemerkt haben werden«, sagte der kleine Mann auf der andern Seite der Veranda, »besteht die Kolonie aus zwei Inseln, die durch einen Damm verbunden sind. Dies ist Athen, die andere Insel haben wir Sparta getauft. Sie ist ziemlich wild und bergig und wundervoll für Sport oder Wanderungen geeignet.« Seine Augen glitten für einen Moment über die Gürtellinie seines Besuchers, und George beugte sich auf dem Rohrsessel leicht vor. »Sparta ist übrigens ein erloschener Vulkan. Wenigstens behaupten die Geologen, daß er erloschen ist, haha!

Aber zurück zu Athen. Der Gedanke der Kolonie ist, wie Sie wohl erraten haben, eine unabhängige, beständige kulturelle Gruppe mit eigenen künstlerischen Traditionen aufzubauen. Ich möchte darauf hinweisen, daß wesentliche Forschungen unternommen wurden, bevor wir dies Unternehmen begonnen haben. Es ist wirklich so etwas wie angewandte Sozialkunde, auf außerordentlich verwickelten Berechnungen beruhend, die zu verstehen ich mir nicht anmaßen würde. Ich weiß nur, daß die mathematischen Soziologen berechnet haben, wie groß die Kolonie sein müßte, wie viele Typen von Menschen sie einschließen sollte und vor allem, welche Verfassung sie haben muß, um langfristig Bestand zu haben.

Wir werden von einem Rat von acht Direktoren regiert, die Produktion, Kraftmittel, Sozialverwaltung, Kunst, Wirtschaft, Wissenschaft, Sport und Philosophie vertreten. Es gibt keinen ständigen Vorsitzenden oder Präsidenten. Dieses Amt wird von jedem der Direktoren der Reihe nach ein Jahr lang ausgeübt.

Unsere jetzige Bevölkerung beträgt etwas über fünfzigtausend, also etwas weniger als die gewünschte Höchstzahl. Deshalb sehen wir uns nach Zuwachs um. Und natürlich gibt es gewisse Verluste: Wir sind in bezug auf die spezialisierten Talente noch nicht ganz autark.

Hier auf dieser Insel versuchen wir, etwas von der Unabhängigkeit der Menschheit, ihre künstlerischen Überlieferungen, zu retten. Wir empfinden keine Feindschaft gegen die Overlords; wir wollen nur das Recht haben, unsern eigenen Weg zu gehen. Als sie die alten Nationen und die Lebensweise zerstörten, die der Mensch seit Beginn der Geschichte gekannt hat, haben sie mit den schlechten auch viele gute Dinge beseitigt. Die Welt ist jetzt ruhig, ohne charakteristische Merkmale und in kultureller Beziehung tot. Seit die Overlords gekommen sind, ist nichts wirklich Neues geschaffen worden. Die Ursache liegt auf der Hand. Es gibt nichts mehr, wofür man kämpfen muß, und es gibt zu viele Ablenkungen und Zerstreuungen. Sind Sie sich darüber klar, daß täglich etwa fünfhundert Stunden Rundfunk und Fernsehen durch die verschiedenen Kanäle strömen? Wenn Sie nicht schliefen und nichts anderes täten, könnten Sie doch nur weniger als ein Zwanzigstel der Unterhaltung verfolgen, die bei einem Druck auf den Knopf verfügbar ist. Kein Wunder, daß die Menschen gleichgültige Schwämme werden, die alles aufnehmen, aber niemals etwas schaffen. Wußten Sie, daß die Menschen jetzt im Durchschnitt drei Stunden täglich fernsehen? Bald werden sie überhaupt nicht mehr ihr eigenes Leben leben. Es wird eine Vollbeschäftigung sein, die verschiedenen Familienserien im Fernsehen zu verfolgen.

Hier in Athen nimmt die Unterhaltung ihren angemessenen Platz ein. Außerdem ist sie Leben, nicht Konserve. In einer Gemeinschaft dieser Größe ist es möglich, eine fast vollständige Publikumsbeteiligung mit allem, was das für die Veranstalter und Künstler bedeutet, zu erreichen. Zum Beispiel haben wir ein sehr gutes Symphonieorchester, wahrscheinlich gehört es zu den fünf oder sechs besten der Welt.

Aber ich will nicht, daß Sie sich in all diesen Dingen auf mein Wort verlassen. Es geht meistens so vor sich, daß Anwärter einige Tage hier bleiben, um Fühlung zu gewinnen. Wenn sie beschließen, sich zu uns zu gesellen, müssen sie all die psychologischen Prüfungen über sich ergehen lassen, die in der Tat unsere Hauptverteidigung sind. Etwa ein Drittel der Bewerber wird abgelehnt, gewöhnlich aus Gründen, die kein schlechtes Licht auf sie werfen und außerhalb der Kolonie keine Rolle spielen würden. Diejenigen, die alle Prüfungen bestehen, begeben sich nach Hause, um ihre Angelegenheiten zu ordnen, und schließen sich uns dann wieder an. Zuweilen ändern sie in dieser Zeit ihren Entschluß, aber das kommt sehr selten vor und ist immer auf persönliche Gründe zurückzuführen, auf die sie keinen Einfluß haben. Unsere Prüfungen sind heute hundertprozentig verläßlich: Die Menschen, die sie bestehen, wollen wirklich herkommen.«

»Und wenn nun jemand später seine Meinung ändert?« fragte Jean besorgt.

»Dann könnte er weggehen. Da gibt es keine Schwierigkeit. Es ist ein- oder zweimal vorgekommen.«

Ein langes Schweigen folgte. Jean sah George an, der sich nachdenklich die Bartkoteletten rieb, die augenblicklich in Künstlerkreisen beliebt waren. Jean war nicht übermäßig beunruhigt, solange sie ihre Schiffe nicht hinter sich verbrannten. Die Kolonie schien ein interessanter Ort zu sein und bestimmt nicht so närrisch, wie sie gefürchtet hatte. Und den Kindern würde es hier gefallen. Und schließlich kam es darauf in der Hauptsache an.

Sechs Wochen später zogen sie ein. Das einstöckige Haus war klein, aber völlig ausreichend für eine Familie, die nicht die Absicht hatte, sich über ihre vier Mitglieder hinaus zu vergrößern. Alle wichtigen arbeitssparenden Apparate waren vorhanden. Wenigstens gab Jean zu, daß keine Gefahr bestand, in die dunklen Zeitalter der häuslichen Plackerei zurückversetzt zu werden. Es war jedoch etwas störend, zu entdecken, daß eine Küche vorhanden war. In einer Gesellschaft von dieser Größe hätte man unter normalen Umständen erwarten müssen, daß man die Ernährungszentrale anrief, fünf Minuten wartete und dann das Essen bekäme, das man bestellt hatte. Individualismus war ja sehr schön, aber dies könne doch die Dinge allzu weit treiben, fürchtete Jean. Sie überlegte mit düsteren Gefühlen, ob man wohl von ihr erwartete, daß sie die Bekleidung der Familie anfertigte, so wie sie die Mahlzeiten bereiten mußte. Aber es stand glücklicherweise kein Spinnrad zwischen der selbsttätigen Abwaschmaschine und dem Radargerät, also ganz so schlimm war es wohl nicht.

Natürlich sah das Haus noch sehr kahl und nüchtern aus. Sie waren die ersten Bewohner, und es würde einige Zeit dauern, bis diese keimfreie Neuheit in ein warmes, menschliches Heim verwandelt war. Die Kinder würden zweifellos diesen Vorgang sehr wirksam beschleunigen.

Jean trat an das noch nicht mit Vorhängen versehene Fenster und blickte über die Kolonie hin. Es war ein schöner Ort, daran gab es keinen Zweifel. Das Haus stand am Westhang des niedrigen Hügels, der, in Ermangelung irgendwelcher Rivalen, die Insel Athen beherrschte. Zwei Kilometer weiter nördlich konnte sie den Damm sehen, der das Wasser teilte und nach Sparta führte. Jene felsige Insel mit ihrem brütenden Vulkankegel bildete einen solchen Gegensatz zu diesem friedlichen Fleck, daß es sie bisweilen erschreckte. Sie fragte sich, wie die Gelehrten so sicher sein konnten, daß der Vulkan niemals wieder erwachen und sie alle vernichten würde.

Eine schwankende Gestalt, die den Hang heraufkam und sich sorgsam im Schatten der Palmen hielt, erregte ihre Aufmerksamkeit. George kehrte von seiner ersten Konferenz zurück. Es war Zeit, mit den Träumereien aufzuhören und sich um das Hauswesen zu kümmern.

Ein metallisches Gerassel verkündete die Ankunft von Georges Fahrrad. Jean fragte sich, wie lange es dauern würde, bis sie beide fahren gelernt hatten. Dies war noch eine andere unerwartete Seite des Lebens auf der Insel. Privatautos waren nicht erlaubt und ja auch unnötig, da die größte Entfernung, die man in gerader Linie zurücklegen konnte, weniger als fünfzehn Kilometer betrug. Es gab verschiedene Fahrzeuge, die der Gemeinde gehörten: Lastautos, Krankenwagen und Feuerspritzen, die alle, außer in wirklichen Notfällen, nur fünfzig Stundenkilometer fahren durften. Infolgedessen hatten die Bewohner von Athen viel Bewegungsfreiheit, keine verstopften Straßen – und keine Verkehrsunfälle.

George gab seiner Frau einen flüchtigen Kuß und sank mit einem Seufzer der Erleichterung auf den nächsten Stuhl. »Puh!« sagte er und wischte sich die Stirn. »Alle haben mich auf dem Weg bergauf überholt; wahrscheinlich gewöhnen sich die Leute also wirklich daran. Ich glaube, ich habe schon zehn Kilo verloren.«

»Wie ist es dir ergangen?« fragte Jean pflichtschuldig. Sie hoffte, George würde nicht zu erschöpft sein, um beim Auspacken zu helfen.

»Sehr anregend. Natürlich kann ich mich nicht mehr auf die Hälfte der Leute besinnen, die ich getroffen habe, aber sie schienen sehr angenehm zu sein. Und das Theater ist genauso gut, wie ich gehofft habe. Wir beginnen die Arbeit nächste Woche mit Shaws ›Zurück zu Methusalem‹. Man hat mir die ganze Ausstattung und die Entwürfe übertragen. Das ist etwas anderes, als wenn ständig ein Dutzend Leute mir sagen will, was ich nicht tun soll. Ja, ich glaube, es wird uns hier gefallen.«

»Trotz der Fahrräder?«

George brachte eine Art Lächeln zustande. »Ja«, sagte er, »in einigen Wochen werde ich unsern kleinen Hügel nicht einmal bemerken.«

Das glaubte er in Wirklichkeit nicht, aber es entsprach der Wahrheit. Es dauerte jedoch noch einen weiteren Monat, bis Jean das Auto wirklich verschmerzt und all die Dinge entdeckt hatte, die man mit seiner eigenen Küche machen konnte.

Neu-Athen war nicht natürlich und folgerichtig entstanden wie die Stadt, deren Namen es trug. Alles in der Kolonie war sorgfältig geplant und das Ergebnis langjähriger Studien einer Gruppe sehr bemerkenswerter Männer. Es hatte als offene Verschwörung gegen die Overlords begonnen, als eine stillschweigende Auflehnung gegen ihre Politik, wenn nicht gegen ihre Macht. Zunächst waren die Gründer der Kolonie mehr als zur Hälfte überzeugt gewesen, daß Karellen ihre Pläne durchkreuzen würde, aber der Oberkontrolleur hatte nichts unternommen, überhaupt nichts. Das war nicht ganz so beruhigend, wie man hätte erwarten können. Karellen hatte viel Zeit: Er konnte einen späteren Gegenschlag vorbereiten. Oder er war so fest von dem Mißlingen des Plans überzeugt, daß er es nicht für notwendig hielt, irgend etwas dagegen zu unternehmen.

Daß die Kolonie Schiffbruch erleiden würde, hatten die meisten Leute vorausgesagt. Aber in der Vergangenheit, lange bevor man etwas über soziale Dynamik wußte, hatte es ja auch viele Gemeinden gegeben, die besondere religiöse oder philosophische Ziele verfolgten. Gewiß, ihre Sterblichkeitsziffer war hoch gewesen, aber einige hatten weitergelebt. Und die Grundlagen von Neu-Athen waren so sicher, wie die moderne Wissenschaft sie machen konnte.

Es gab viele Gründe dafür, eine Insel als Sitz zu wählen. Nicht die unwichtigsten waren psychologischer Art. In einem Zeitalter des universalen Luftverkehrs bedeutete der Ozean als physikalische Grenze nichts, gab aber doch ein Gefühl der Abgeschlossenheit. Überdies machte eine begrenzte Landfläche es unmöglich, daß zu viele Menschen in der Kolonie lebten. Die Höchstzahl der Bevölkerung war auf etwa hunderttausend festgesetzt; wenn sie größer wäre, würden die Vorteile einer kleinen, eng verbundenen Gemeinde verlorengehen. Eines der Ziele der Gründer war, daß jeder Bürger von Neu-Athen alle andern Bürger, die seine Interessen teilten, kennen sollte und auch ein oder zwei Prozent der übrigen.

Der Mann, der die treibende Kraft bei der Gründung von Neu-Athen gewesen war, hatte die Verwirklichung seines Traums nicht mehr erlebt, denn er war drei Jahre vor der Entstehung der Kolonie gestorben.

Er war in Israel geboren, einer der letzten unabhängigen Nationen, die sich noch gebildet und die also auch die kürzeste Lebensdauer gehabt hatten. Das Ende der nationalen Unabhängigkeit war hier vielleicht bitterer empfunden worden als anderswo, denn man trennt sich schwer von einem Traum, den man erst nach jahrhundertelangen Kämpfen verwirklicht hat.

Ben Salomon war kein Fanatiker, aber die Erinnerungen seiner Kindheit mochten in nicht geringem Umfang die Philosophie bestimmt haben, die er in die Praxis umsetzte. Er konnte sich noch erinnern, wie die Welt vor Ankunft der Overlords gewesen war, und er hatte nicht den Wunsch, zu jenem Zustand zurückzukehren. Gleich vielen anderen klugen und wohlmeinenden Menschen wußte er alles zu schätzen, was Karellen für die menschliche Rasse getan hatte, während er über die endgültigen Pläne des Oberkontrolleurs noch immer besorgt war. Konnte es möglich sein, fragte er sich bisweilen, daß die Overlords, trotz all ihrer ungeheuren Intelligenz, die Menschheit nicht wirklich verstanden und aus besten Beweggründen einen furchtbaren Irrtum begingen? Vielleicht hatten sie in ihrer Leidenschaft für Gerechtigkeit und Ordnung beschlossen, die Welt zu reformieren, dabei aber nicht erkannt, daß sie die Seele des Menschen zerstörten.

Der Niedergang hatte kaum erst begonnen, aber die ersten

Anzeichen des Verfalls waren nicht schwer zu entdecken. Salomon war kein Künstler, aber er hatte ein sicheres künstlerisches Urteil und wußte, daß sein Zeitalter die Leistungen früherer Jahrhunderte auf keinem einzigen Gebiet zu erreichen vermochte. Vielleicht würden sich die Dinge im Lauf der Zeit einrenken, wenn der Schock bei der Begegnung mit der Zivilisation der Overlords sich gemildert hätte. Aber es konnte auch anders kommen, und ein vorsichtiger Mann würde daran denken, eine Versicherungspolice zu erwerben.

Neu-Athen beruhte auf dieser Politik. Seine Errichtung hatte zwanzig Jahre und einige Milliarden Dezimalpfund erfordert, also einen verhältnismäßig geringen Bruchteil des Gesamtreichtums der Welt. In den ersten fünfzehn Jahren war nichts geschehen, in den letzten fünf alles.

Salomons Aufgabe wäre undurchführbar gewesen, hätte er nicht eine Handvoll der berühmtesten Künstler der Welt davon überzeugen können, daß sein Plan vernünftig wäre. Sie hatten ihm zugestimmt, weil es ihrem Ich zusagte, nicht weil es für die Rasse wichtig war. Aber nachdem sie einmal überzeugt worden waren, hatte die Welt auf sie gehört und den Plan moralisch und wirtschaftlich unterstützt. Hinter dieser Reklamefassade launischer Talente hatten die wirklichen Erbauer der Kolonie ihre Pläne entworfen.

Eine Gesellschaft besteht aus menschlichen Wesen, deren Verhalten als Einzelpersonen nicht voraussehbar ist. Aber wenn man genügend grundlegende Einheiten nimmt, beginnen sich gewisse Gesetze zu offenbaren, wie es vor langer Zeit von den Lebensversicherungsgesellschaften bemerkt wurde. Niemand kann sagen, welche Einzelpersonen in einem bestimmten Zeitraum sterben werden, aber die Gesamtzahl der Todesfälle kann man mit erheblicher Genauigkeit voraussagen.

Es gibt andere, feinere Gesetze, die zuerst Anfang des zwanzigsten Jahrhunderts von Mathematikern wie Weiner und

Raschavesky aufgespürt wurden. Sie behaupteten, daß Ereignisse wie Wirtschaftskrisen, die Folgen des Wettrüstens, die Beständigkeit sozialer Gruppen, politische Wahlen und so weiter durch sorgfältige mathematische Berechnungen analysiert werden könnten. Die große Schwierigkeit war die ungeheure Zahl der veränderlichen Größen, von denen viele sich kaum in zahlenmäßigen Begriffen ausdrücken ließen. Man konnte nicht bestimmte Kurven zeichnen und endgültig feststellen: »Wenn diese Linie erreicht wird, bedeutet es Krieg!« Und man konnte nie vollständig so ganz unvorhergesehene Ereignisse berücksichtigen wie zum Beispiel die Ermordung einer Schlüsselfigur oder die Wirkungen irgendeiner neuen wissenschaftlichen Entdeckung – noch weniger Naturkatastrophen wie Erdbeben oder Überschwemmungen, die eine tiefgreifende Wirkung auf viele Menschen und die sozialen Gruppen, in denen sie lebten, haben konnten.

Dennoch konnte man viel tun, dank den in den vergangenen hundert Jahren geduldig gesammelten Erkenntnissen. Die Aufgabe wäre unausführbar gewesen ohne die Hilfe der riesigen Rechenmaschinen, die in wenigen Sekunden die Arbeit von tausend rechnenden Menschen verrichten konnten. Solche Hilfen waren bei der Planung der Kolonie in höchstem Maße benutzt worden.

Trotz allem aber konnten die Gründer von Neu-Athen nur den Boden und das Klima bereitstellen, in dem die Pflanze, die sie heranzuziehen wünschten, vielleicht zur Blüte kommen würde. Wie Salomon selbst bemerkt hatte: »Wir können des Talents sicher sein; um das Genie können wir nur beten.« Aber es war eine vernünftige Hoffnung, daß in einer so konzentrierten Gesellschaft irgendwelche interessanten Reaktionen erfolgen würden. Wenige Künstler gedeihen in der Einsamkeit, und nichts ist anregender als ein Meinungsstreit bei ähnlichen Interessen.

Bisher hatte dieser Zusammenprall nennenswerte Ergebnisse auf dem Gebiet der Bildhauerei, der Musik, der literarischen Kritik und der Filmproduktion erbracht. Es war noch zu früh, festzustellen, ob die mit historischen Forschungen beschäftigte Gruppe die Hoffnungen ihrer Begründer erfüllen würde, die offen danach strebten, den Stolz der Menschheit auf ihre eigenen Leistungen wiederherzustellen. Die Malerei kränkelte noch, was manche in ihrer Ansicht bestärkte, zweidimensionale, statische Kunstformen hätten keine weiteren Möglichkeiten.

Es war bemerkenswert, obwohl man eine befriedigende Erklärung dafür noch nicht gefunden hatte, daß Bewegung eine wesentliche Rolle bei den erfolgreichsten künstlerischen Schöpfungen der Kolonie spielte. Selbst die Plastiken waren selten unbeweglich. Andrew Carsons aufsehenerregende Formgebilde und Bögen veränderten sich langsam, während man sie betrachtete, gemäß verwickelten Mustern, die der Geist anerkennen konnte, auch wenn er sie nicht völlig verstand. Tatsächlich beanspruchte Carson, mit einiger Berechtigung, die ›Mobiles‹ des vorigen Jahrhunderts zu ihrer letzten Vollendung gebracht und auf diese Weise Bildhauerkunst und Ballett vermählt zu haben.

Die musikalischen Experimente der Kolonie beschäftigten sich zum großen Teil ganz bewußt mit dem, was man ›Zeitspanne‹ nennen könnte. Welches war der kürzeste Ton, den der Geist erfassen konnte, oder der längste, den er ohne Langeweile zu ertragen vermochte? War das Ergebnis durch Variationen oder durch die Anwendung einer geeigneten Instrumentierung zu verändern? Solche Probleme wurden endlos erörtert, und die Auseinandersetzungen waren nicht nur akademisch. Sie hatten zu mehreren interessanten Kompositionen geführt.

Aber die erfolgreichsten Experimente hatte Neu-Athen in der Kunst des Zeichenfilms mit seinen grenzenlosen Möglichkeiten gemacht. Die hundert Jahre seit Disneys Zeit hatten auf dem Gebiet dieses nachgiebigsten Kunstmittels noch vieles ungetan gelassen. Von den strengen Realisten konnten Ergebnisse erzielt werden, die von echten Photographien nicht zu unterscheiden waren, sehr zur Verachtung aller, die den Zeichenfilm auf der abstrakten Linie weiterentwickelten.

Die bisher untätigste Gruppe der Künstler und Wissenschaftler erregte gerade das größte Interesse und die größte Beunruhigung. Diese Arbeitsgruppe befaßte sich mit der »völligen Identifikation«. Die Geschichte des Films lieferte den Schlüssel zu ihren Unternehmungen. Zuerst der Ton, dann die Farbe, dann der stereoskopische Film, dann Cinerama hatten das alte liebe Kino des Stummfilms immer mehr der Wirklichkeit gleichgemacht. Wo war das Ende davon? Sicherlich würde die Endstufe erreicht sein, wenn das Publikum vergaß, daß es Publikum war und an der Handlung teilnahm. Um das zu erreichen, mußten alle Sinne angeregt werden, und vielleicht mußte man sogar Hypnose anwenden, indessen viele hielten es für möglich. Wenn dieses Ziel erreicht war, würde es eine ungeheure Bereicherung der menschlichen Erfahrung bedeuten. Ein Mensch konnte, wenigstens für eine Weile, ein anderer werden und an irgendeinem wirklichen oder eingebildeten Abenteuer teilnehmen. Er konnte sogar eine Pflanze oder ein Tier sein, wenn es sich als möglich erwies, die Sinneseindrücke anderer Lebewesen einzufangen und wiederzugeben. Und wenn die ›Vorstellung‹ vorbei war, würde er eine Erinnerung mitnehmen, die ebenso lebhaft wie irgendein Erlebnis seines Daseins und nicht mehr von der Wirklichkeit zu unterscheiden war.

So war es damals um Neu-Athen und einige seiner Träume bestellt. Es hoffte das zu werden, was die alten Athener hätten sein können, wenn sie Maschinen statt Sklaven besessen hätten, Wissenschaft statt Aberglauben. Aber es war noch viel zu früh, um zu sagen, ob dieses Experiment glücken würde.

— 2 —

Jeffrey Greggson war ein Inselbewohner, der bisher noch kein Interesse für Ästhetik oder Wissenschaft hatte, die beiden Hauptbeschäftigungen der Älteren. Aber aus rein persönlichen Gründen schätzte er die Kolonie sehr. Die in keiner Richtung weiter als wenige Kilometer entfernte See faszinierte ihn. Den größten Teil seines kurzen Lebens hatte er tief im Binnenland verbracht und hatte sich an die neue Situation, von Wasser umgeben zu sein, noch nicht gewöhnt. Er war ein guter Schwimmer, und er und seine Freunde pflegten oft mit den Rädern an den Strand zu fahren, um mit Flossen und Gesichtsmaske das seichtere Wasser der Lagune zu durchforschen. Anfangs war Jean nicht sehr glücklich darüber, aber nachdem sie selbst ein paarmal getaucht war, verlor sie die Furcht vor der See und ihren seltsamen Geschöpfen und ließ Jeffrey nach Belieben herumtollen, unter der Bedingung, nie allein zu schwimmen.

Das andere Mitglied des Greggsonschen Haushalts, das die Veränderung begrüßte, war Fey, die schöne, goldfarbene Jagdhündin, die zwar George gehörte, aber selten ohne Jeffrey zu sehen war. Die beiden waren unzertrennlich, bei Tag und, wenn Jean nicht dazwischengetreten wäre, bei Nacht. Nur wenn Jeffrey auf seinem Fahrrad davonfuhr, blieb Fey zu Haus und lag regungslos vor der Tür, um, die Schnauze auf die Pfoten gelegt, mit feuchten, traurigen Augen den Weg entlangzustarren. Das war ziemlich kränkend für George, der einen hohen Preis für Fey und ihren Stammbaum bezahlt hatte. Es sah aus, als müsse er auf die in drei Monaten zu erwartende nächste Generation warten, bis er einen eigenen Hund haben würde. Jean war darüber anderer Meinung. Sie mochte Fey gern, fand aber, daß *ein* Hund genüge.

Nur Jennifer Anne war sich noch nicht ganz klar, ob ihr die

Kolonie gefiel. Das war jedoch kaum überraschend, denn sie hatte bisher nichts von der Welt gesehen außer den Kunststoffwänden ihres Bettchens und hatte noch kaum eine Ahnung, daß es einen Ort wie die Kolonie gab.

George Greggson dachte nicht oft an die Vergangenheit; er war zu sehr mit Plänen für die Zukunft beschäftigt, zu sehr durch seine Arbeit und seine Kinder in Anspruch genommen. Es kam selten vor, daß seine Gedanken durch die Jahre zu jenem Abend in Afrika zurückwanderten, und er sprach nie mit Jean darüber. In gegenseitigem Einvernehmen wurde dieses Thema vermieden, und seit jenem Tage hatten sie trotz wiederholter Einladungen nie wieder die Familie Boyce besucht. Sie riefen Rupert mit immer neuen Entschuldigungen mehrmals in jedem Jahr an, und in letzter Zeit hatte er sie in Ruhe gelassen. Seine Ehe mit Maja schien zur Überraschung aller noch immer harmonisch zu sein.

Das Universum war ungeheuer groß, aber diese Tatsache erschreckte ihn weniger als dessen Geheimnisse. George war kein Mensch, der lange über solche Dinge nachdachte, doch bisweilen kam es ihm vor, als wären die Menschen wie Kinder, die sich auf einem abgeschlossenen Spielplatz belustigten, beschützt vor den harten Wirklichkeiten der Außenwelt. Jan Rodricks hatte sich gegen diesen Schutz empört und war ihm entflohen, niemand wußte wohin. Aber in dieser Sache stand George völlig auf Seiten der Overlords. Er hatte nicht den Wunsch, das zu sehen, was in der unbekannten Finsternis lauerte, jenseits des kleinen Lichtkreises, den die Lampe der Wissenschaft warf.

»Wie kommt es«, beklagte sich George, »daß Jeff immer irgendwo anders ist, wenn ich zufällig zu Hause bin? Wo ist er heute hin?«

Jean sah von ihrer Strickerei auf, einer vorweltlichen Beschäftigung, die neuerdings mit viel Erfolg wieder aufgekommen war. Solche Moden kamen und gingen auf der Insel ziemlich schnell. Das Hauptergebnis dieser seltsamen Laune war, daß die Männer jetzt alle vielfarbige Pullover geschenkt bekamen, viel zu warm, um sie bei Tage zu tragen, aber nach Sonnenuntergang ganz nützlich.

»Er ist mit einigen Freunden nach Sparta hinüber«, erwiderte Jean. »Er hat versprochen, zum Essen zurück zu sein.«

»Ich bin eigentlich nach Hause gekommen, um zu arbeiten«, sagte George nachdenklich, »aber es ist ein schöner Tag, und ich glaube, ich gehe selbst zum Schwimmen hinaus. Was für einen Fisch soll ich dir mitbringen?«

George hatte nie irgend etwas gefangen, und die Fische in der Lagune waren viel zu schlau, um sich fangen zu lassen. Jean wollte gerade auf diese Tatsache hinweisen, als die Stille des Nachmittags durch einen Ton zerrissen wurde, der noch in diesem friedlichen Zeitalter dazu angetan war, das Blut erstarren zu lassen und Angstschauer durch das Gehirn zu jagen.

Es war das Geheul einer Sirene, die ihr Gefahrensignal in konzentrischen Kreisen aufs Meer hinaussandte.

Seit fast hundert Jahren hatte sich hier in der brodelnden Finsternis tief unter dem Grunde des Ozeans der Druck langsam vermehrt. Obwohl die Unterwasserschlucht vor geologischen Zeitaltern gebildet war, hatten sich die gemarterten Felsen nie an ihre neue Lage gewöhnt. Unzählige Male waren die Schichten zerbrochen und hatten sich verschoben, wenn das unvorstellbare Gewicht des Wassers ihr empfindliches Gleichgewicht störte. Jetzt waren sie bereit, sich wieder zu bewegen.

Jeff untersuchte die Felsbuchten an dem schmalen Strand von Sparta, eine Beschäftigung, die er unendlich interessant fand. Man wußte nie, was für exotische Geschöpfe man hier finden würde. Es war ein Märchenland für jedes Kind, und im Augenblick gehörte es ihm ganz allein, denn seine Freunde waren auf die Berge hinaufgestiegen.

Der Tag war still und friedlich. Kein Windhauch regte sich, und selbst das ständige Murmeln am Fuß der Klippe hatte sich zu einem dumpfen Unterton gemäßigt. Eine blendende Sonne hing in halber Höhe am Himmel, aber Jeffs mahagonibrauner Körper war jetzt völlig unempfindlich gegen ihre Angriffe.

Der Strand hier war ein schmaler Sandstreifen, der steil zur Lagune abfiel. Wenn Jeff in das glasklare Wasser hinunterblickte, konnte er die überspülten Felsen sehen, die ihm ebenso vertraut waren wie irgendwelche Felsformationen an Land. Etwa zehn Meter tief wölbten sich die mit Pflanzen bewachsenen Spanten eines alten Schoners zu der Welt empor, die er vor fast zwei Jahrhunderten verlassen hatte. Jeff und seine Freunde hatten das Wrack oft untersucht, aber ihre Hoffnungen, einen verborgenen Schatz zu finden, waren enttäuscht worden. Sie hatten nichts weiter erbeutet als einen mit Muscheln bedeckten Kompaß.

Da wurde der Strand auf einmal gepackt und bekam einen einzigen plötzlichen Stoß. Die Erschütterung verging so schnell, daß Jeff sich fragte, ob er es sich eingebildet habe. Vielleicht war es ein plötzlicher Schwindelanfall gewesen, denn alles um ihn her blieb völlig unverändert. Das Wasser der Lagune war unbewegt, der Himmel ohne Wolken oder drohende Anzeichen. Und dann begann etwas sehr Sonderbares zu geschehen.

Schneller als irgendeine Flut verebben konnte, wich das Wasser von der Küste zurück. Jeff beobachtete, tief verwundert und nicht im geringsten ängstlich, wie der nasse Sand hervortrat und in der Sonne blinkte. Er folgte dem zurückweichenden Ozean, entschlossen, sich dieses Wunder, das die Unterwasserwelt seiner Untersuchung erschloß, zunutze zu machen. Jetzt war das Wasser so weit gesunken, daß der zerbrochene Mast des alten Wracks in die Luft ragte und die an ihm wachsenden Pflanzen schlaff herabhingen, da sie ihre Stütze durch das Wasser verloren hatten. Jeff eilte vorwärts, voll eifriger Wißbegier, welche Wunder wohl jetzt enthüllt werden würden.

Da hörte er den Ton vom Felsen her. Er hatte nie etwas Ähnliches gehört, und er blieb stehen, um darüber nachzudenken, wobei seine nackten Füße langsam in den feuchten Sand einsanken. Ein großer Fisch wand sich wenige Meter entfernt im Todeskampf, aber Jeff achtete kaum darauf. Er stand aufmerksam lauschend da, während das Geräusch vom Felsen her immer stärker wurde.

Es war ein ächzender, gurgelnder Ton, als ob ein Fluß durch einen engen Kanal strömt. Es war die Stimme der widerstrebend zurückweichenden See, die zornig darüber war, auch nur für einen Augenblick ihr rechtmäßig besessenes Land hergeben zu müssen. Zwischen den anmutigen Korallenzweigen hindurch, durch die verborgenen Unterwasserhöhlen strömten Millionen Tonnen Wasser aus der Lagune in die Weite des Pazifiks.

Sehr bald und sehr schnell würden sie zurückkehren.

Eine der Rettungsgruppen fand Stunden später Jeff auf einem großen Korallenblock, der zwanzig Meter über den normalen Wasserstand hinaufgeschleudert worden war. Jeff schien nicht besonders verängstigt zu sein, aber über den Verlust seines Fahrrades war er ganz aufgebracht. Er war auch sehr hungrig, da die teilweise Zerstörung des Dammes ihn von zu Hause abgeschnitten hatte. Als er gerettet war, überlegte er, ob er nach Athen zurückschwimmen sollte, und wenn sich die Strömung nicht völlig verändert hätte, würde er zweifellos ohne große Mühe hinübergekommen sein.

Jean und George hatten den ganzen Ablauf der Ereignisse mit angesehen, als der Tsunami die Insel traf. Obwohl die tiefer liegenden Teile von Athen schwer beschädigt waren, hatte es keine Verluste an Menschenleben gegeben. Die Seismographen hatten nur fünfzehn Minuten vorher ihr Warnungssignal geben können, aber dieser Zeitraum hatte ausgereicht, alle aus der Gefahrenzone zu bringen. Jetzt heilte die Kolonie ihre Wunden und sammelte eine Menge Legenden, die in den kommenden Jahren immer haarsträubender werden würden.

Jean brach in Tränen aus, als ihr Sohn ihr zurückgegeben wurde, denn sie war völlig überzeugt gewesen, daß er ins Meer hinausgerissen worden wäre. Sie hatte mit entsetzten Augen beobachtet, wie die schwarze, schaumgekrönte Wasserwand sich brüllend vom Horizont herangewälzt hatte, um die Felsen von Sparta zu zerschmettern. Es schien unglaublich, daß Jeff sich rechtzeitig in Sicherheit gebracht haben könnte.

Es war kaum überraschend, daß er keinen sehr vernünftigen Bericht über das Geschehene geben konnte. Als er gegessen hatte und im Bett lag, standen Jean und George neben ihm.

»Schlaf jetzt, Liebling, und vergiß das Ganze«, sagte Jean. »Du bist jetzt ganz in Ordnung.«

»Aber es hat Spaß gemacht, Mami«, widersprach Jeff. »Ich habe nicht wirklich Angst gehabt.«

»Das ist gut«, sagte George. »Du bist ein tapferer Junge, und es ist gut, daß du vernünftig warst und rechtzeitig davongelaufen bist. Ich habe schon früher von diesen Sturmfluten gehört. Eine Menge Leute ertrinken, weil sie auf den freigelegten Strand hinausgehen, um zu sehen, was geschehen ist.«

»Das habe ich auch getan«, gestand Jeff. »Ich möchte wissen, wer mir geholfen hat.«

»Was meinst du? Du warst allein. Die anderen Jungen waren oben auf dem Berg.«

Jeff sah verwundert aus. »Aber jemand hat mir gesagt, ich solle weglaufen!«

Jean und George sahen sich etwas beunruhigt an. »Du meinst – du hast dir eingebildet, etwas zu hören?«

»Ach, laß ihn jetzt«, sagte Jean besorgt und etwas zu hastig.

Aber George war hartnäckig. »Ich möchte der Sache auf den Grund gehen. Erzähle mir, was geschehen ist, Jeff.«

»Also ich war unten am Strande, neben dem alten Wrack, als die Stimme sprach.«

»Was sagte sie?«

»Das weiß ich nicht mehr, aber es war so etwas wie: ›Jeffrey, laufe so schnell du kannst auf den Berg. Du ertrinkst, wenn du hier bleibst.‹ Ich weiß genau, daß die Stimme mich Jeffrey nannte, nicht Jeff. Es kann also keiner gewesen sein, den ich kenne.«

»War es eine Männerstimme? Und wo kam sie her?«

»Sie war ganz nahe bei mir, und es klang, als ob ein Mann spräche ...« Jeff zögerte einen Augenblick, und George trieb ihn an.

»Weiter! Stelle dir vor, daß du wieder dort am Strand stehst, und erzähle uns genau, was geschehen ist.«

»Ja, es war nicht ganz so wie irgendeine Stimme, die ich je gehört habe. Ich glaube, es war ein sehr großer Mann.«

»War das alles, was die Stimme gesagt hat?«

»Ja – bis ich den Berg hinaufstieg. Da geschah noch etwas Merkwürdiges. Du kennst den Weg, der an der Klippe hinaufführt?«

»Ja.«

»Ich lief dort entlang, weil es der kürzeste Weg ist. Ich wußte, was jetzt geschehen würde, denn ich hatte die große Woge herankommen sehen. Sie machte auch einen furchtbaren Lärm. Und dann sah ich, daß auf dem Pfad ein großer Felsblock lag. Er war vorher nicht dagewesen, und ich konnte nicht daran vorbeikommen.«

»Das Erdbeben wird ihn dorthin geschleudert haben«, sagte George.

»Still! Erzähle weiter, Jeff!«

»Ich wußte nicht, was ich machen sollte, und ich konnte die Woge näher kommen hören. Dann sagte die Stimme: ›Mach die Augen zu, Jeffrey, und leg die Hand vors Gesicht.‹ Das kam mir merkwürdig vor, aber ich versuchte es. Und dann kam ein großer Blitz – ich konnte ihn richtig fühlen! – und als ich meine Augen öffnete, war der Felsblock verschwunden.«

»Verschwunden?«

»Jawohl. Er war einfach nicht da. Da fing ich wieder an zu rennen, und da habe ich mir die Füße fast verbrannt, weil der Weg schrecklich heiß war. Das Wasser zischte, als es darüberflutete, aber es konnte mich nicht mehr einholen – ich war schon zu hoch auf der Klippe. Und das ist alles. Ich stieg wieder hinunter, als keine Wogen mehr kamen. Da sah ich, daß mein Fahrrad verschwunden war, und der Nachhauseweg war abgeschnitten.«

»Mach dir keine Sorgen um das Fahrrad, Liebling«, sagte Jean und drückte ihren Sohn voll Dankbarkeit an sich. »Wir besorgen dir ein anderes. Das einzige, worauf es ankommt, ist, daß du gerettet bist. Wir wollen uns nicht den Kopf darüber zerbrechen, wie es zugegangen ist.«

Das war natürlich nicht die Wahrheit, denn die Diskussion begann sofort, nachdem sie das Kinderzimmer verlassen hatten. Sie brachte keine Entscheidung, hatte aber zwei Folgen. Am nächsten Tag nahm Jean, ohne George etwas davon zu sagen, ihren kleinen Sohn mit zu dem Kinderpsychologen der Kolonie. Er hörte aufmerksam zu, während Jeff seine Erzählung wiederholte, ohne im geringsten von der neuen Umgebung eingeschüchtert zu sein. Dann, während sein ahnungsloser Patient die Spielsachen im Nebenzimmer der Reihe nach ablehnte, beruhigte der Arzt Jean.

»Es liegt kein Grund vor, irgendeine geistige Störung anzunehmen. Sie müssen bedenken, daß er ein schreckliches Erlebnis gehabt hat und verhältnismäßig gut davongekommen ist. Er ist ein sehr phantasiebegabtes Kind und glaubt wahrscheinlich seine eigene Geschichte. Also tun Sie es auch, und machen Sie sich keine Sorgen, falls nicht noch andere Symptome auftreten. Dann teilen Sie es mir sofort mit.«

An diesem Abend machte Jean ihren Mann mit dem Ausspruch des Arztes bekannt. Er schien nicht so erleichtert zu sein, wie sie gehofft hatte, und sie schob das auf seine Sorge über die Beschädigung seines geliebten Theaters. Er brummte nur: »Das ist ja gut« und vertiefte sich in die neueste Nummer von ›Bühne und Studio‹. Es sah aus, als habe er das Interesse an der ganzen Sache verloren, und Jean ärgerte sich irgendwie über ihn.

Aber drei Wochen später, am ersten Tage, als der Damm wieder eröffnet war, begab sich George auf seinem Fahrrad nach Sparta. Der Strand war noch mit Unmengen zerschmetterter Korallen übersät, und an einer Stelle schien das Riff selbst zerschmettert worden zu sein. George überlegte, wie lange die Myriaden von geduldigen Polypen wohl brauchen würden, um den Schaden auszubessern.

Es führte nur ein Pfad die Klippe hinauf, und nachdem George wieder zu Atem gekommen war, begann er den Anstieg. Einige vertrocknete Pflanzenteile, die sich in den Felsen verfangen hatten, bezeichneten die Grenze der Flut.

Lange Zeit stand George Greggson auf dem einsamen Pfad und starrte auf den geschmolzenen Felsen zu seinen Füßen. Er versuchte sich zu sagen, daß es ein Streich des lange erloschenen Vulkans sei, gab aber bald diesen Versuch der Selbsttäuschung auf. Seine Gedanken wanderten zu jener viele Jahre zurückliegenden Nacht zurück, als er und Jean an dem törichten Experiment bei Rupert Boyce teilgenommen hatten. Niemand hatte jemals wirklich begriffen, was damals geschehen war, aber George wußte, daß in unerforschlicher Weise diese beiden seltsamen Ereignisse miteinander verknüpft waren. Zuerst war es Jean gewesen, jetzt ihr Sohn. George wußte nicht, ob er froh oder furchtsam sein sollte, und in seinem Herzen sprach er ein stilles Gebet: »Ich danke Ihnen, Karellen, für alles, was die Ihren für Jeff getan haben. Aber ich wollte, ich wüßte, warum sie es taten.«

Er ging langsam an den Strand hinunter, und die großen weißen Möwen umkreisten ihn, ärgerlich, weil er kein Futter für sie mitgebracht hatte.

— 3 —

Karellens Ansuchen schlug, obwohl es seit Gründung der Kolonie jederzeit zu erwarten gewesen war, wie eine Bombe ein. Es stellte, wie jeder sofort begriff, eine Krise für Athen dar, und niemand konnte entscheiden, ob sich Gutes oder Schlimmes daraus ergeben würde.

Bis jetzt war die Kolonie ohne jede Einmischung der Overlords ihren Weg gegangen; sie hatten sie völlig sich selbst überlassen, wie sie ja in der Tat die meisten menschlichen Tätigkeiten unbeachtet ließen, die nicht umstürzlerisch waren und ihre Verhaltungsmaßregeln nicht verletzten. Ob man die Ziele der Kolonie umstürzlerisch nennen konnte, war ungewiß. Sie waren unpolitisch, gingen aber auf geistige und künstlerische Unabhängigkeit hinaus. Und wer wußte, was sich daraus entwickeln konnte? Die Overlords konnten vielleicht die Zukunft Athens klarer voraussehen als seine Gründer, und sie mochten nicht damit einverstanden sein. Nun wurde also der Besuch eines Overlords angekündigt.

Der jetzige Ratspräsident der Kolonie war der Philosoph Charles Yan Sen, ein ironischer, aber im Grunde heiterer Mann, noch nicht sechzig Jahre alt und daher noch in der Blüte des Lebens. Plato hätte in ihm das Beispiel des Philosophen-Staatsmannes gesehen, obwohl Sen keineswegs mit Plato einverstanden war, den er im Verdacht hatte, Sokrates gröblich mißzuverstehen. Sen war einer der Inselbewohner, die entschlossen waren, den Besuch nach Möglichkeit auszunutzen, wenn auch nur, um den Overlords zu zeigen, daß die Menschen noch sehr viel Initiative besaßen und noch nicht, wie er es ausdrückte, völlig gezähmt waren.

Nichts in Athen wurde ohne eine Kommission getan, dieses letzte Merkmal der Demokratie. Tatsächlich hatte irgend jemand einmal die Kolonie als ein System von ineinandergreifenden Kommissionen bezeichnet. Aber das System funktionierte, dank den geduldigen Studien der Sozialpsychologen, die die wirklichen Gründer Athens gewesen waren. Da die Gemeinschaft nicht allzu groß war, konnte jeder an der Verwaltung Anteil nehmen und im besten Sinne des Wortes ein Bürger sein.

Es war fast unvermeidlich, daß George, als führendes Mitglied der Künstlerhierarchie, dem Empfangskomitee angehörte. Aber er traf seine Maßnahmen. Wenn die Overlords die Kolonie studieren wollten, wünschte George sie gleichfalls zu studieren. Jean war nicht sehr glücklich darüber. Seit jenem Abend bei Rupert Boyce empfand sie eine gewisse Feindseligkeit gegen die Overlords, obwohl sie keinen Grund dafür angeben konnte. Sie wünschte nur, sowenig wie möglich mit ihnen zu tun zu haben, und für sie war einer der Hauptanziehungspunkte der Insel die erhoffte Unabhängigkeit gewesen. Jetzt fürchtete sie, daß diese Unabhängigkeit bedroht sein könne.

Der Overlord traf ganz zwanglos in einem gewöhnlichen, von Menschen gebauten Flugzeug ein, zur Enttäuschung derjenigen, die etwas Sensationelleres erwartet hatten. Es hätte Karellen selbst sein können, denn niemand war jemals imstande gewesen, mit einiger Zuverlässigkeit einen Overlord von einem anderen zu unterscheiden. Sie schienen alle mit Hilfe des gleichen Prägestocks hergestellt worden zu sein. Vielleicht waren sie es sogar – durch einen unbekannten biologischen Vorgang.

Nach dem ersten Tage hörten die Inselbewohner auf, dem Regierungswagen besondere Aufmerksamkeit zu schenken, wenn er auf seinen Besichtigungsfahrten vorbeibrummte. Der richtige Name des Besuchers, Thanthalteresco, erwies sich für den allgemeinen Gebrauch als zu schwierig, und er wurde bald »der Inspektor« genannt. Das war ein recht passender Name, denn seine Wißbegier und sein Verlangen nach statistischem Material waren unersättlich. Das hatte sich sehr bald herausgestellt.

Charles Yan Sen war ganz erschöpft, als er lange nach Mitternacht den Inspektor zu dem Flugzeug zurückbegleitet hatte, das als sein Stützpunkt diente. Dort würde er zweifellos die Nacht durcharbeiten, während seine menschlichen Gastgeber sich durch Schlaf stärkten.

Frau Sen begrüßte ihren Mann bei seiner Rückkehr voller Sorge. Sie hingen sehr aneinander, obwohl er sie scherzhaft Xanthippe nannte, wenn sie Gäste hatten. Sie hatte vor langer Zeit gedroht, die passende Rache zu nehmen, indem sie ihm einen Schierlingsbecher braute, aber glücklicherweise war dieses Kraut im neuen Athen weniger alltäglich als im alten.

»War es ein Erfolg?« fragte sie, als ihr Mann sich zu einer verspäteten Mahlzeit niederließ.

»Ich glaube schon, aber man kann nie sagen, was in diesen merkwürdigen Köpfen vorgeht. Er war bestimmt interessiert und machte uns sogar Komplimente. Ich habe mich übrigens dafür entschuldigt, daß ich ihn nicht hierher eingeladen habe. Er sagte, das verstehe er durchaus, und er habe keine Lust, sich den Kopf an unserer Zimmerdecke zu stoßen.«

»Was hast du ihm heute gezeigt?«

»Die geschäftliche Seite der Kolonie, die er nicht so langweilig zu finden schien, wie ich es immer tue. Er stellte jede Frage, die du dir nur vorstellen kannst, über Produktion, über unser Budget, unsere Erzvorkommen, die Geburtenziffer, wie wir unsere Nahrung bekommen und so weiter. Glücklicherweise hatte ich Sekretär Harnison bei mir, und er hatte alle Jahresberichte seit Bestehen der Kolonie mitgebracht. Du hättest hören müssen, wie sie mit den Statistiken um sich warfen. Der Inspektor hat sich die Akten ausgeliehen, und ich möchte wetten, daß er, wenn wir ihn morgen sehen, uns alle Zahlen nennen kann. Ich empfinde diese Art geistiger Leistungen sehr bedrückend.«

Er gähnte und begann lustlos in seinem Essen zu stochern.

»Morgen dürfte es interessanter werden. Wir besichtigen die Schulen und die Akademie. Dann werde *ich* zur Abwechslung einige Fragen stellen. Ich möchte wissen, wie die Overlords ihre Kinder erziehen, falls sie überhaupt Kinder haben.«

Diese Frage sollte Charles Sen nie beantwortet bekommen, aber in anderen Punkten war der Inspektor auffallend gesprächig. Er pflegte unangenehmen Fragen in einer Art auszuweichen, die erfreulich anzusehen war, doch dann wurde er wieder, ganz unerwartet, geradezu vertrauensselig.

Das erste wirklich wichtige Gespräch hatten sie, als sie von der Schule, die der Hauptstolz der Kolonie war, wegfuhren. »Es ist eine große Verantwortung«, hatte Dr. Sen bemerkt, »diese jungen Gemüter für die Zukunft zu schulen ... Glücklicherweise sind menschliche Wesen widerstandsfähig. Nur eine sehr schlechte Erziehung kann dauernden Schaden anrichten. Selbst wenn unsere Ziele mißverstanden werden, dürften unsere kleinen Opfer wahrscheinlich darüber hinwegkommen. Und wie Sie gesehen haben, scheinen sie völlig glücklich zu sein.« Er hielt einen Augenblick inne, dann blickte er verschmitzt auf die hochaufragende Gestalt seines Begleiters. Der Inspektor war völlig in ein die Sonnenstrahlen zurückwerfendes, silberiges Gewand gehüllt, so daß nicht ein Zentimeter seines Körpers dem starken Sonnenlicht ausgesetzt war. Dr. Sen bemerkte, daß die Augen hinter der großen Brille ihn ohne jedes Anzeichen von Gemütsbewegung beobachteten.

»Unser Problem bei der Erziehung dieser Kinder muß, nehme ich an, sehr ähnlich sein wie das Ihre, wenn Sie mit der menschlichen Rasse zu tun haben. Meinen Sie nicht auch?«

»Gewissermaßen«, gab der Overlord ernst zu. »Aber man

kann vielleicht einen noch besseren Vergleich in der Geschichte Ihrer Kolonialmächte finden. Das Römische und das Britische Weltreich sind uns aus diesem Grunde immer sehr interessant gewesen. Der Fall Indien ist besonders lehrreich. Der Hauptunterschied zwischen uns und den Briten in Indien war, daß sie keine wirklichen Beweggründe hatten, dorthin zu gehen, keine bewußten Ziele, das heißt abgesehen von so alltäglichen und vorübergehenden wie Handel oder Feindschaft gegen andere europäische Mächte. Sie fanden sich als Besitzer eines Reiches, ehe sie wußten, was sie damit anfangen sollten, und waren nie wirklich glücklich, bis sie es wieder losgeworden waren.«

»Und möchten Sie«, fragte Dr. Sen, nicht imstande, dieser Gelegenheit zu widerstehen, »Ihr Reich loswerden, wenn die Zeit kommt?«

»Ohne jedes Zögern«, erwiderte der Inspektor.

Dr. Sen ging nicht weiter auf die Sache ein. Die Unumwundenheit der Antwort war nicht schmeichelhaft; außerdem waren sie jetzt bei der Akademie angekommen, wo die versammelten Pädagogen warteten, um ihre geistigen Fähigkeiten an einem wirklichen, lebenden Overlord zu schärfen.

»Wie unser hervorragender Kollege Ihnen gesagt haben wird«, bemerkte Professor Chance, Dekan an der Universität Neu-Athen, »ist es unsere Hauptaufgabe, den Geist unserer Menschen wachzuhalten und sie zu befähigen, alle ihre Möglichkeiten zu erkennen. Außerhalb dieser Insel ...«, seine Handbewegung umschrieb die übrige Erdkugel, »hat die menschliche Rasse, fürchte ich, ihre Initiative verloren. Sie hat Frieden, sie hat Überfluß, aber sie hat keinen Horizont.«

»Aber hier, natürlich ...?« unterbrach ihn der Overlord sanft.

Professor Chance, der keinen Sinn für Humor hatte und sich dessen irgendwie bewußt war, sah seinen Besucher argwöhnisch an. »Hier«, fuhr er fort, »leiden wir nicht an der alten Anfechtung, daß Muße etwas Böses ist. Aber wir sind nicht der Meinung, daß es genügt, passive Empfänger von Unterhaltung zu sein.

Jeder einzelne auf dieser Insel hat seinen Ehrgeiz, der sich sehr einfach in Worte fassen läßt. Er besteht darin, irgend etwas, so klein es auch sein mag, besser zu machen als irgendein anderer. Natürlich ist das ein Ideal, das wir nicht alle erreichen. Aber in dieser modernen Welt ist die Hauptsache, ein Ideal zu haben. Es zu erreichen ist erheblich weniger wichtig.«

Der Inspektor schien nicht geneigt, hierzu etwas zu bemerken. Er hatte die Schutzbekleidung abgelegt, trug aber noch immer die dunkle Brille, selbst in dem gedämpften Licht des Versammlungsraums. Der Dekan fragte sich, ob sie notwendig oder bloße Tarnung wäre. Tatsächlich machte sie die ohnehin schwierige Aufgabe, die Gedanken des Overlords zu lesen, völlig unmöglich. Der Overlord schien jedoch keine Einwendungen gegen die etwas herausfordernden Erklärungen zu haben, die ihm vorgetragen worden waren, oder gegen die in ihnen enthaltene Kritik an der Politik seiner Rasse hinsichtlich der Erde.

Der Dekan war im Begriff, den Angriff fortzusetzen, als Professor Sperling, der Leiter der Wissenschaftlichen Abteilung, beschloß, sich als dritter in den Kampf einzumischen. »Wie Sie zweifellos wissen, mein Herr, war eines der großen Probleme unserer Kultur die Spaltung zwischen Kunst und Wissenschaft. Ich möchte sehr gern Ihre Ansicht über diese Frage hören. Sind Sie der Meinung, daß alle Künstler anomal sind? Daß ihre Arbeit oder auf jeden Fall der Antrieb dazu, das Ergebnis eines tiefwurzelnden seelischen Unfriedens ist?«

Professor Chance räusperte sich nachdrücklich, aber der Inspektor kam ihm zuvor. »Man hat mir gesagt, daß alle Menschen in gewissem Maße Künstler sind, so daß jeder fähig ist, irgend etwas zu schaffen, wenn auch nur in einem primitiven

Stadium. Zum Beispiel ist mir gestern in Ihren Schulen aufgefallen, wieviel Wert auf den eigenen Ausdruck im Zeichnen, Malen und Modellieren gelegt wird. Der Antrieb dazu schien ganz allgemein zu sein, selbst unter denen, die offenbar bestimmt sind, wissenschaftliche Spezialisten zu werden. Wenn also alle Künstler anomal und alle Menschen Künstler sind, so haben wir eine interessante Schlußfolgerung ...«

Alle warteten darauf, daß er den Satz vollende, aber wenn es ihren Zwecken diente, konnten die Overlords untadelig taktvoll sein.

Der Inspektor überstand das Symphoniekonzert glänzend, was erheblich mehr war, als man von vielen der menschlichen Zuhörer sagen konnte. Das einzige Zugeständnis an den Publikumsgeschmack war Strawinskys ›Psalmensymphonie‹ gewesen; das übrige Programm war aggressiv modernistisch. Wie man auch sonst darüber denken mochte – die Darbietung war hervorragend, denn der Stolz der Kolonie, einige der besten Musiker der Welt zu haben, war nicht unbegründet. Es hatte unter den Komponisten allerhand Streit um die Ehre gegeben, in das Programm aufgenommen zu werden, obwohl einige Zyniker bezweifelten, daß es überhaupt eine Ehre wäre. Da nichts über das Gegenteil bekannt war, schien es nicht ausgeschlossen, daß die Overlords überhaupt kein Ohr für Musik hatten.

Es wurde jedoch beobachtet, daß Thanthaleresco nach dem Konzert die drei Komponisten aufsuchte, die anwesend gewesen waren, und sie alle zu ihrer »großen Genialität«, wie er es nannte, beglückwünschte. Das veranlaßte sie, sich mit geschmeichelten, aber sehr verdutzten Mienen zurückzuziehen.

Erst am dritten Tage hatte George Greggson Gelegenheit, dem Inspektor zu begegnen. Das Theater hatte eine Art ›gemischte Platte‹ angerichtet, statt eines einzelnen Gerichts: zwei Einakter, einen Sketch von einem weltberühmten Darsteller und ein Ballett. Auch diese Darbietungen wurden hervorragend durchgeführt, und die Prophezeiung eines Kritikers:

»Jetzt werden wir wenigstens entdecken, ob die Overlords gähnen können«, erwies sich als falsch. Tatsächlich lachte der Inspektor mehrmals und an den richtigen Stellen.

Und doch konnte man es nicht bestimmt wissen. Vielleicht spielte er selbst eine glänzende Rolle vor und folgte der Aufführung nur mit der Logik, während seine eigenen seltsamen Empfindungen völlig unberührt blieben, so wie ein Anthropologe an einem primitiven Ritus teilnimmt. Die Tatsache, daß er die angemessenen Töne hervorbrachte und die erwarteten Antworten gab, bewies in Wirklichkeit überhaupt nichts.

Obwohl George entschlossen gewesen war, mit dem Inspektor zu sprechen, mißlang ihm das völlig. Nach der Aufführung wechselten sie einige Begrüßungsworte, dann wurde der Besucher weggedrängt. Es war völlig unmöglich, ihn von seiner Umgebung abzusondern, und George ging in größter Enttäuschung nach Hause. Er wußte keineswegs genau, was er sagen wollte, selbst wenn er die Gelegenheit gehabt hätte, aber irgendwie war er überzeugt, daß er das Gespräch auf Jeff hätte bringen können. Und jetzt war die Gelegenheit vorbeigegangen.

Seine schlechte Laune dauerte zwei Tage. Das Flugzeug des Inspektors war inmitten vieler Versicherungen gegenseitiger Freundschaft abgeflogen. Niemand hatte daran gedacht, Jeff zu fragen, und der Junge mußte lange überlegt haben, ehe er sich an George wandte.

»Paps«, sagte er kurz vor dem Schlafengehen, »du kennst den Overlord, der hier zu Besuch gewesen ist?«

»Ja«, erwiderte George grimmig.

»Er war in unserer Schule, und ich hörte ihn mit einigen der Lehrer sprechen. Ich habe nicht richtig verstanden, was er sagte, aber ich glaube, ich habe seine Stimme erkannt. Das ist der, der mir gesagt hat, daß ich weglaufen sollte, als die große Flutwelle kam.«

»Weißt du das ganz bestimmt?«

Jeff zögerte einen Augenblick. »Nicht ganz. Aber wenn er es nicht war, so war es ein anderer Overlord. Ich überlegte, ob ich ihm danken solle. Aber jetzt ist er weg, nicht wahr?«

»Ja«, sagte George, »das fürchte ich. Aber vielleicht haben wir noch einmal eine andere Gelegenheit. Sei jetzt ein guter Junge, geh schlafen und zerbrich dir den Kopf nicht mehr darüber.«

Als Jeff glücklich zu Bett gebracht und auch Jennifer versorgt war, kam Jean zurück, setzte sich auf den Teppich neben Georges Stuhl und lehnte sich gegen seine Beine. Das war eine Gewohnheit, die er ärgerlich sentimental fand, aber es lohnte nicht, deswegen Streit anzufangen. Er machte nur seine Knie so knochig wie möglich.

»Was denkst du jetzt darüber?« fragte Jean mit müder, bedrückter Stimme. »Glaubst du, daß es wirklich geschehen ist?«

»Es ist geschehen«, erwiderte George, »aber vielleicht ist es töricht, daß wir uns darüber Gedanken machen. Schließlich würden die meisten Eltern dankbar sein, und ich bin natürlich dankbar. Die Erklärung kann ganz einfach sein. Wir wissen, daß die Overlords sich für die Kolonie interessieren; deshalb haben sie sie zweifellos mit ihren Instrumenten beobachtet, ungeachtet des Versprechens, das sie gegeben haben. Vielleicht hat gerade einer an ihrem Fernsehgerät gedreht und hat die Flut kommen sehen. Es wäre ganz natürlich, jemanden zu warnen, der in Gefahr ist.«

»Aber er kannte Jeffs Namen, vergiß das nicht. Nein, wir werden beobachtet. Es ist irgend etwas Sonderbares an uns, etwas, was ihre Aufmerksamkeit erregt. Das habe ich seit Ruperts Gesellschaft gespürt. Es ist merkwürdig, wie das unser Leben verändert hat.«

George blickte mit Sympathie, aber mit keinem anderen Gefühl, auf sie nieder. Es war sonderbar, wie sehr man sich in so kurzer Zeit verändern konnte. Er hatte sie gern. Sie hatte seine Kinder geboren und war ein Teil seines Lebens. Aber wieviel war von der Liebe, die eine nicht deutlich in Erinnerung gebliebene Person namens George Greggson einstmals für einen entschwindenden Traum namens Jean Morrel empfunden hatte, übriggeblieben? Seine Liebe war jetzt zwischen Jeff und Jennifer einerseits und Carolle andererseits geteilt. Er glaubte nicht, daß Jean von Carolle wußte, und er hatte die Absicht, mit ihr darüber zu sprechen, ehe jemand anders es tat. Aber irgendwie hatte er sich nie dazu entschließen können.

»Also gut, Jeff wird beobachtet, beschützt sollte man eher sagen. Meinst du nicht, das sollte uns stolz machen? Vielleicht haben die Overlords für ihn eine große Zukunft geplant.«

Er war sich bewußt, daß er so redete, um Jean zu beruhigen. Er war selbst nicht sehr besorgt, nur verwundert und erstaunt, und ganz plötzlich kam ihm ein neuer Gedanke, der ihm eigentlich schon früher hätte einfallen müssen. Seine Augen wanderten automatisch zum Kinderzimmer. »Ich möchte wissen, ob es nur Jeff betrifft«, sagte er.

Zu gegebener Zeit legte der Inspektor seinen Bericht vor. Die Inselbewohner hätten viel darum gegeben, ihn zu sehen. Alle Statistiken und Berichte wanderten in die unersättlichen Gedächtnisse der großen Rechenmaschinen, die einige der unsichtbaren Kräfte hinter Karellen, aber längst nicht alle, darstellten. Noch bevor diese unpersönlichen elektrischen Gehirne jedoch zu ihren Schlußfolgerungen gekommen waren, hatte der Inspektor seine eigenen Ratschläge gegeben. In den Gedanken und der Sprache der menschlichen Rasse ausgedrückt, hätten sie etwa folgendermaßen gelautet:

»Wir brauchen keine Schritte hinsichtlich der Kolonie zu unternehmen. Es ist ein interessantes Experiment, kann aber in keiner Weise die Zukunft berühren. Ihre künstlerischen Bemühungen gehen uns nichts an, und es gibt keinen Beweis dafür, daß irgendwelche wissenschaftlichen Forschungen gefährliche Bahnen einschlagen.

Wie geplant, konnte ich die Schulberichte über den Untertan Zero sehen, ohne Aufsehen zu erregen. Die darauf bezüglichen Statistiken sind hier angefügt, und man wird sehen, daß bisher noch keine Anzeichen einer ungewöhnlichen Entwicklung zu bemerken sind. Aber wie wir wissen, kündigt sich ein Durchbruch selten vorher an.

Ich bin auch dem Vater des Untertans begegnet und hatte den Eindruck, daß er mit mir zu sprechen wünschte. Glücklicherweise vermochte ich das zu vermeiden. Ohne Zweifel argwöhnt er irgend etwas, obwohl er natürlich niemals die Wahrheit erraten oder den Verlauf irgendwie beeinflussen kann.

Ich bekomme immer mehr Mitleid mit diesen Menschen.«

Ja, Jeff war ein durchaus normaler Junge. Damit beruhigte sich George, wenn sie zusammen über das ziemlich begrenzte Gebiet der Insel wanderten. Sie sprachen miteinander, wie Söhne und Väter es seit Anbeginn der Zeit getan haben, außer daß es in diesem Zeitalter soviel mehr zu besprechen gab. Obwohl Jeff die Insel nie verließ, konnte er durch die allgegenwärtigen Augen der Bildschirme von der umgebenden Welt alles sehen, was er sehen wollte. Er empfand, wie alle Angehörigen der Kolonie, eine leise Verachtung für die übrige Menschheit. Die Kolonie war die Auslese, die Vorhut des Fortschritts. Sie würde die Menschheit zu Höhen führen, die die Overlords erreicht hatten, und vielleicht darüber hinaus. Sicherlich nicht morgen, aber eines Tages ...

Sie ahnten nicht, daß dieser Tag viel zu bald kommen würde.

— 4 —

Die Träume begannen sechs Wochen später.

In der Dunkelheit der subtropischen Nacht schwamm George Greggson langsam aufwärts, dem Bewußtsein entgegen. Er wußte nicht, was ihn aufgeweckt hatte, und einen Augenblick lang lag er in verwirrter Betäubung da. Dann begriff er, daß er allein war. Jean war aufgestanden und lautlos ins Kinderzimmer gegangen.

Sie sprach leise mit Jeff, zu leise, als daß er hätte hören können, was sie sagte.

George schwang sich aus dem Bett, ging ihr nach und überlegte, was Jean gestört haben mochte.

Das einzige Licht im Kinderzimmer kam von den mit Leuchtfarbe gemalten Mustern an den Wänden. Bei ihrem matten Schimmer konnte George Jean neben Jeffs Bett sitzen sehen. Sie drehte sich um, als er hereinkam, und flüsterte: »Stör Püppi nicht!«

»Was ist los?«

»Ich wußte, daß Jeff mich brauchte. Dadurch bin ich aufgewacht.«

Die nüchterne Einfachheit dieser Erklärung rief in George ein Gefühl banger Befürchtung hervor. ›Ich wußte, daß Jeff mich brauchte.‹ Wie konnte sie das wissen? fragte er sich, sagte aber nur: »Hat er Alpträume gehabt?«

»Ich weiß es nicht genau«, sagte Jean. »Er scheint jetzt wieder ganz in Ordnung zu sein. Aber er war verängstigt, als ich hereinkam.«

»Ich war gar nicht ängstlich, Mammi«, sagte eine kleine empörte Stimme. »Aber es war so ein merkwürdiger Platz.«

»Was war es?« fragte George. »Erzähle mir alles darüber.«

»Da waren Berge«, sagte Jeff verträumt. »Sie waren sehr hoch, aber es lag kein Schnee auf ihnen, so wie auf den Bergen, die ich sonst gesehen habe. Einige von ihnen brannten.«

»Du meinst ... Vulkane?«

»Nicht eigentlich. Sie brannten ganz und gar, mit merkwürdigen, blauen Flammen. Und während ich sie betrachtete, ging die Sonne auf.«

»Weiter. Warum hörst du auf?«

Jeff sah seinen Vater verwirrt an. »Das ist das andere, was ich nicht verstehe, Paps. Sie ging so schnell auf, und sie war viel zu groß. Und ... es war nicht die richtige Farbe. Es war so ein schönes Blau.«

Ein langes Schweigen, bei dem das Herz zu frösteln begann, folgte. Dann sagte George ruhig: »Ist das alles?«

»Ja, ich begann mich einsam zu fühlen, und dann kam Mammi und weckte mich.«

George zauste das wirre Haar seines Sohnes mit einer Hand, während er mit der andern den Schlafanzug fester um sich zog. Er fühlte sich plötzlich sehr kalt und sehr klein. Aber in seiner Stimme war nichts davon zu spüren, als er jetzt zu Jeff sagte: »Das ist nur ein dummer Traum. Du hast zum Abendbrot zuviel gegessen. Vergiß das alles und schlafe weiter und sei ein guter Junge!«

»Das will ich, Paps«, erwiderte Jeff. Er hielt einen Augenblick inne, dann fügte er nachdenklich hinzu: »Ich glaube, ich versuche, wieder dorthin zu gehen.«

»Eine blaue Sonne?« fragte Karellen wenige Stunden später. »Das muß die Identifizierung sehr leichtgemacht haben.«

»Ja«, erwiderte Raschaverak. »Es ist zweifellos Alphanidon Zwei. Die Schwefelberge bestätigen das. Und es ist interessant, die Verzerrung der Zeitmaße zu beobachten. Der Planet dreht sich ziemlich langsam, er muß also in wenigen Minuten viele Stunden beobachtet haben.«

»Das ist alles, was Sie entdecken können?«

»Ja, ohne das Kind unmittelbar zu fragen.«

»Das dürfen wir nicht tun. Die Ereignisse müssen ohne unsere Einmischung ihren natürlichen Gang gehen. Wenn seine Eltern an uns herantreten, können wir ihn vielleicht fragen.«

»Sie werden wohl nie zu uns kommen, und wenn sie es tun, kann es zu spät sein.«

»Ich fürchte, dagegen können wir nichts machen. Wir sollten

nie vergessen, daß unsere Wißbegier in diesen Dingen ohne Bedeutung ist. Sie ist nicht wichtiger als das Glück der Menschheit.« Er streckte die Hand aus, um die Verbindung zu unterbrechen. »Sie setzen natürlich die Überwachung fort und berichten mir alle Ergebnisse. Aber mischen Sie sich in keiner Weise ein.«

Als Jeff erwachte, schien er ganz wie immer. Dafür wenigstens, dachte George, sollten sie dankbar sein. Aber in seinem Herzen wuchs die Furcht.

Für Jeff war es nur ein Spiel. Es hatte noch nicht begonnen, ihn zu ängstigen. Ein Traum war nur ein Traum, so sonderbar er sein mochte. Er war nicht mehr einsam in den Welten, die der Schlaf ihm erschloß. Nur in jener ersten Nacht hatte sein Geist über unbekannte Schluchten hinweg, die ihn von ihr getrennt hatten, nach Jean gerufen.

Jetzt wanderte er allein und furchtlos in das Universum hinein, das sich ihm auftat.

Am Morgen pflegten sie ihn zu fragen, und dann erzählte er das, woran er sich erinnern konnte. Manchmal stammelte er und fand die Worte nicht, wenn er Landschaften zu beschreiben versuchte, die offenbar nicht nur jenseits all seiner Erfahrungen lagen, sondern weit über die Einbildungskraft des Menschen hinausgingen. Dann halfen sie ihm mit neuen Wörtern und zeigten ihm Bilder und Farben, um sein Gedächtnis aufzufrischen, und sie versuchten aus seinen Antworten Formen aufzubauen. Oft konnten sie mit den Ergebnissen nichts anfangen, obwohl in Jeffs eigenem Geist seine Traumwelten völlig deutlich und scharf zu sein schienen. Er war einfach unfähig, sie seinen Eltern mitzuteilen. Einige jedoch waren klar genug …

Raum … Kein Planet, keine Landschaft ringsum, keine Welt unter den Füßen. Nur die Sterne in der samtenen Nacht und vor ihnen schwebend eine große rote Sonne, die wie ein Herz schlug. Groß und schimmernd in einem Augenblick, schrumpfte sie im nächsten langsam zusammen und wurde gleichzeitig heller, als würde ihren inneren Feuern neuer Brennstoff zugeführt. Sie wanderte das Spektrum hinauf und verweilte am Rande des Gelbs, und dann ging der Kreislauf rückwärts, die Sonne dehnte sich aus, kühlte sich ab und wurde wieder zu einer zackigen, flammendroten Wolke ...

»Das typische variable Pulsieren«, sagte Raschaverak eifrig, »in einer gewaltigen Zeitbeschleunigung gesehen. Ich kann es nicht genau bestimmen, aber der nächste Stern, auf den diese Beschreibung paßt, ist Rhamsandron 9. Oder es kann Pharanidon 12 sein.«

»Welcher es auch sein mag«, erwiderte Karellen, »das Kind entfernt sich weiter von daheim.«

»Viel weiter«, sagte Raschaverak.

Es hätte die Erde sein können. Eine weiße Sonne hing an einem blauen, mit Wolken gefleckten Himmel, die vor einem Sturm dahinrasten. Ein Berg fiel sanft zu einem Ozean ab, der von dem tosenden Orkan zu Gischt zersprüht wurde. Und doch bewegte sich nichts. Das Bild war erstarrt, wie im Aufzucken eines Blitzes gesehen. Und fern am Horizont war etwas, was nicht irdisch war eine Reihe von nebeligen Säulen, die leise schwankten, als sie aus dem Meer emporstiegen und sich zwischen den Wolken verloren. Sie standen in völlig gleichen Abständen am Rande des Planeten und waren zu riesig, um künstlich, aber zu regelmäßig, um natürlich zu sein.

»Sideneus Vier und die Pfeiler der Dämmerung«, sagte Raschaverak, und in seiner Stimme lag Ehrfurcht. »Er hat den Mittelpunkt des Universums erreicht.«

»Und er hat seine Reise erst begonnen«, erwiderte Karellen.

Der Planet war völlig flach. Seine ungeheure Schwerkraft hatte längst die Berge seiner feurigen Jugend, Berge, deren mächtigste Gipfel nie mehr als wenige Meter hoch gewesen waren, zu einer gleichförmigen Ebene zerdrückt. Dennoch war hier Leben, denn die Oberfläche war mit einer Myriade geometrischer Linien bedeckt, die umherkrochen, sich bewegten und ihre Farbe änderten. Es war eine zweidimensionale Welt, von Wesen bewohnt, die nicht mehr als Bruchteile eines Zentimeters dick sein konnten.

Und an seinem Himmel stand eine Sonne, wie sie kein Opiumesser sich in seinen wildesten Träumen hätte vorstellen können. Zu heiß, um weiß zu sein, war sie ein sengender Geist an den Grenzen des Ultravioletts und verbrannte ihren Planeten mit Strahlen, die für alle irdischen Lebensformen sofort tödlich gewesen wären. Über Millionen von Kilometern ringsumher dehnten sich große Gas- und Dunstschleier aus, die in zahllosen Farben schillerten, wenn die Stürme des Ultravioletts durch sie hindurchrasten. Es war eine Sonne, gegen die die bleiche Sonne der Erde so schwach gewesen wäre wie ein Glühwürmchen um Mittag.

»Hexanerax Zwei und nirgends sonst im bekannten Universum«, sagte Raschaverak. »Nur eine Handvoll unserer Schiffe ist je dort hingekommen, und niemals hat eines eine Landung versucht, denn wer hätte denken können, daß auf solchen Planeten Leben zu existieren vermöchte?«

»Offenbar«, sagte Karellen, »seid ihr Wissenschaftler nicht so gründlich gewesen, wie ihr geglaubt hattet. Wenn diese ... Linien intelligent sind, ist es interessant, zu erfahren, wie sie sich verständigen. Ich möchte wissen, ob ihnen die dritte Dimension bekannt ist.«

Es war eine Welt, die nie die Bedeutung von Nacht und Tag, von Jahren oder Jahreszeiten kennen konnte. Sechs farbige Sonnen teilten ihren Himmel, so daß nur ein Wechsel der Beleuchtung eintrat, niemals Dunkelheit. Durch den Zusammenprall und Kampf widerstreitender Gravitäten hindurch wanderte der Planet die Schleifen und Windungen seiner unfaßlich verwickelten Bahn entlang, ohne jemals auf den gleichen Pfad zurückzukehren. Jeder Augenblick war einzig: Die Konstellation der sechs Sonnen würde sich diesseits der Ewigkeit nicht wiederholen.

Und selbst hier war Leben. Obwohl der Planet von den zentralen Feuern in einem Zeitalter versengt werden und an den äußeren Grenzen in einem anderen Zeitalter erstarren mochte, gab es hier doch Intelligenz. Die großen, vielfacettigen Kristalle waren zu schwierigen geometrischen Mustern geformt und standen regungslos in den Zeitaltern der Kälte, während sie langsam an den mineralischen Adern entlangwuchsen, wenn die Welt wieder warm war. Es kam nicht darauf an, ob sie tausend Jahre brauchten, um einen einzigen Gedanken zu denken. Das Universum war noch jung, und die Zeit dehnte sich endlos vor ihnen.

»Ich habe alle unsere Aufnahmen durchsucht«, sagte Raschaverak. »Wir wissen nichts von so einer Welt oder einer solchen Zusammenfassung von Sonnen. Wenn sie innerhalb unseres Universums existierte, hätten die Astronomen sie entdeckt, selbst wenn sie außerhalb der Reichweite unserer Schiffe läge.«

»Also hat er die Milchstraße verlassen.«

»Ja. Sicherlich kann es jetzt nicht mehr lange dauern.«

»Wer weiß? Er träumt nur. Wenn er erwacht, ist er noch der gleiche. Es ist nur die erste Phase. Wir werden bald genug erfahren, wann die Veränderung beginnt.«

»Wir sind uns schon früher begegnet, Herr Greggson«, sagte der Overlord ernst. »Mein Name ist Raschaverak. Ohne Zweifel erinnern Sie sich.«

»Ja«, sagte George. »Jene Party bei Rupert Boyce werde ich kaum vergessen. Und ich nahm an, daß wir uns wiederbegegnen würden.«

»Warum haben Sie um diese Unterredung gebeten?«

»Ich denke, das wissen Sie schon.«

»Vielleicht. Aber es wird uns beiden helfen, wenn Sie es mir in Ihren eigenen Worten sagen. Es wird Sie vielleicht überraschen, aber auch ich versuche zu verstehen, und in manchem ist meine Unwissenheit ebenso groß wie die Ihre.«

George sah den Overlord erstaunt an. Dieser Gedanke war ihm nie gekommen. Er hatte geglaubt, daß die Overlords alles Wissen und alle Macht besäßen, daß sie die Dinge, die Jeff geschahen, verstünden und dafür verantwortlich wären.

»Ich nehme an«, fuhr George fort, »daß Sie die Berichte kennen, die ich dem Psychologen der Insel übergeben habe, so daß Sie über die Träume Bescheid wissen.«

»Ja, darüber wissen wir Bescheid.«

»Ich habe nie angenommen, daß sie einfach Phantasien eines Kindes wären. Sie waren so unglaublich, daß sie – ich weiß das klingt lächerlich – auf irgendeiner Wirklichkeit beruhen mußten.«

Er sah Raschaverak besorgt an und wußte nicht, ob er auf eine Bestätigung oder eine Verneinung hoffte. Der Overlord sagte nichts und sah ihn nur mit seinen großen, ruhigen Augen an. Sie saßen sich fast Auge in Auge gegenüber, denn der Raum, der offensichtlich für solche Unterredungen entworfen worden war, hatte zwei verschiedene Fußböden, und der mächtige Stuhl des Overlords stand einen guten Meter tiefer als Georges Stuhl. Es war als freundliche Geste gedacht, beruhigend für die Männer, die solche Zusammenkünfte erbaten und denen selten leicht ums Herz war.

»Wir waren anfangs besorgt, aber nicht wirklich beunruhigt. Jeff erschien, wenn er aufwachte, völlig normal, und seine Träume störten ihn offenbar nicht. Und dann eines Nachts ...« Er zögerte und sah den Overlord beschwörend an. »Ich habe nie an das Übernatürliche geglaubt. Ich bin kein Wissenschaftler, aber ich nehme an, daß es eine vernünftige Erklärung für alles gibt.«

»Die gibt es«, sagte Raschaverak. »Ich weiß, was Sie gesehen haben. Ich habe es beobachtet.«

»Das habe ich immer vermutet. Aber Karellen hatte versprochen, daß Sie uns nie mit Ihren Instrumenten belauern würden. Warum haben Sie dieses Versprechen gebrochen?«

»Ich habe es nicht gebrochen. Der Oberkontrolleur sagte, die menschliche Rasse würde nicht länger unter Aufsicht stehen. Dieses Versprechen haben wir gehalten. Ich habe Ihre Kinder beobachtet, nicht Sie.«

Es dauerte mehrere Sekunden, bis George den Sinn von Raschaveraks Worten begriff. Dann wich langsam die Farbe aus seinem Gesicht. »Sie meinen ...«, ächzte er. Seine Stimme versagte, und er mußte neu beginnen. »Ja, was sind denn meine Kinder?«

»Das«, sagte Raschaverak feierlich, »versuchen wir zu entdecken.«

Jennifer Anne Greggson, bisher Püppi genannt, lag mit festgeschlossenen Augen auf dem Rücken. Sie hatte sie nicht geöffnet; sie würde sie nie wieder öffnen, denn das Sehen war jetzt ebenso überflüssig für sie wie für die mit vielen Sinnen ausgestatteten Geschöpfe der lichtlosen Ozeantiefen. Sie nahm die Welt, die sie umgab, wahr, ja sie nahm viel mehr wahr als das.

Durch irgendeine unberechenbare Laune der Entwicklung war ein Reflex aus ihrer kurzen Säuglingszeit geblieben. Die Klapper, die sie einst entzückt hatte, ertönte jetzt unaufhörlich aus ihrem Bettchen in einem verwickelten, immer wieder sich ändernden Rhythmus. Diese seltsame Synkopierung hatte Jean aus dem Schlaf gerissen und sie ins Kinderzimmer stürzen lassen. Aber nicht dieser Ton allein hatte sie veranlaßt, nach George zu schreien.

Schuld daran war der Anblick dieser gewöhnlichen bunten Klapper, die einen halben Meter von jedem Halt entfernt in luftiger Höhe unentwegt klapperte, während Jennifer Anne, die drallen Finger fest zusammengepreßt, mit einem Lächeln dalag.

Sie hatte später begonnen, aber sie machte schnelle Fortschritte. Bald würde sie ihren Bruder überholen, denn sie brauchte weniger zu verlernen.

»Sie haben klug daran getan«, sagte Raschaverak, »ihr Spielzeug nicht zu berühren. Ich glaube nicht, daß Sie es hätten bewegen können. Aber wenn es Ihnen geglückt wäre, hätte es sie vielleicht geärgert, und ich weiß nicht, was dann geschehen wäre.«

»Meinen Sie«, fragte George dumpf. »Daß Sie nichts tun können?«

»Ich will Sie nicht täuschen. Wir können studieren und beobachten, wie wir es bereits tun. Aber wir können uns nicht einmischen, weil wir es nicht verstehen können.«

»Was sollen wir denn machen? Und warum ist *uns* dies geschehen?«

»Es mußte irgend jemandem geschehen. Sie haben nichts Außergewöhnliches an sich, nicht mehr als das erste Neutron, das die Kettenreaktion einer Atombombe beginnt. Es ist einfach zufällig das erste. Jedes andere Neutron hätte auch dazu dienen können, genau wie es statt Jeffrey irgendein Knabe in der Welt hätte sein können. Wir nennen es den Völligen Durchbruch. Wir brauchen jetzt nichts geheimzuhalten, und darüber bin ich sehr froh. Wir haben, seit wir zur Erde gekommen sind, darauf gewartet, daß gerade dies geschehen würde. Man konnte nicht sagen, wann und wo es beginnt, bis wir uns rein durch Zufall auf der Party bei Rupert Boyce begegneten. Da wußte ich fast mit Sicherheit, daß die Kinder Ihrer Frau die ersten sein würden.«

»Aber wir waren damals noch nicht verheiratet. Wir hatten nicht einmal –«

»Ja, ich weiß. Aber Fräulein Morrels Geist war der Kanal,

der, wenn auch nur für einen Augenblick, ein Wissen durchließ, das zu jener Zeit kein Lebender besitzen konnte. Es konnte nur von einem anderen Geist kommen, der eng mit dem ihren verbunden war. Die Tatsache, daß es ein noch ungeborener Geist war, hatte keine Bedeutung, denn Zeit ist sehr viel sonderbarer, als Sie annehmen.«

»Ich beginne zu begreifen. Jeff weiß diese Dinge. Er kann andere Welten sehen und kann sagen, woher Sie kommen. Und irgendwie hat Jean seine Gedanken aufgefangen, noch ehe er geboren war.«

»Es hängt noch viel mehr damit zusammen, aber ich glaube nicht, daß Sie der Wahrheit jemals viel näherkommen werden. In der ganzen Geschichte hat es immer wieder Menschen mit unerklärlichen Kräften gegeben, die Raum und Zeit zu durchdringen schienen. Sie haben diese Kräfte nie verstanden: Fast ohne Ausnahme waren Ihre Erklärungsversuche Unsinn. Ich dürfte es wissen – ich habe genug darüber gelesen.

Aber es gibt einen Vergleichsfall, der – nun, sagen wir: suggestiv und hilfreich ist. Er kommt wieder und wieder in Ihrer Literatur vor. Stellen Sie sich vor, daß der Geist jedes Menschen eine vom Ozean umgebene Insel ist. Jeder erscheint isoliert, in Wirklichkeit aber sind alle verbunden durch das Fundament, von dem sie stammen. Wenn der Ozean verschwände, wäre es das Ende der Inseln. Sie würden alle Teile eines Kontinents sein, aber ihre Besonderheit wäre vergangen.

Gedankenübertragung, wie Sie es genannt haben, ist etwas Ähnliches. Unter angemessenen Umständen können die Gedankenwelten einiger Menschen miteinander verschmelzen und sich ihren Inhalt gegenseitig mitteilen; sie nehmen die Erinnerung an dieses Erlebnis mit, wenn sie wieder isoliert sind. In der höchsten Form ist diese Kraft nicht den gewöhnlichen Begrenzungen durch Zeit und Raum unterworfen. Daher konnte Jean aus dem Wissen ihres ungeborenen Sohnes schöpfen.«

Ein langes Schweigen folgte, während George mit diesen verblüffenden Gedanken rang. Die Idee begann Form anzunehmen. Es war eine unglaubliche Idee, aber sie hatte ihre eigene, angestammte Logik. Und sie erklärte, wenn dieses Wort für etwas so Unfaßliches anzuwenden war, alles, was seit jenem Abend in Rupert Boyces Hause geschehen war. Sie erklärte auch, wie er jetzt erkannte, Jeans eigene Neugier nach dem Übernormalen.

»Wodurch wurde dies in Gang gesetzt?« fragte George. »Und wohin wird es führen?«

»Das können wir nicht beantworten. Aber es gibt viele Rassen im Universum, und einige von ihnen entdeckten diese Kräfte, lange bevor Ihre Art ... oder die meine ... auf dem Schauplatz erschien. Sie haben darauf gewartet, daß Sie sich ihnen anschließen, und jetzt ist diese Zeit gekommen.«

»Und wann kommt Ihr Auftritt?«

»Wahrscheinlich haben Sie, gleich den meisten Menschen, uns immer als Ihre Herren und Meister angesehen. Das stimmt nicht. Wir sind nie mehr als Wächter gewesen, die eine Pflicht erfüllt haben, die uns von ... oben auferlegt worden war. Diese Pflicht ist schwer zu erklären. Vielleicht können Sie sich uns am besten als Hebammen vorstellen, die einer schwierigen Geburt beiwohnen. Wir helfen dabei, etwas Neues und Wundervolles zur Welt zu bringen.«

Raschaverak zögerte; einen Augenblick schien es, als fehlten ihm die Worte. »Ja, wir sind die Hebammen. Aber wir selbst sind unfruchtbar.«

In diesem Augenblick wußte George, daß er Zeuge einer Tragödie war, die seine eigene übertraf. Es war unglaublich und doch irgendwie richtig. Trotz all ihrer Kräfte und ihrer Macht waren die Overlords in irgendeiner engen Sackgasse der Entwicklung gefangen. Hier war eine große, edle Rasse, in fast allen Dingen der Menschheit überlegen, und doch hatte sie keine Zukunft und war sich dessen bewußt. Angesichts dieser

Tragödie erschienen George seine eigenen Probleme auf einmal alltäglich.

»Jetzt weiß ich«, sagte er, »warum Sie Jeffrey beobachtet haben. Er war das Versuchskaninchen bei diesem Experiment.«

»Sehr richtig, obwohl das Experiment außerhalb unserer Kontrolle war. Wir haben es nicht begonnen, wir haben nur versucht, es zu beobachten. Wir haben uns nicht eingemischt, außer wenn wir es mußten.«

Ja, dachte George, die Sturmflut. Man dürfte nie ein wertvolles Exemplar zerstören lassen. Dann schämte er sich seiner selbst. Eine solche Bitterkeit war unwürdig.

»Ich habe nur noch eine weitere Frage«, sagte er. »Was sollen wir mit unseren Kindern machen?«

»Freuen Sie sich an ihnen, solange Sie können«, erwiderte Raschaverak sanft, »Sie werden Ihnen nicht lange gehören.«

Das war ein Rat, den man allen Eltern zu jeder Zeit hätte geben können, aber jetzt barg er eine Drohung und ein Grauen wie niemals zuvor.

— 5 —

Es kam die Zeit, da die Welt von Jeffreys Träumen nicht mehr deutlich von seinem Alltagsleben getrennt war. Er besuchte die Schule nicht mehr, und auch für Jean und George waren die Lebensgewohnheiten völlig verändert, wie sie es bald in der ganzen Welt sein würden.

Sie gingen all ihren Freunden aus dem Wege, als wäre es ihnen schon jetzt bewußt, daß bald niemand mehr Sympathie für sie haben würde. In der Stille der Nacht, wenn wenige Menschen unterwegs waren, machten sie zuweilen lange Spaziergänge. Sie waren sich jetzt näher als je seit den ersten Tagen ihrer Ehe, wiedervereinigt angesichts der noch unbekannten Tragödie, die sie bald überwältigen würde.

Zuerst hatten sie sich schuldig gefühlt, weil sie die schlafenden Kinder im Hause allein ließen, aber jetzt sahen sie ein, daß Jeff und Jennifer sich selbst helfen konnten, weit besser als ihre Eltern es vermochten. Und natürlich würden die Overlords sie auch bewachen. Dieser Gedanke war beruhigend. George und Jean fühlten, daß sie mit ihrem Problem nicht allein waren, sondern daß weise und teilnahmsvolle Augen ihre Wache teilten.

Jennifer schlief: Kein anderes Wort konnte ihren Zustand beschreiben. Dem Aussehen nach noch ein Säugling, strahlte sie eine so beängstigende Kraft aus, daß Jean es nicht mehr ertragen konnte, das Kinderzimmer zu betreten.

Sie brauchte es auch nicht zu tun. Das Wesen, das Jennifer Anne Greggson gewesen war, hatte sich noch nicht voll entwickelt, aber selbst in seinem Verpuppungszustand beherrschte es seine Umgebung so weit, daß es selbst für seine Bedürfnisse sorgen konnte. Jean hatte nur einmal versucht, Jennifer zu füttern, ohne Erfolg. Das Kind zog es vor, zu selbstgewählten Zeiten und auf seine eigene Art Nahrung aufzunehmen.

Denn die Nahrung verschwand in ständigem, gleichmäßigem Strom aus dem Kühlschrank, und doch verließ Jennifer Anne ihr Bett nie.

Das Klappern hatte aufgehört, und das verschmähte Spielzeug lag auf dem Fußboden des Kinderzimmers, wo niemand es anzurühren wagte, weil Jennifer Anne es vielleicht wieder benutzen wollte. Zuweilen ließ Jennifer die Möbel sich bewegen, so daß sie merkwürdige Muster bildeten, und George kam es vor, als ob die selbstleuchtenden Farben an der Wand jetzt heller schimmerten als früher.

Jennifer machte keine Unruhe. Sie bedurfte der Hilfe und Liebe ihrer Eltern nicht mehr. Es konnte nicht mehr sehr lange dauern, und in dieser Zwischenzeit klammerten sie sich verzweifelt an Jeff.

Er veränderte sich ebenfalls, aber er kannte sie noch. Der Knabe, dessen Wachstum sie seit den formlosen Nebeln seines Werdens beobachtet hatten, verlor seine Persönlichkeit, löste sich Stunde für Stunde vor ihren Augen auf. Manchmal sprach er noch mit ihnen wie früher und redete von seinen Spielsachen und Freunden, als wäre ihm nicht bewußt, was vor ihm lag. Aber oft sah er sie auch nicht, und kein Anzeichen verriet, ob er ihre Anwesenheit bemerkte. Er schlief nicht mehr, sie jedoch mußten schlafen, obwohl sie das überwältigende Verlangen hatten, von diesen letzten verbleibenden Stunden möglichst wenige zu verschwenden.

Anders als Jennifer schien er keine übernatürliche Macht über körperliche Gegenstände zu besitzen, vielleicht weil er, da er schon fast erwachsen war, ihrer weniger bedurfte. Seine Eigenart lag ganz und gar in seinem geistigen Leben, von dem die Träume jetzt nur einen kleinen Teil bildeten. Er stand stundenlang ganz still, mit festgeschlossenen Augen, als lausche er auf Töne, die niemand sonst hören konnte. In seinen Geist strömte von irgendwoher ein Wissen ein, das bald das halbgeformte Wesen, das Jeffrey Angus Greggson gewesen war, überwältigen und zerstören würde.

Die Hündin Fey saß neben ihm, blickte mit traurigen, verwunderten Augen zu ihm auf und schien zu fragen, wohin ihr Herr gegangen wäre und wann er zu ihr zurückkehren würde.

Jeff und Jennifer waren die ersten auf der Welt, aber bald waren sie nicht die einzigen. Wie eine Epidemie sich schnell von Land zu Land verbreitet, befiel die Verwandlung die ganze menschliche Rasse. Sie betraf praktisch keinen, der über zehn Jahre alt war, aber von denen, die jünger waren als zehn Jahre, entkam keiner.

Es war das Ende der Zivilisation, das Ende alles dessen, wofür Menschen seit Beginn der Zeit gekämpft hatten. Im Verlauf von wenigen Tagen hatte die Menschheit ihre Zukunft verloren, denn das Herz jeder Rasse wird zerstört, und ihr Wille weiterzuleben wird gebrochen, wenn ihr die Kinder genommen werden.

Es gab keine Panik, wie es noch vor einem Jahrhundert der Fall gewesen wäre. Die Welt war erstarrt, die großen Städte still und schweigsam geworden. Nur die lebenswichtigen Industrien arbeiteten weiter. Es war, als habe der Planet Trauer angelegt und klage um alles, was jetzt nie mehr sein konnte.

Und dann sprach Karellen, wie er es vor jetzt vergessenen Zeiten getan hatte, zum letztenmal zu der Menschheit.

— 6 —

»Mein Werk hier ist fast beendet«, sagte Karellens Stimme aus Millionen Radios. »Endlich, nach hundert Jahren, kann ich euch sagen, worin es bestand.

Viele Dinge mußten wir vor euch verbergen, wie wir uns selbst während unseres halben Aufenthalts auf der Erde verborgen haben. Einigen von euch – das weiß ich – erschien diese Geheimhaltung unnötig. Ihr seid an unsere Anwesenheit gewöhnt; ihr könnt euch nicht mehr vorstellen, wie eure Vorfahren sich bei unserem Anblick verhalten hätten. Aber wenigstens sollt ihr den Zweck der Geheimhaltung verstehen und erfahren, daß wir einen Grund für unser Tun hatten.

Das höchste Geheimnis, das wir euch vorenthielten, war der Zweck unseres Kommens, dieser Zweck, über den ihr so endlos gegrübelt habt. Wir konnten es euch nicht früher sagen, denn es war nicht unser eigenes Geheimnis.

Vor hundert Jahren kamen wir zu eurer Welt und retteten euch vor der Selbstzerstörung. Ich glaube nicht, daß irgend jemand diese Tatsache leugnen wird, aber worin diese Selbstzerstörung bestand, habt ihr nie erraten.

Da wir die Atomwaffen und alle anderen tödlichen Spielsachen verboten, die ihr in euren Arsenalen aufhäuftet, war die Gefahr der körperlichen Vernichtung beseitigt. Ihr hieltet das für die einzige Gefahr. Wir wollten euch in diesem Glauben erhalten, aber es war nie die Wahrheit. Die größte Gefahr, die euch drohte, war ganz anderer Art, und sie betraf nicht eure Rasse allein.

Viele Welten sind an den Scheideweg der Atomkraft gekommen, haben die Katastrophe vermieden, haben friedliche und glückliche Zivilisationen aufgebaut und sind dann durch Kräfte völlig zerstört worden, von denen sie nichts wußten. Im zwanzigsten Jahrhundert begannt ihr euch zuerst ernsthaft mit diesen Kräften zu befassen. Deshalb mußten wir handeln.

Das ganze Jahrhundert hindurch hat sich die menschliche Rasse dem Abgrund immer mehr genähert, ohne sein Vorhandensein auch nur zu ahnen. Über diesen Abgrund führt nur *eine* Brücke. Wenige Rassen haben sie ohne Hilfe je gefunden. Einige sind umgekehrt, solange es noch Zeit war, und haben sowohl die Gefahr als auch die Vollendung vermieden. Ihre Welten sind elysäische Inseln müheloser Zufriedenheit geworden, die in der Geschichte des Universums keine Rolle mehr spielen. Das wäre nie euer Schicksal oder euer Glück gewesen. Dazu war eure Rasse zu lebenskräftig. Sie wäre ins Verderben gestürzt und hätte andere mitgerissen, denn ihr hättet die Brücke nie gefunden.

Ich fürchte, daß fast alles, was ich euch jetzt zu sagen habe, in solchen Gleichnissen ausgedrückt werden muß. Ihr habt für viele der Dinge, die ich euch jetzt sagen möchte, keine Worte, keine Begriffe, und unser eigenes Wissen von ihnen ist auch bedauerlich unvollkommen.

Um zu verstehen, müßt ihr in die Vergangenheit zurückgehen und vieles von dem, was euren Vorfahren vertraut gewesen wäre, was ihr aber vergessen habt und was wir euch auch absichtlich vergessen ließen, hervorholen. Denn unser ganzer Aufenthalt hier beruhte auf einer ungeheuren Täuschung, einer Geheimhaltung von Wahrheiten, denen ihr noch nicht ins Gesicht sehen konntet.

In den Jahrhunderten vor unserm Kommen entdeckten eure Gelehrten die Geheimnisse der physikalischen Welt und führten euch von der Dampfkraft zur Atomkraft. Ihr hattet den Aberglauben hinter euch gelassen; die Wissenschaft war die einzige wirkliche Religion der Menschheit. Sie war die Gabe der westlichen Minderheit an die übrige Menschheit, und sie hatte alle anderen Glaubensbekenntnisse zerstört. Die bei unserm Kommen noch vorhanden waren, lagen schon im Sterben. Man hatte das Gefühl, daß die Wissenschaft alles erklären könne: Es gab keine Kräfte, die nicht in ihrem Bereich lagen, keine Ereignisse, für die sie keine endgültige Erklärung geben konnte. Der Ursprung des Universums mochte für immer unbekannt sein, jedoch alles, was seitdem geschehen war, gehorchte den Gesetzen der Physik.

Aber eure Mystiker hatten, obwohl sie in ihren eigenen Wahnvorstellungen befangen waren, einen Teil der Wahrheit gesehen. Es gibt Kräfte des Geistes und Kräfte jenseits des Geistes, die eure Wissenschaft nie in ihren Bau hätte einfügen können, ohne ihn gänzlich zu zerstören. Immer wieder im Lauf der Zeiten hat es zahllose Berichte über seltsame Erscheinungen gegeben, über Poltergeister, Gedankenübertragung, Vorahnung, denen ihr Namen gegeben, die ihr aber nie erklärt habt. Zunächst ließ die Wissenschaft sie unbeachtet, ja, sie leugnete sogar ihr Vorhandensein, trotz allen Zeugnissen aus fünftausend Jahren. Aber sie sind vorhanden, und jede Theorie des Universums muß sie, wenn sie vollständig sein will, einbeziehen.

In der ersten Hälfte des zwanzigsten Jahrhunderts begannen einige eurer Wissenschaftler diese Dinge zu erforschen. Sie wußten es nicht, aber sie spielten mit dem Deckel der Büchse der Pandora. Die Kräfte, die sie hätten entfesseln können, überstiegen alle Gefahren des Atoms. Denn die Physiker hätten nur die Erde zerstören können, die Paraphysiker hätten die Katastrophe auf die Sterne ausgedehnt.

Das durfte nicht zugelassen werden. Ich kann die ganze Beschaffenheit der Gefahr, die ihr darstelltet, nicht erklären. Für uns wäre es keine Bedrohung gewesen, daher verstehen wir es nicht. Sagen wir, eure bösartige telepathische Geistesveranlagung würde andere und größere Geister vergiftet haben.

Und deshalb kamen wir zur Erde – wir wurden geschickt. Wir unterbrachen eure Entwicklung auf allen kulturellen Gebieten, besonders aber verhinderten wir jede ernsthafte Arbeit auf dem Gebiet der übernatürlichen Erscheinungen. Ich bin mir der Tatsache bewußt, daß wir durch den Gegensatz zwischen unsern Zivilisationen auch alle Formen schöpferischer Leistungen unterbunden haben. Aber das war eine Nebenwirkung und ist nicht von Bedeutung.

Unsere Rassen haben vieles gemeinsam – deshalb wurden wir für diese Aufgabe ausgewählt. Aber in anderer Hinsicht stellen wir die Enden von zwei verschiedenen Entwicklungen dar. Unsere Geister haben das Ende ihrer Entwicklung erreicht, ebenso die euren in ihrer jetzigen Form. Aber ihr könnt den Sprung zur nächsten Stufe machen, und darin liegt der Unterschied zwischen uns. Unsere Möglichkeiten sind erschöpft, die euren aber sind noch ungenutzt. Sie sind in einer Art, die wir nicht verstehen, mit den von mir erwähnten Kräften verknüpft, den Kräften, die jetzt auf eurer Welt erwachen.

Wir haben die Uhr angehalten, wir ließen euch Zeit, während diese Kräfte sich entwickelten, bis sie in die für sie vorbereiteten Kanäle strömen konnten. Was wir getan haben, um euren Planeten zu verbessern, um euren Lebensstandard zu heben, um Gerechtigkeit und Frieden zu bringen, dies alles hätten wir auf jeden Fall getan, nachdem wir einmal gezwungen worden waren, uns in eure Angelegenheiten einzumischen. Aber all diese Umwandlungen lenkten euch von der Wahrheit ab und dienten unserem Zweck.

Wir sind eure Wächter, nichts weiter. Oft mögt ihr auch gefragt haben, welche Stellung meine Rasse in der Hierarchie des Universums einnimmt. Wie wir über euch stehen, so steht irgend etwas über uns und benutzt uns für seine eigenen Zwecke. Wir haben nie entdeckt, was es ist, obwohl wir seit langen Zeiten seine Werkzeuge sind und ihm nicht ungehorsam zu sein wagen. Wieder und immer wieder haben wir unsere Befehle bekommen, haben uns zu irgendeiner Welt in der frühen Blüte ihrer Zivilisation begeben und haben sie den Weg geführt, den wir nie verfolgen können, den Weg, den ihr jetzt gehen werdet.

Wieder und immer wieder haben wir den Prozeß studiert, den wir hervorrufen sollen, und haben immer gehofft, unseren eigenen Begrenzungen zu entrinnen. Aber wir haben nur die verschwommenen Umrisse der Wahrheit gesehen. Ihr habt uns die Overlords genannt, ohne die Ironie dieses Titels zu ahnen. Wir wollen sagen, daß über uns der Übergeist steht, der uns benutzt, wie der Töpfer seine Drehscheibe benutzt.

Und eure Rasse ist der Ton, der auf dieser Drehscheibe geformt wird.

Wir glauben – das ist nur eine Theorie –, daß der Übergeist versucht zu wachsen, seine Kräfte und seine Kenntnis des Universums zu erweitern. Jetzt muß er die Summe vieler Rassen sein, und vor langer Zeit hat er die Tyrannei der Materie hinter sich gelassen. Als er erfuhr, daß ihr fast bereit wart, schickte er uns hierher, um sein Geheiß auszuführen und euch für die Umwandlung vorzubereiten, die jetzt bevorsteht.

Alle früheren Veränderungen, die eure Rasse erlebte, haben zahllose Zeitalter erfordert. Dieses aber ist eine Umwandlung des Geistes, nicht des Körpers. Gemäß dem Stand der Entwicklung wird sie explosiv und unverzüglich sein. Ihr müßt euch mit der Tatsache vertraut machen, daß die eure die letzte Generation des Homo sapiens ist.

Über die Art dieser Veränderung können wir euch sehr wenig sagen. Wir wissen nicht, wie sie erzeugt wird, welchen Hebel der Übergeist anwendet, wenn er die Zeit für reif erachtet. Alles, was wir entdeckt haben, ist, daß es mit einem Einzelwesen beginnt, immer einem Kind, und sich dann explosiv ausbreitet gleich der Bildung von Kristallen um den ersten Kern einer gesättigten Lösung. Erwachsene werden nicht betroffen, denn ihre Geister haben schon eine unveränderliche Form angenommen.

In wenigen Jahren wird alles vorbei sein, und die menschliche Rasse wird sich geteilt haben. Es gibt keinen Weg zurück und keine Zukunft für die Welt, die ihr kennt. Alle Hoffnungen und Träume eurer Rasse sind jetzt beendet. Ihr habt eure Nachfolger geboren, und es ist eure Tragik, daß ihr sie nie verstehen, daß ihr nie auch nur imstande sein werdet, euch mit ihrem Geist in Verbindung zu setzen. Tatsächlich werden sie keinen Geist haben, wie ihr ihn kennt. Sie werden eine einzige Einheit sein, wie ihr selbst die Summe eurer Myriaden Zellen seid. Ihr werdet sie nicht für Menschen halten, und damit werdet ihr recht haben.

Ich habe euch diese Dinge gesagt, weil ihr wissen sollt, was euch bevorsteht. In wenigen Stunden wird die Krise kommen. Meine Aufgabe und meine Pflicht liegt darin, diejenigen zu schützen, zu deren Bewachung ich hergekommen bin. Trotz ihrer erwachenden Kräfte könnten sie von den Massen um sie her vernichtet werden, ja sogar von ihren Eltern, wenn diese die Wahrheit begriffen. Ich muß sie wegführen und absondern, zu ihrem Schutz und zu eurem eigenen. Morgen werden meine Schiffe die Umsiedlung beginnen. Ich werde euch nicht tadeln, wenn ihr dazwischenzutreten versucht, aber es wird nutzlos sein. Größere Kräfte als die meinen halten jetzt Wache; ich bin nur eines ihrer Werkzeuge.

Und was soll ich mit euch tun, den Überlebenden, wenn euer Zweck erfüllt ist? Es wäre das einfachste und vielleicht barmherzigste, euch zu vernichten, wie ihr ein tödlich verwundetes

Tier töten würdet, das ihr liebt. Aber das kann ich nicht tun. Ihr könnt eure Zukunft selber wählen, in den Jahren, die euch bleiben. Meine Hoffnung ist, daß die Menschheit in Frieden in ihre Ruhe eingehen wird, in dem Bewußtsein, nicht vergeblich gelebt zu haben.

Denn was ihr zur Welt gebracht habt, mag äußerst fern sein, es mag keine eurer Wünsche und Hoffnungen teilen, es mag eure größten Leistungen als kindische Spielereien ansehen, aber es ist doch etwas Wundervolles, und ihr habt es geschaffen!

Wenn unsere Rasse vergessen ist, wird ein Teil der euren noch bestehen. Verurteilt uns daher nicht, weil wir das getan haben, was wir tun mußten. Und vergeßt das eine nicht: Wir werden euch immer beneiden.«

Jean hatte vorher geweint, aber jetzt weinte sie nicht mehr. Die Insel lag golden in dem herz- und gefühllosen Sonnenlicht, als das Schiff über den Zwillingsgipfeln von Sparta langsam in Sicht kam. Auf jener felsigen Insel war vor nicht langer Zeit ihr Sohn dem Tode durch ein Wunder entronnen, das sie jetzt nur zu gut verstand. Bisweilen fragte sie sich, ob es nicht besser gewesen wäre, wenn die Overlords sich nicht eingemischt, sondern ihn seinem Schicksal überlassen hätten. Der Tod war etwas, dem sie ins Auge sehen konnte, wie sie es schon früher getan hatte: Er gehörte zur natürlichen Ordnung der Dinge. Aber dies war seltsamer als der Tod – und endgültiger. Bis zu diesem Tage waren Menschen gestorben, aber die Rasse hatte weitergelebt.

Die Kinder gaben keinen Laut von sich und bewegten sich nicht. Sie standen in verstreuten Gruppen am Strande und schienen nicht mehr Interesse füreinander zu haben als für das Heim, das sie für immer verließen. Viele trugen Säuglinge, die zu klein waren, um zu gehen, oder die die Kräfte, die das Gehen unnötig machten, nicht zu betätigen wünschten. Denn wenn sie leblose Gegenstände bewegen konnten, dachte George, könnten sie doch auch ihre eigenen Körper bewegen. Warum mußten überhaupt die Schiffe der Overlords sie alle abholen?

Es war bedeutungslos. Sie gingen von dannen, und auf diese Weise sollte es eben geschehen. Und jetzt begriff George plötzlich, was sein Gedächtnis gemartert hatte. Irgendwo hatte er vor langer Zeit einen hundert Jahre alten Zeitungsbericht über so eine Auswanderung gesehen. Es mußte zu Beginn des ersten oder zweiten Weltkrieges gewesen sein. Da waren lange Reihen von Eisenbahnzügen gewesen, gedrängt voller Kinder, die langsam aus den bedrohten Städten hinausfuhren und Eltern zurückließen, die so viele von ihnen nie wiedersehen würden. Einige weinten, einige waren verwirrt und klammerten sich krampfhaft an ihre kleinen Habseligkeiten, die meisten aber schienen voller Eifer auf ein großes Abenteuer zu hoffen.

Und doch war der Vergleich falsch. Die Geschichte wiederholte sich nie. Die jetzt von hier aufbrachen, waren keine Kinder mehr, was immer sie auch sein mochten. Und diesmal würde es keine Heimkehr geben.

Das Schiff war am Ufer gelandet und tief in den weichen Sand eingesunken. In völliger Gleichmäßigkeit glitten die großen, gewölbten Seitenflächen nach oben, und die Laufstege streckten sich wie metallene Zungen zum Strand aus. Die verstreuten, unaussprechlich einsamen Gestalten begannen sich zu vereinigen und zu einer Menge zu sammeln, die sich genauso bewegte, wie eine Menschenmenge es tun würde.

Einsam? Warum hatte er das gedacht? fragte sich George. Denn das war das einzige, was sie nie wieder sein konnten. Nur Einzelwesen können einsam sein, nur menschliche Wesen. Wenn die Schranken endlich gefallen waren, würde die Einsamkeit verschwinden, so wie die Persönlichkeit verging. Die zahllosen Regentropfen hatten sich im Meer vereinigt.

Er fühlte Jeans Hand in plötzlicher Erregung die seine mit

festerem Druck umfassen. »Sieh doch!« flüsterte sie. »Ich kann Jeff sehen. Neben der zweiten Tür.«

Es war eine weite Entfernung, und man konnte es nicht genau erkennen. Vor Georges Augen lag ein Nebel, der das Sehen erschwerte. Aber es war Jeff, er war fest davon überzeugt: Jetzt konnte George seinen Sohn erkennen, der einen Fuß schon auf den metallenen Laufsteg gesetzt hatte.

Jeff drehte sich um und blickte zurück. Sein Gesicht war nur ein weißer Fleck; bei dieser Entfernung konnte man nicht sagen, ob irgendeine Spur von Erkennen darin lag, ein Erinnern an das, was er zurückließ. George würde auch nie erfahren, ob Jeff sich nur zufällig nach ihnen umgedreht hatte oder ob er in diesen letzten Augenblicken, da er noch ihr Sohn war, wußte, daß sie ihn beobachteten, während er in das Land hinüberging, das sie nie betreten konnten.

Die großen Türen begannen sich zu schließen. Und in diesem Augenblick hob Fey die Schnauze und stieß ein leises, verzweifeltes Klagen aus. Sie wandte ihre schönen feuchten Augen George zu, und er wußte, daß sie ihren Herrn verloren hatte. George hatte jetzt keinen Rivalen mehr ...

Für die Zurückgebliebenen gab es viele Wege, aber nur eine Bestimmung. Manche sagten: »Die Welt ist noch schön. Eines Tages müssen wir sie verlassen, aber warum sollten wir unsern Aufbruch beschleunigen?«

Andere aber, die mehr Gewicht auf die Zukunft als auf die Gegenwart gelegt und alles das verloren hatten, was ihnen das Leben lebenswert machte, hatten kein Verlangen, noch länger zu verweilen. Sie schieden aus dem Leben, allein oder mit Freunden, je nach Veranlagung.

So war es mit den Athenern. Die Insel war in Flammen geboren, in Flammen wollte sie sterben. Alle, die wegzugehen wünschten, taten es, die meisten aber blieben, um zwischen den zerbrochenen Trümmern ihrer Träume das Ende zu erwarten ...

Niemand konnte wissen, wann es Zeit sein würde. Dennoch erwachte Jean in der Stille der Nacht und starrte einen Augenblick zu dem gespenstischen Schimmer an der Decke hinauf. Dann griff sie nach Georges Hand. Er hatte einen gesunden Schlaf. Doch diesmal erwachte er sofort. Sie sprachen nicht, denn die Worte, die nötig gewesen wären, gab es nicht.

Jean war nicht mehr ängstlich oder auch nur traurig. Sie war jetzt zu den stillen Wassern gekommen und über die Gefühlserregungen hinaus. Aber eines war doch zu tun, und sie wußte, daß kaum Zeit dafür blieb.

George folgte ihr durch das stille Haus. Sie gingen über den Mondstreifen, der durch das Dach des Studios eingedrungen war, und bewegten sich so leise wie die Schatten, die sie warfen, bis sie in das verlassene Kinderzimmer kamen.

Nichts war verändert worden. Die selbstleuchtenden Muster, die George so sorgfältig gemalt hatte, schimmerten noch immer an den Wänden. Und die Klapper, die einstmals Jennifer Anne gehört hatte, lag noch immer da, wo sie sie hingeworfen hatte, als ihr Geist sich der unerforschlichen Ferne zuwandte, in der er jetzt weilte.

Sie hat ihre Spielsachen zurückgelassen, dachte George, aber die unsern gehen mit uns dahin. Er dachte an die königlichen Kinder der Pharaos, deren Puppen und Sächelchen vor fünftausend Jahren mit ihnen begraben worden waren. So würde es wieder sein. Kein anderer, sagte er sich, wird jemals unsere Schätze lieben; wir werden sie mit uns nehmen und uns nicht von ihnen trennen.

Langsam drehte sich Jean zu ihm um und lehnte ihren Kopf an seine Schulter. Er nahm sie in die Arme, und die Liebe, die er früher einmal empfunden hatte, kehrte zu ihm zurück, matt, aber deutlich, wie ein Echo von fernen Berghängen. Es war jetzt zu spät, alles zu sagen, was ihr gebührte, und die Reue, die er empfand, galt weniger dem Bewußtsein, sie getäuscht zu haben, als seiner früheren Gleichgültigkeit.

Da sagte Jean leise: »Leb wohl, mein Liebling«, und schloß ihre Arme fester um ihn. George hatte keine Zeit zu antworten, denn selbst in diesem letzten Augenblick fühlte er ein kurzes Erstaunen bei dem Gedanken, wie sie wissen konnte, daß der entscheidende Moment gekommen war.

Tief unten in den Felsen begannen die Uraniumschichten ineinanderzustürzen. Und die Insel hob sich empor, der Morgendämmerung entgegen.

— 7 —

Das Schiff der Overlords glitt vor seinem leuchtenden Meteorschweif langsam durch das Herz des Sternbildes Carina. Es hatte seine ungeheure Verlangsamung im Bereich der äußeren Planeten begonnen, aber selbst als es am Mars vorbeikam, hatte es noch einen erheblichen Teil der Lichtgeschwindigkeit besessen. Langsam nahmen die gigantischen Felder, die die Sonne umgaben, seine Triebkraft auf, während eine Million Kilometer hinter ihm seine Strahlungsenergien die Himmel entflammten.

Jan Rodricks kehrte, sechs Monate älter geworden, in die Welt heim, die er vor achtzig Jahren verlassen hatte.

Diesmal war er kein blinder, in einer geheimen Kammer versteckter Passagier mehr. Er stand hinter den drei Piloten – warum hatten die so viele? fragte er sich – und beobachtete die Linien, die auf dem großen Bildschirm, der den Kontrollraum beherrschte, kamen und gingen. Die Farben und Formen, die auf dem Schirm erschienen, waren für ihn bedeutungslos: Er nahm an, daß sie Informationen gaben, die in einem von Menschen entworfenen Raumschiff an Meßgeräten abzulesen gewesen wären. Aber zuweilen zeigte der Bildschirm die umliegenden Sternenfelder, und bald, so hoffte er, würde die Erde zu sehen sein.

Er freute sich darauf heimzukommen, obwohl er so viel Mühe aufgewendet hatte, um fortzukommen. In diesen wenigen Monaten war er erwachsen geworden. Er hatte so viel gesehen, war so weit gereist und hatte nun Verlangen nach seiner eigenen vertrauten Welt. Er begriff jetzt, warum die Overlords die Erde von den Sternen ferngehalten hatten. Die Menschheit hatte noch sehr weit zu gehen, bis sie irgendeine Rolle in der von ihm geschauten Zivilisation spielen könnte.

Es konnte sein, obwohl er sich weigerte, das zu glauben, daß die Menschheit nie mehr als eine untergeordnete Art sein würde, die mit den Overlords als Wärtern in einem abgelegenen Zoologischen Garten erhalten wurde. Vielleicht hatte Vindarten das gemeint, als er Jan kurz vor der Abreise eine vieldeutige Warnung mit auf den Weg gab. »Vieles kann«, hatte der Overlord gesagt, »in der Zwischenzeit auf Ihrem Planeten geschehen sein. Sie werden vielleicht Ihre Welt nicht erkennen, wenn Sie sie wiedersehen.«

Vielleicht nicht, dachte Jan. Achtzig Jahre waren eine lange Zeit, und obwohl er jung und anpassungsfähig war, würde es ihm vielleicht schwerfallen, all die Veränderungen zu verstehen, die vorgegangen waren. Aber von einem war er fest überzeugt: daß die Menschen begierig darauf sein würden, seine Geschichte zu hören und zu erfahren, was er von der Zivilisation der Overlords gesehen hatte.

Sie hatten ihn gut behandelt, wie er es auch gehofft hatte. Von der Hinreise hatte er nichts bemerkt. Als die Spritze ihre Wirkung verloren hatte und er zum Bewußtsein gekommen war, befand sich das Schiff bereits im Sonnensystem der Overlords. Er war aus seinem phantastischen Versteck herausgeklettert und merkte zu seiner Erleichterung, daß der Sauerstoffapparat nicht erforderlich war. Die Luft war dick und schwer, aber er konnte ohne Schwierigkeiten atmen. Er hatte sich in dem riesigen, rotbeleuchteten Laderaum des Schiffes befunden, zwischen zahllosen Kisten und all den Geräten, die man in einem Raum- oder Ozeanschiff erwarten konnte. Er hatte fast eine Stunde gebraucht, um zum Kontrollraum hinzufinden und sich der Mannschaft vorzustellen.

Es hatte ihn verwirrt, daß sie überhaupt nicht überrascht waren; er wußte; daß die Overlords selten ihre Gefühle zeigten, aber eine gewisse Verwunderung hatte er doch erwartet. Statt dessen setzten sie einfach ihre Arbeit fort, beobachteten den großen Bildschirm und drehten an den zahllosen Knöpfen ihrer Schaltbretter. Da wußte er, daß sie landen würden, denn von Zeit zu Zeit glitt das Bild des Planeten, jedesmal größer, über den Schirm. Und doch war nicht die geringste Bewegung oder Bremsverzögerung zu spüren, nur eine völlig gleichbleibende Schwerkraft, die er auf etwa ein Fünftel der Erdschwerkraft schätzte. Die ungeheuren Kräfte, die das Schiff antrieben, mußten mit hervorragender Genauigkeit ausgeglichen sein.

Und dann hatten sich die drei Overlords gleichzeitig von ihren Sitzen erhoben, und er wußte, daß die Reise vorüber war. Sie sprachen nicht mit ihrem Passagier oder miteinander, und als einer ihm winkte, ihm zu folgen, fiel Jan etwas ein, woran er früher hätte denken müssen. Vielleicht war hier, an diesem Ende der ungeheuer langen Nachschublinie Karellens, niemand, der ein Wort Englisch sprach.

Sie beobachteten ihn ernst, während die großen Türen sich vor seinen begierigen Augen öffneten. Dies war der größte Augenblick seines Lebens; jetzt würde er der erste Mensch sein, der jemals eine von einer anderen Sonne erleuchtete Welt erblickte. Das rötliche Licht von NGS 549 672 strömte in das Schiff, und vor ihm lag der Planet der Overlords.

Was er erwartet hatte? Das wußte er nicht genau. Riesige Gebäude, Städte, deren Türme sich in den Wolken verloren, das alles hätte ihn nicht überrascht. Aber was er sah, war eine fast einförmige Ebene, die sich bis zu einem unnatürlich nahen Horizont erstreckte und nur von drei weiteren Overlordschiffen, wenige Kilometer entfernt, unterbrochen war.

Einen Augenblick empfand Jan eine aufsteigende Enttäuschung. Dann zuckte er die Schultern und sagte sich, daß man wohl in einer so entlegenen und unbewohnten Region wie dieser hier einen Luftschiffhafen erwarten konnte.

Es war kalt, aber nicht unangenehm kalt. Das Licht der großen roten Sonne tief am Horizont, war für menschliche Augen ausreichend, aber Jan fragte sich, wie lange es dauern würde, bis er sich nach grünem und blauem Licht sehnte. Dann sah er jene ungeheure, oblatendünne Sichel aufsteigen, bis sie wie ein großer Bogen neben der Sonne stand. Er sah sie lange an, ehe er begriff, daß seine Reise noch nicht ganz beendet war. Das dort war die Welt der Overlords! Und dies hier mußte ihr Satellit sein, lediglich der Stützpunkt, von dem aus ihre Schiffe verkehrten.

Sie hatten ihn in ein Schiff gebracht, das nicht größer war als ein irdisches Verkehrsflugzeug. Er kam sich wie ein Zwerg vor, als er auf einen der großen Sitze kletterte, um den Versuch zu machen, durch die Beobachtungsfenster etwas von dem sich nähernden Planeten zu sehen.

Die Fahrt ging so schnell, daß er nur sehr wenige Einzelheiten auf der sich unter ihm ausdehnenden Himmelskugel sehen konnte. Selbst so nahe ihrer Heimat schienen die Overlords eine Abart des Sonnenantriebs zu benutzen, denn in wenigen Minuten durchdrangen sie eine tiefe, mit Wolken gefleckte Atmosphäre. Als die Türen des Flugzeugs sich öffneten, trat man in eine gewölbte Kammer mit einem Dach, das sich schnell hinter ihnen geschlossen haben mußte, denn über ihnen war keine Spur einer Öffnung zu sehen.

Erst nach zwei Tagen verließ Jan dieses Gebäude. Er war eine unerwartete Fracht gewesen, und sie hatten keinen Aufenthaltsraum für ihn. Um die Sache noch schlimmer zu machen, konnte keiner der Overlords Englisch. Eine Verständigung war praktisch unmöglich, und Jan sah voller Bitterkeit ein, daß es nicht so leicht war, wie es oft in Romanen geschildert wurde, sich mit einer fremden Rasse in Verbindung zu setzen. Die Zeichensprache erwies sich als besonders nutzlos, denn sie hing zu sehr von bestimmten Bewegungen, Mienen und Haltungen ab, die den Overlords und der Menschheit nicht gemeinsam waren.

Es wäre mehr als enttäuschend, dachte Jan, wenn die einzigen Overlords, die seine Sprache beherrschten, alle auf der Erde wären. Er konnte nur warten und das Beste hoffen. Sicherlich würde irgendein Gelehrter, ein Sachverständiger für fremde Rassen, sich seiner annehmen. Oder war er so unwichtig, daß man niemanden bemühen konnte?

Es gab keine Möglichkeit, aus dem Gebäude hinauszukommen, da die großen Türen keine sichtbaren Klinken hatten. Wenn ein Overlord sich ihnen näherte, öffneten sie sich einfach. Jan hatte es auf die gleiche Weise versucht, hatte hoch in der Luft Gegenstände bewegt, um irgendeinen auslösenden Lichtstrahl zu unterbrechen, hatte alles probiert, was er sich ausdenken konnte, aber ohne jeden Erfolg. Er sagte sich, daß ein Mann aus der Steinzeit sich in einem modernen Hause und in einer modernen Stadt genauso hilflos fühlen würde. Einmal hatte er versucht hinauszugehen, als einer der Overlords den Raum verließ, war aber sanft zurückgeschoben worden. Da er sehr darauf bedacht war, seine Gastgeber nicht zu erzürnen, hatte er sich gefügt.

Vindarten kam, bevor Jan in Verzweiflung geraten war. Dieser Overlord sprach sehr schlecht Englisch und viel zu rasch, lernte aber erstaunlich schnell eine Menge dazu. Nach wenigen Tagen konnten sie sich mit geringer Mühe über alle Themen unterhalten, die nicht besondere Fachausdrücke erforderten.

Nachdem Vindarten sich seiner angenommen hatte, machte sich Jan keine Sorgen mehr. Er hatte keine Gelegenheit, die Dinge zu tun, die er gern getan hätte, denn fast seine ganze Zeit war damit ausgefüllt, mit Wissenschaftlern zusammenzutreffen, die mit komplizierten Geräten unverständliche Tests vorzunehmen bemüht waren. Jan stand diesen Apparaten sehr bedenklich gegenüber, und nach einer Sitzung mit einer Art Hypnose hatte er mehrere Stunden lang furchtbare Kopfschmerzen. Er war durchaus bereit, mit ihnen zusammenzuarbeiten, wußte aber nicht recht, ob seine Prüfer sich über seine Begrenzungen in geistiger und körperlicher Hinsicht klar waren. Es dauerte jedenfalls lange, bis er sie davon überzeugen konnte, daß er in regelmäßigen Zwischenräumen schlafen mußte.

Zwischen diesen Untersuchungen sah er zuweilen etwas von der Stadt und erkannte, wie schwierig – und gefährlich – es für ihn sein würde, sich dort zu bewegen. Straßen gab es eigentlich nicht, und es schien auch keinen oberirdischen Verkehr zu geben. Dies war die Heimat von Geschöpfen, die fliegen konnten und keine Angst vor der Schwerkraft hatten. Ohne weiteres konnte man vor einem schwindelnden Abgrund von mehreren hundert Metern stehen oder feststellen, daß sich der einzige Eingang zu einem Raum hoch oben in der Wand befand. Jan begann einzusehen, daß die Psychologie einer mit Flügeln versehenen Rasse grundlegend anders sein mußte als die erdgebundener Geschöpfe.

Es war ein seltsames Bild, die Overlords wie große Vögel zwischen den Türmen ihrer Stadt umherfliegen zu sehen, wobei sie ihre Flügel mit langsamen, kraftvollen Schlägen bewegten. Und hier gab es ein wissenschaftliches Problem. Dies war ein großer Planet, größer als die Erde, aber seine Schwerkraft war niedrig, und Jan fragte sich, warum er eine so dichte Atmosphäre habe. Er fragte Vindarten danach und erfuhr, wie er halbwegs erwartet hatte, daß dies nicht der ursprüngliche Planet der Overlords sei. Sie hatten sich auf einem viel kleineren Planeten entwickelt und dann diesen erobert, wobei sie nicht nur seine Atmosphäre, sondern auch seine Schwerkraft verändert hatten. Die Architektur der Overlords war traurig nüchtern. Jan sah keine Verzierungen, nichts, was nicht einem

Zweck diente, auch wenn dieser Zweck oft für ihn nicht verständlich war. Wenn ein Mensch aus dem Mittelalter diese rotbeleuchtete Stadt und die sich darin bewegenden Wesen gesehen hätte, würde er sich bestimmt in der Hölle geglaubt haben. Selbst Jan fand sich trotz all seiner Wißbegier und wissenschaftlichen Abstraktion bisweilen am Rande eines unvernünftigen Grauens. Das Fehlen eines einzigen vertrauten Anhaltspunktes kann auch für den kühlsten und klarsten Geist äußerst entmutigend sein.

Und da war so vieles, was er nicht verstand und was Vindarten nicht erklären konnte oder wollte. Was waren diese zuckenden Lichter und sich verändernden Formen, diese Dinger, die sich so schnell durch die Luft bewegten, daß er nie sicher sein konnte, daß sie überhaupt vorhanden waren? Sie konnten etwas Furchtbares und Erschreckendes sein oder auch nur irgendeine alltägliche Erscheinung wie die Neonlichter auf einem altmodischen Broadway.

Jan spürte auch, daß die Welt der Overlords voll von Tönen war, die er nicht hören konnte. Gelegentlich fing er rhythmische Tonfolgen auf, die im Hörspektrum auf- und niederglitten, um an der obersten oder untersten Hörgrenze zu verschwinden. Vindarten schien nicht zu begreifen, was Jan unter Musik verstand, er konnte dieses Problem also nie zu seiner Zufriedenheit lösen.

Die Stadt war nicht sehr groß. Sie war bestimmt viel kleiner, als London oder New York in ihrer Blütezeit gewesen waren. Nach Vindartens Aussage waren mehrere tausend solcher Städte auf dem Planeten verstreut, von denen jede einzelne einem bestimmten Zweck diente. Auf der Erde wäre diese Stadt am ehesten mit einer Universitätsstadt zu vergleichen gewesen, außer daß der Grad der Spezialisierung viel weiterging. Diese ganze Stadt war, wie Jan bald entdeckte, dem Studium fremder Kulturen gewidmet.

Bei einem ihrer ersten Ausflüge aus der kahlen Zelle, in

der Jan lebte, hatte Vindarten ihn zum Museum geführt. Es hatte Jan eine sehr nötige seelische Stärkung gegeben, sich an einem Ort zu befinden, dessen Zweck er völlig verstehen konnte. Abgesehen von den Ausmaßen, in denen es gebaut war, hätte es gut auf der Erde stehen können. Sie hatten lange gebraucht hinzukommen, wobei sie sich auf einer ständig sinkenden großen Plattform befunden hatten, die sich wie ein Kolben in einem senkrechten Zylinder von unbekannter Länge bewegte. Es gab keine sichtbaren Schalter, und das Gefühl der Beschleunigung am Anfang und Ende des Abstiegs war durchaus bemerkbar. Wahrscheinlich verschwendeten die Overlords ihre Kompensationsfeld-Methoden nicht für den Hausgebrauch. Jan überlegte, ob wohl das ganze Innere dieser Welt von Höhlen durchlöchert wäre und warum sie die Größe der Stadt dadurch beschränkt hatten, daß sie unterirdisch, statt oberirdisch gebaut hatten. Das war wieder eines der Rätsel, die er nie löste.

Man hätte ein ganzes Leben damit zubringen können, diese ungeheuren Räume zu durchforschen. Hier befanden sich die Leistungen von mehr Zivilisationen, als Jan ahnen konnte. Aber es war keine Zeit, viel zu sehen. Vindarten hob ihn vorsichtig auf einen Streifen am Boden, der auf den ersten Blick wie ein Ornament wirkte. Dann erinnerte sich Jan, daß es hier keine Verzierungen gab. Gleichzeitig wurde er von etwas Unsichtbarem sanft gefaßt und vorwärts geschoben. Er glitt an den großen Ausstellungskästen vorbei, an Bildern von unvorstellbaren Welten, mit einer Geschwindigkeit von zwanzig oder dreißig Stundenkilometern.

Die Overlords hatten die Anstrengung einer Museumsbesichtigung beseitigt. Niemand brauchte zu Fuß zu gehen.

Sie mußten sich mehrere Kilometer weit bewegt haben, als Jans Führer ihn wieder erfaßte und mit einem Schlag seiner großen Flügel von der Kraft forttrug, die sie befördert hatte. Vor ihnen erstreckte sich eine riesige, halbleere Halle, die von einem vertrauten Licht erfüllt war, das Jan seit Verlassen der Erde nicht gesehen hatte. Es war schwach, um die empfindlichen Augen der Overlords nicht zu verletzen, aber es war unverkennbar Sonnenlicht. Jan hatte nie geglaubt, daß etwas so Einfaches oder so Allgemeines ein solches Verlangen in seinem Herzen wecken könnte.

Dies also war die Ausstellung ›Erde‹. Sie gingen einige Meter, vorbei an einem schönen Modell von Paris, vorbei an Kunstschätzen aus vielen Jahrhunderten, die widersinnig zusammengestellt waren, vorbei an modernen Rechenmaschinen und Steinzeitäxten, vorbei an Fernsehempfängern und Heron voll Alexandriens Dampfturbine. Ein großes Tor öffnete sich vor ihnen, und sie befanden sich im Büro des Kurators für die Erde.

Ob dieser Kurator wohl zum erstenmal ein menschliches Wesen sah? überlegte Jan. War er je auf der Erde gewesen, oder gehörte sie nur einfach zu den vielen Planeten, die seiner Obhut anvertraut waren und deren Stellung er nicht genau kannte? Sicherlich konnte er Englisch weder sprechen noch verstehen, und Vindarten mußte den Dolmetscher machen.

Jan hatte mehrere Stunden dort verbracht und ein Tonband besprochen, während die Overlords ihm verschiedene irdische Gegenstände zeigten. Viele davon konnte er, wie er zu seiner Beschämung entdeckte, nicht identifizieren. Seine Unkenntnis seiner eigenen Rasse und ihrer Leistungen war ungeheuer: Er fragte sich, ob die Overlords, trotz all ihrer überragenden Geistesgaben, wirklich den ganzen Komplex der menschlichen Kultur erfassen konnten.

Vindarten führte ihn auf einem andern Wege aus dem Museum hinaus. Wieder glitten sie mühelos durch gewölbte Gänge, aber diesmal kamen sie an Schöpfungen der Natur, nicht des denkenden Geistes vorbei. Sullivan, dachte Jan, hätte sein Leben dafür gegeben, hier zu sein und die Wunder zu schauen, die die Entwicklung auf hundert Welten hervorgebracht hatte. Aber dann fiel ihm ein, daß Sullivan vermutlich schon gestorben war.

Dann befanden sie sich plötzlich auf einer Galerie hoch über einem großen, kreisrunden Raum, der vielleicht hundert Meter Durchmesser hatte. Wie gewöhnlich war kein schützendes Geländer vorhanden, und einen Augenblick zögerte Jan, an den Rand heranzutreten. Aber Vindarten stand unmittelbar an der Kante und blickte in aller Ruhe hinunter, so daß Jan vorsichtig vorwärts ging, um sich ihm anzuschließen.

Der Fußboden war nur zwanzig Meter unter ihnen, viel, viel zu nahe. Hinterher war Jan überzeugt, daß sein Führer nicht die Absicht gehabt hatte, ihn zu überraschen, und durch sein Verhalten völlig bestürzt war. Denn Jan hatte einen furchtbaren Schrei ausgestoßen und war vom Rande der Galerie zurückgesprungen, in einer unwillkürlichen Bemühung, das, was da unten lag, nicht mehr zu sehen. Erst als die erstickten Echos seines Aufschreis in der dicken Atmosphäre erstorben waren, hatte er Mut gefaßt, wieder vorwärts zu gehen.

Es war natürlich leblos und starrte nicht bewußt zu ihm herauf, wie er in jenem ersten Augenblick der Panik angenommen hatte. Es füllte fast den ganzen großen, kreisrunden Raum, und das rötliche Licht glänzte und schillerte in seinen kristallenen Tiefen.

Es war ein einziges riesenhaftes Auge.

»Warum haben Sie solchen Lärm gemacht?« fragte Vindarten verwundert.

»Ich war so erschrocken«, gestand Jan verlegen.

»Aber warum? Sie haben doch nicht geglaubt, daß hier irgendeine Gefahr sein könnte?«

Jan überlegte, ob er wohl erklären könne, was eine Reflexhandlung sei, beschloß aber, es nicht zu versuchen. »Alles völlig Unerwartete ist erschreckend. Bis man eine neue Situation analysiert hat, ist es am sichersten, das Schlimmste anzunehmen.«

Sein Herz klopfte noch heftig, während er noch einmal auf dieses ungeheuerliche Auge starrte. Natürlich konnte es einfach ein Modell sein, ungeheuer vergrößert, wie etwa Mikroben und Insekten in terrarischen Museen. Aber während er sich diese Frage stellte, wußte Jan mit quälender Gewißheit, daß es nicht vergrößert war.

Vindarten konnte ihm wenig sagen: Dies war nicht sein Fachgebiet, und er war nicht besonders wißbegierig. Nach der Beschreibung des Overlords machte sich Jan ein Bild von einem zyklopischen Untier, das in den Asteroidenschwärmen irgendeiner fernen Sonne lebte, dessen Wachstum durch keine Schwerkraft behindert wurde und dessen Nahrung und Leben von der Reichweite und Sehkraft seines einzigen Auges abhingen.

Es schien keine Grenzen für das zu geben, was die Natur tun konnte, wenn sie dazu gedrängt wurde, und Jan empfand ein unwillkürliches Vergnügen bei dem Gedanken, daß es doch irgend etwas gab, was die Overlords nicht versuchten. Sie hatten einen ausgewachsenen Wal von der Erde hierhergebracht, aber bei diesem Untier hier hatten sie haltgemacht.

Und dann waren sie wieder hinaufgefahren, endlos aufwärts, bis die schimmernden Wände des Fahrstuhls in eine kristallene Durchsichtigkeit übergegangen waren. Er stand, anscheinend ungestützt, zwischen den höchsten Gipfeln der Stadt, ohne jeden Schutz vor dem Abgrund. Aber er empfand kein größeres Schwindelgefühl, als man in einem Flugzeug hat, denn hier hatte er gar keine Beziehung zu dem fernen Boden.

Er war über den Wolken und teilte den Himmel mit einigen metallenen oder steinernen Zinnen. Gleich einem rosenroten Meer wogte die Wolkenschicht träge unter ihm. Es standen zwei bleiche und kleine Monde am Himmel, nicht weit von der düsteren Sonne. Unweit des Mittelpunktes dieser roten Scheibe war ein kleiner, dunkler, völlig kreisrunder Schatten. Es konnte ein Sonnenfleck sein oder ein vorüberwandernder Mond.

Jan ließ seinen Blick langsam den Horizont entlanggleiten. Die Wolkendecke erstreckte sich deutlich bis zum Rande dieser ungeheuren Welt; aber in einer Richtung, in nicht abzuschätzender Entfernung, war ein anderer Fleck, der vielleicht die Türme einer andern Stadt bezeichnete. Jan blickte lange dorthin.

Als er eine halbe Drehung machte, sah er den Berg. Er lag nicht am Horizont, sondern dahinter, ein einziger, zerklüfteter Gipfel, der sich über den Rand der Welt erhob und dessen untere Hänge verborgen waren, wie die Masse eines Eisbergs unter der Wasserlinie verborgen ist. Jan versuchte, seine Größe abzuschätzen, aber mit völligem Mißerfolg. Selbst auf einer Welt mit einer so geringen Schwerkraft wie dieser konnte man kaum glauben, daß es solche Berge geben konnte. Ob die Overlords wohl seine Hänge erstiegen und gleich Adlern um seine ungeheuren Felsen schwebten?

Und dann begann sich der Berg langsam zu verändern. Als Jan ihn erblickt hatte, war er von dunkel-, fast düsterroter Farbe gewesen, mit einigen schwachen Zeichen nahe dem Gipfel, die er nicht deutlich unterscheiden konnte. Er versuchte, sich auf sie zu konzentrieren, als er bemerkte, daß sie sich bewegten.

Zuerst traute er seinen Augen nicht. Dann zwang er sich, daran zu denken, daß all seine vorgefaßten Begriffe hier wertlos waren: Er durfte nicht zulassen, daß sein Geist irgendwelche Eindrücke verwarf, die seine Sinne in die geheime Kammer seines Gehirns trugen. Er durfte nicht versuchen zu begreifen, er durfte nur beobachten. Das Verständnis würde später kommen oder überhaupt nicht.

Der Berg – er bezeichnete ihn noch immer als solchen, denn es gab kein anderes Wort dafür – schien lebendig zu sein. Er dachte an das ungeheuerliche Auge in der tiefen Grabkammer, aber nein, dies war unfaßlich. Es war nicht organisches Leben, was er hier beobachtete: Es war nicht einmal Materie, wie er sie kannte.

Das dunkle Rot erhellte sich zu einer grelleren Tönung. Streifen von lebhaftem Gelb erschienen, so daß Jan für einen Augenblick das Gefühl hatte, einen Vulkan zu betrachten, aus dem sich Lavaströme auf das Land ergossen. Aber diese Ströme hier bewegten sich aufwärts, wie er an gelegentlichen Flecken und Änderungen erkennen konnte.

Jetzt erhob sich irgend etwas aus den roten Wolken am Fuß des Berges. Es war ein riesiger Ring, völlig waagerecht und völlig kreisrund, und er hatte die Farbe von allem, was Jan so weit hinter sich gelassen hatte, denn die Himmel der Erde hatten kein lieblicheres Blau gehabt. Nirgends in der Welt der Overlords hatte er solche Schattierungen gesehen, und seine Kehle schnürte sich zusammen, weil sie solche Sehnsucht und ein solches Einsamkeitsgefühl in ihm hervorriefen.

Der Ring dehnte sich aus, während er höher hinaufglitt. Jetzt stand er höher als der Berg, und die Jan zugekehrte Rundung näherte sich ihm schnell. Es mußte irgendein Wirbel sein, dachte Jan, ein Rauchring, der schon viele Kilometer breit war. Aber er zeigte keine Rotation, wie er sie erwartete, und schien gleich fest zu bleiben, obwohl sein Umfang sich vergrößerte.

Sein Schatten glitt vorbei, lange bevor der Ring selbst majestätisch über ihm schwebte und sich noch immer höher in den Raum erhob. Jan beobachtete ihn, bis er zu einem dünnen blauen Faden geworden war, den das Auge in der umgebenden Röte des Himmels kaum wahrzunehmen vermochte. Als er endlich verschwand, mußte er schon viele Kilometer breit gewesen sein. Und er war noch immer im Wachsen.

Er blickte zurück auf den Berg, der jetzt golden erschien und ohne alle Flecken war. Vielleicht war es Einbildung – Jan konnte jetzt fast alles glauben –, aber er erschien höher und schmaler und schien sich zu drehen wie der Trichter eines Wirbelsturms. Erst jetzt erinnerte sich Jan, der noch immer wie betäubt und von seinen Verstandeskräften verlassen war, an seine Kamera. Er hob sie in Augenhöhe und richtete sie auf jenes unmögliche, erschütternde Rätsel.

Vindarten trat schnell dazwischen. Mit unerbittlicher Festigkeit bedeckten seine großen Hände die Linse und zwangen Jan, die Kamera zu senken. Jan versuchte nicht, Widerstand zu leisten. Es wäre natürlich nutzlos gewesen, aber er empfand plötzlich eine tödliche Furcht vor jenem Etwas da draußen am Rande der Welt und wollte nichts mehr damit zu tun haben.

Auf all seinen Ausflügen hatte es nichts gegeben, was er nicht hatte photographieren dürfen, und Vindarten gab keine Erklärungen. Statt dessen nahm er sich viel Zeit, Jan dazu zu bringen, in den kleinsten Einzelheiten das Gesehene zu beschreiben.

Da begriff Jan, daß Vindartens Augen etwas ganz anderes gesehen hatten, und jetzt ahnte er zum erstenmal, daß auch die Overlords ihre Herren und Meister hatten.

Er kehrte heim, und alles Staunen, alle Furcht und Geheimnisse lagen weit hinter ihm. Es war dasselbe Schiff, vermutete er, aber sicherlich nicht dieselbe Mannschaft. Wie lang auch ihr Leben sein mochte, es war kaum anzunehmen, daß die Overlords sich freiwillig all die Jahrzehnte, die eine Intersternenfahrt beanspruchte, von ihrer Heimat trennen würden.

Die Relativitäts-Zeitausdehnung wirkte natürlich beiderseitig. Die Overlords würden auf der Rundreise nur vier Monate altern, aber wenn sie zurückkehrten, wären ihre Freunde achtzig Jahre älter geworden.

Wenn Jan es gewünscht hätte, so hätte er zweifellos für den Rest seines Lebens hierbleiben können. Aber Vindarten hatte ihm gesagt, daß mehrere Jahre lang kein anderes Schiff zur Erde fahren würde, und hatte ihm geraten, diese Gelegenheit zu benützen. Vielleicht hatten die Overlords erkannt, daß sein

Geist selbst in dieser verhältnismäßig kurzen Zeit fast am Ende seiner Möglichkeiten angelangt war. Oder er wäre vielleicht nur lästig geworden, und sie konnten nicht mehr Zeit an ihn verschwenden.

Das war jetzt bedeutungslos, denn die Erde lag vor ihm. Er hatte sie Hunderte von Malen so gesehen, aber immer durch das ferne, mechanische Auge der Fernsehkamera. Jetzt endlich war er selbst hier draußen im Weltraum, während sich der Schlußakt seines Traums abspielte und die Erde auf ihrer ewigen Bahn dort unten kreiste.

Die große, blaugrüne Scheibe war in ihrem ersten Viertel: Mehr als die Hälfte der sichtbaren Scheibe lag noch in Dunkelheit. Es waren wenig Wolken da, nur einige Streifen zogen in der Linie der Passatwinde entlang. Die arktische Kappe glitzerte und blinkte, wurde aber durch die blendenden Sonnenreflexe im nördlichen Pazifik weit überstrahlt.

Man hätte es für eine Wasserwelt halten können: Auf dieser Halbkugel war fast gar kein Land. Der einzige sichtbare Kontinent war Australien, ein dunklerer Nebel in dem atmosphärischen Dunst am Rande des Planeten.

Das Schiff glitt in den großen Schattenkegel der Erde hinein: Die leuchtende Sichel wurde kleiner, schrumpfte zu einem brennenden Feuerbogen zusammen und verschwand. Unten waren Dunkelheit und Nacht. Die Welt schlief.

In diesem Augenblick erfaßte Jan, was nicht stimmte. Dort unten war Land – aber wo waren die glänzenden Lichterketten, wo die glitzernden Diamanten, die die Städte der Menschen gewesen waren? Auf dieser ganzen, in Schatten gehüllten Halbkugel gab es keinen einzigen Lichtfunken, um die Nacht zu verscheuchen. Spurlos verschwunden waren die Millionen Kilowatt, die einstmals sorglos zu den Sternen emporgeschleudert worden waren. So wie er die Erde jetzt sah, mochte sie vor dem Kommen des Menschen gewesen sein.

Dies war nicht die Heimkehr, auf die er gehofft hatte. Hier

konnte er nichts tun als beobachten, während die Furcht vor dem Unbekannten in ihm wuchs. Irgend etwas war geschehen, irgend etwas Unvorstellbares. Und doch senkte sich das Schiff zielsicher in einer langen Kurve, die es wieder über die von der Sonne beleuchtete Halbkugel führte.

Er sah nichts von der tatsächlichen Landung, denn das Bild der Erde verschwand plötzlich und machte dem sinnlosen Muster von Linien und Lichtern Platz. Als das Bild wieder klar war, befanden sie sich auf dem Boden. In der Ferne standen große Gebäude, Maschinen bewegten sich, und eine Gruppe von Overlords beobachtete sie. Man hörte das dumpfe Getöse der Luft, als das Schiff den Druck ausglich, dann das Geräusch der großen, sich öffnenden Türen. Er wartete nicht. Die schweigenden Riesen betrachteten ihn mit Nachsicht oder Gleichgültigkeit, als er aus dem Kontrollraum hinauseilte.

Er war daheim, sah endlich wieder das funkelnde Licht seiner eigenen vertrauten Sonne, atmete die Luft, die zuerst durch seine Lungen geflutet war. Der Laufsteg war schon heruntergelassen, aber er mußte einen Augenblick warten, bis das Licht draußen ihn nicht mehr blendete.

Karellen stand etwas abseits von seinen Gefährten neben einem großen, mit Kisten beladenen Lastwagen. Jan wunderte sich nicht, daß er den Oberkontrolleur erkannte, noch war er überrascht, ihn völlig unverändert zu finden. Das war fast das einzige, was so war, wie er es sich vorgestellt hatte.

»Ich habe auf Sie gewartet«, sagte Karellen.

— 8 —

»Anfangs«, sagte Karellen, »konnten wir uns ruhig unter ihnen bewegen. Aber sie brauchten uns nicht mehr. Unsere Arbeit war getan, als wir sie zusammengeführt und ihnen einen eigenen Kontinent gegeben hatten. Sehen Sie!«

Die Wand vor Jan verschwand. Statt dessen blickte er von einer Höhe von einigen hundert Metern auf eine liebliche waldige Landschaft. Die Illusion war so vollendet, daß er gegen einen plötzlichen Schwindel ankämpfen mußte.

»Dies ist fünf Jahre später, als der zweite Abschnitt begonnen hatte.«

Dort unten bewegten sich Gestalten, und die Kamera stürzte sich wie ein Raubvogel auf sie.

»Es wird Sie quälen«, sagte Karellen. »Aber Sie müssen bedenken, daß Ihre Maßstäbe nicht mehr anwendbar sind. Sie betrachten keine menschlichen Kinder.«

Und doch war das der unmittelbare Eindruck, den Jan hatte, und keine Logik konnte ihn zerstreuen. Es konnten Wilde sein, die sich verworrenen rituellen Tänzen hingaben. Sie waren nackt und schmutzig, und wirre Haare verdeckten ihre Augen. Soviel Jan sehen konnte, waren alle Altersstufen von fünf bis fünfzehn vertreten, aber alle Kinder bewegten sich mit der gleichen Schnelligkeit, Genauigkeit und völligen Gleichgültigkeit gegen ihre Umgebung.

Dann sah Jan ihre Gesichter. Er schluckte heftig und zwang sich, nicht wegzusehen. Diese Gesichter hatten nicht mehr Gefühl oder Ausdruck als die von Schlangen oder Insekten.

»Sie suchen nach etwas, was es nicht mehr gibt«, sagte Karellen. »Sie müssen bedenken, jene dort haben nicht mehr Persönlichkeit als die Zellen in Ihrem eigenen Körper. Aber zusammengefaßt sind sie etwas viel Größeres als Sie.«

»Warum bewegen sie sich so?«

»Wir haben es den Langen Tanz genannt«, erwiderte Karellen. »Sie schlafen nie, müssen Sie wissen, und dies hat fast ein Jahr gedauert. Dreihundert Millionen von ihnen bewegen sich in einem kontrollierten Muster über einen ganzen Kontinent. Wir haben dieses Muster endlos analysiert, aber es bedeutet nichts, vielleicht weil wir nur den körperlichen Teil davon sehen können, den kleinen Teil, der sich hier auf der Erde befindet. Vielleicht werden sie noch von dem, den wir den Übergeist genannt haben, geschult und zu einer einzigen Einheit geformt, bevor er sie ganz in sein Wesen aufnehmen kann.«

»Aber wie bekommen sie Nahrung? Und was geschieht, wenn sie auf Hindernisse wie Bäume, Felsblöcke oder Wasser stoßen?«

»Wasser macht ihnen nichts aus: Sie können nicht ertrinken. Wenn sie auf Hindernisse stießen, haben sie sich zuweilen verletzt, aber sie haben es nie bemerkt. Und was die Nahrung betrifft – nun, da war so viel Obst und Wild, wie sie brauchten. Aber jetzt haben sie dieses Bedürfnis hinter sich gelassen, wie so viele andere auch. Denn Nahrung ist hauptsächlich eine Quelle der Energie, und sie haben größere Quellen benutzen gelernt.«

Das Bild zuckte, als wäre eine Hitzewelle darüber hingegangen. Als es wieder deutlich wurde, hatte die Bewegung unten aufgehört.

»Geben Sie wieder acht«, sagte Karellen. »Es ist drei Jahre später.«

Die kleinen Gestalten, die so hilflos und traurig wirkten, wenn man die Wahrheit nicht kannte, standen regungslos in Wäldern, auf Lichtungen und Ebenen. Die Kamera glitt rastlos von einem zum andern. Schon jetzt, dachte Jan, bekamen ihre Gesichter ein gemeinsames Gepräge. Er hatte einmal Photos gesehen, die durch Übereinanderschichtung von Dutzenden von Aufnahmen entstanden waren, um ein Durchschnittsgesicht zu zeigen. Das Ergebnis war ebenso leer, so ohne jeden Charakter gewesen wie diese Aufnahmen.

Sie schienen zu schlafen oder in Trance versenkt zu sein. Ihre Augen waren fest geschlossen, und sie schienen sich ihrer Umgebung ebensowenig bewußt wie die Bäume, unter denen sie standen. Welche Gedanken, fragte sich Jan, gingen durch das verwickelte Netz, in dem ihre Geister jetzt nicht mehr und doch nicht weniger waren als die einzelnen Fäden eines großen

Gobelins? Eines Gobelins, der, wie er jetzt erkannte, viele Welten und viele Rassen umfaßte und immer noch größer wurde.

Es geschah mit einer Schnelligkeit, die das Auge blendete und das Hirn verwunderte. Eben jetzt schaute Jan noch auf eine schöne, fruchtbare Landschaft, die nichts Sonderbares an sich hatte außer den zahllosen kleinen Figuren, die, aber nicht aufs Geratewohl, weit und breit darüber verstreut waren. Und dann im nächsten Augenblick waren alle Bäume und Gräser, alle lebenden Geschöpfe, die dieses Land bewohnt hatten, weg und verschwunden. Übriggeblieben waren nur die stillen Seen, die gewundenen Flüsse, die wogenden braunen Hügel, die jetzt ihres grünen Teppichs entkleidet waren, und die schweigenden, gleichgültigen Gestalten, die all diese Zerstörung herbeigeführt hatten.

»Warum haben sie es getan?« ächzte Jan.

»Vielleicht weil die Anwesenheit anderer Geister sie störte, selbst die kümmerlichen Geister von Pflanzen und Tieren. Eines Tages, nehmen wir an, werden sie die materielle Welt ebenfalls störend finden. Und wer weiß, was dann geschehen wird. Jetzt begreifen Sie, warum wir uns zurückzogen, als wir unsere Pflicht getan hatten. Wir versuchen noch immer, sie zu studieren, aber wir betreten ihr Land nie und schicken auch unsere Geräte nicht dorthin. Wir wagen nichts weiter zu tun, als sie vom Weltraum aus zu beobachten.«

»Das ist vor vielen Jahren geschehen«, sagte Jan. »Was hat sich seitdem ereignet?«

»Sehr wenig. Sie haben sich in der ganzen Zeit nie bewegt und kümmern sich nicht um Tag oder Nacht, um Sommer oder Winter. Sie erproben noch immer ihre Kräfte: Einige Flüsse haben ihren Lauf verändert, und einer fließt bergauf. Aber sie haben nichts getan, was irgendeinen Zweck zu haben scheint.«

»Und sie haben Sie völlig unbeachtet gelassen?«

»Ja, obwohl das nicht überraschend ist. Die … Einheit …, von der sie ein Teil sind, weiß alles über uns. Sie scheint sich nicht darum zu kümmern, wenn wir sie zu studieren versuchen. Wenn sie wünscht, daß wir von hier fortgehen, oder wenn sie irgendwo eine neue Aufgabe für uns hat, wird sie uns ihre Wünsche sehr deutlich kundtun. Bis dahin werden wir hierbleiben, damit unsere Wissenschaftler so viele Kenntnisse sammeln können wie nur möglich.«

Das also, dachte Jan mit einer Ergebung, die jenseits aller Trauer lag, war das Ende des Menschen. Es war ein Ende, das kein Prophet je vorausgesehen hatte, ein Ende, das Optimismus und Pessimismus in gleicher Weise verwarf.

Dennoch war es würdig. Es hatte die erhabene Unvermeidlichkeit eines großen Kunstwerks. Jan hatte das Universum in all seiner furchtbaren Größe geschaut und wußte jetzt, daß es kein Ort für Menschen war. Er begriff endlich, wie vergeblich letzten Endes der Traum gewesen war, der ihn zu den Sternen gelockt hatte.

Denn der Weg zu den Sternen war eine Straße, die sich nach zwei Richtungen gabelte, und keine führte zu einem Ziel, das irgendeine Rücksicht auf menschliche Hoffnungen oder Befürchtungen nahm.

Am Ende des einen Weges standen die Overlords. Sie hatten sich ihre Eigenpersönlichkeit, ihr unabhängiges Ich erhalten; sie besaßen Selbsterkenntnis, und das Fürwort ›Ich‹ hatte eine Bedeutung in ihrer Sprache. Sie hatten Gefühle, von denen wenigstens einige von der Menschheit geteilt wurden. Aber sie waren, wie Jan jetzt erkannte, in einer Sackgasse gefangen, der sie nie entrinnen konnten. Ihre Gedanken waren zehn- oder vielleicht hundertmal so mächtig wie die der Menschen. Das machte jedoch in der Schlußrechnung keinen Unterschied. Sie waren ebenso hilflos, ebenso überwältigt angesichts des unvorstellbaren Gewirrs einer Milchstraße von hunderttausend Millionen Sonnen und eines Kosmos von hunderttausend Millionen Milchstraßen.

Und am Ende des anderen Weges? Dort war der Übergeist, der etwa im gleichen Verhältnis zum Menschen stand wie der Mensch zur Amöbe. Wie lange hatte er, in sich unendlich, jenseits der Sterblichkeit, eine Rasse nach der andern in sich aufgenommen, als er sich über die Sterne ausbreitete? Hatte auch er Wünsche, hatte er Ziele, die er dunkel spürte, aber vielleicht nie erreichen würde? Jetzt hatte er alles, was die menschliche Rasse je erreicht hatte, in sich aufgenommen. Dies war keine Tragödie, sondern eine Erfüllung. Die Milliarden flüchtiger Bewußtseinsfunken, die die Menschheit bedeutet hatten, flatterten nicht mehr wie Leuchtkäfer gegen die Finsternis. Aber sie hatten nicht völlig vergeblich gelebt.

Der letzte Akt, das wußte Jan, würde noch kommen. Es konnte morgen geschehen oder erst in Jahrhunderten. Selbst die Overlords konnten es nicht mit Sicherheit wissen.

Jetzt verstand er ihre Absicht, verstand, was sie mit den Menschen getan hatten und warum sie noch auf der Erde verweilten. Ihnen gegenüber empfand er eine große Demut und ebenso auch Bewunderung für die unveränderliche Geduld, mit der sie hier so lange gewartet hatten.

Er erfuhr nie alle Zusammenhänge über die seltsame Symbiose zwischen dem Übergeist und seinen Dienern. Nach Raschaveraks Äußerung hatte es in der Geschichte seiner Rasse nie eine Zeit gegeben, in der der Übergeist nicht dagewesen war, obwohl er keinen Gebrauch von ihnen gemacht hatte, bis sie eine wissenschaftliche Zivilisation aufgebaut hatten und den Weltraum durchmessen konnten, um seine Befehle auszuführen.

»Aber warum braucht er Sie?« fragte Jan. »Bei seiner gewaltigen Macht könnte er doch sicherlich alles tun, was ihm gefällt.«

»Nein«, sagte Raschaverak, »er hat Grenzen. In der Vergangenheit hat er, wie wir wissen, versucht, unmittelbar auf den Geist anderer Rassen einzuwirken und ihre kulturelle Entwicklung zu beeinflussen. Das ist immer mißlungen, vielleicht weil die Kluft zu groß ist. Wir sind die Vermittler, die Wächter. Oder um eines Ihrer anderen Gleichnisse zu benutzen: Wir bestellen das Feld, bis die Ernte reif ist. Der Übergeist bringt die Ernte ein, und wir gehen an eine andere Aufgabe. Dies ist die fünfte Rasse, deren Aufstieg zur Vollendung wir beobachtet haben. Jedesmal lernen wir etwas mehr.«

»Und es kränkt Sie nicht, daß Sie von dem Übergeist als Werkzeug benutzt werden?«

»Diese Ordnung hat einige Vorteile; außerdem: Niemand mit Intelligenz nimmt Unvermeidliches übel auf.«

Diese Theorie, dachte Jan verschmitzt, war von der Menschheit nie so recht gutgeheißen worden. Es gab Dinge jenseits der Logik, die die Overlords nie verstanden hatten.

»Es erscheint merkwürdig«, sagte Jan, »daß der Übergeist Sie ausgewählt hat, seine Arbeit zu tun, wenn Sie die in der Menschheit ruhenden paraphysischen Kräfte nicht erspüren können. Wie setzt er sich mit Ihnen in Verbindung und macht seine Wünsche bekannt?«

»Das ist eine Frage, die ich nicht beantworten kann, und ich kann Ihnen auch nicht sagen, aus welchem Grunde ich Ihnen diese Tatsachen vorenthalten muß. Eines Tages werden Sie vielleicht etwas von der Wahrheit erfahren.«

Jan grübelte einen Augenblick hierüber, wußte aber, daß es nutzlos war, weitere derartige Fragen zu stellen. Er mußte das Thema wechseln und hoffen, später Anhaltspunkte zu finden. »Aber da ist noch etwas anderes, was Sie nie erklärt haben«, fuhr er fort. »Als Ihre Rasse in ferner Vergangenheit das erstemal auf die Erde kam – was ist damals schiefgegangen? Warum sind Sie für uns das Symbol des Bösen und des Schreckens geworden?«

Raschaverak lächelte. Er konnte das nicht so vollendet wie Karellen, aber es war eine gute Nachahmung. »Das hat niemand je erraten, und Sie werden jetzt begreifen, warum wir es Ihnen nie sagen konnten. Nur ein einziges Ereignis konnte einen solchen Eindruck auf die Menschheit gemacht haben. Und dieses Ereignis lag nicht am Morgen der Geschichte, sondern an ihrem Ende.«

»Was meinen Sie?« fragte Jan.

»Als unsere Schiffe vor anderthalb Jahrhunderten an Ihrem Himmel erschienen, war es die erste Begegnung unserer beiden Rassen, obwohl wir Sie natürlich aus der Entfernung studiert hatten. Und doch fürchteten und erkannten Sie uns, wie wir es vorausgesehen hatten. Es war nicht eigentlich eine Erinnerung. Sie haben schon Beweise dafür bekommen, daß Zeit etwas Verwickelteres ist, als Ihre Wissenschaft es sich je vorgestellt hat. Denn diese Erinnerung betraf nicht die Vergangenheit, sondern die Zukunft, also jene letzten Jahre, als Ihre Rasse wußte, daß alles beendet war. Wir taten, was wir konnten, aber es war kein leichtes Ende. Und weil wir dabei waren, wurden wir mit dem Tod Ihrer Rasse in Verbindung gebracht. Ja, auch wenn es zehntausend Jahre später geschah! Es war, als ob ein verzerrtes Echo den geschlossenen Kreis der Zeit zurückgelaufen wäre, von der Zukunft in die Vergangenheit. Nennen Sie es nicht eine Erinnerung, sondern eine Vorahnung.«

Dieser Gedanke war kaum zu fassen, und einen Augenblick schlug sich Jan schweigend mit ihm herum. Und doch hätte er vorbereitet sein müssen, denn er hatte bereits Beweise genug bekommen, daß Ursache und Wirkung ihre normale Folge umkehren konnten.

Es mußte so etwas wie ein Rassengedächtnis geben, und dieses Gedächtnis war irgendwie unabhängig von der Zeit. Für dieses Gedächtnis waren Zukunft und Vergangenheit ein Ganzes. Daher hatten vor Tausenden von Jahren die Menschen schon ein verzerrtes Bild der Overlords in einem Nebel von Angst und Schrecken gesehen.

»Jetzt verstehe ich«, sagte der letzte Mensch.

Der letzte Mensch! Jan fand es sehr schwer, sich selbst als

den letzten Menschen zu sehen. Als er in den Weltraum aufgebrochen war, hatte er die Möglichkeit einer ewigen Verbannung von der menschlichen Rasse in Kauf genommen, und die Einsamkeit hatte ihn noch nicht überwältigt. Im Lauf der Jahre würde ihn vielleicht die Sehnsucht, ein anderes menschliches Wesen zu sehen, überkommen, aber im Augenblick hinderte ihn die Gesellschaft der Overlords, sich völlig einsam zu fühlen.

Noch vor zehn Jahren hatte es Menschen auf der Erde gegeben, aber sie waren entartete Überlebende gewesen, und Jan hatte nichts verloren, daß er ihnen nicht begegnete. Aus Gründen, die die Overlords nicht erklären konnten, die aber Jan auf psychologischem Gebiet vermutete, waren keine Kinder geboren worden, die die fortgegangenen ersetzt hätten. Der Homo sapiens war ausgestorben.

Vielleicht lag in einer der noch erhaltenen Städte das Manuskript irgendeines späten Langarm-Affen, eines Gibbon, der über die letzten Tage der menschlichen Rasse berichtete. Wenn es sich so verhielt, wußte Jan nicht einmal, ob er sich die Mühe machen würde, es zu lesen. Raschaverak hatte ihm bereits alles erzählt, was er zu wissen wünschte.

Die Menschen, die sich nicht selbst vernichteten, hatten Vergessen in immer fieberhafterer Tätigkeit, in wildem und selbstmörderischem Sport gesucht, der oft von kleineren Kriegen nicht zu unterscheiden war. Da die Bevölkerung rasch abnahm, hatten sich die alternden Überlebenden zusammengefunden, eine geschlagene Armee, die ihre Reihen fester schloß, als sie ihren letzten Rückzug antrat.

Dieser Schlußakt, ehe der Vorhang sich für immer senkte, mußte von aufflammendem Heldentum und Aufopferung erhellt und von Grausamkeit und Selbstsucht verdunkelt worden sein. Ob er in Verzweiflung oder Ergebung geendet hatte, würde Jan nie erfahren.

Es gab viele Dinge, die seinen Sinn beschäftigten. Der Stützpunkt der Overlords befand sich etwa einen Kilometer von einer verlassenen Villa, und Jan brachte Monate damit zu, diese mit Gegenständen auszustatten, die er aus der etwa dreißig Kilometer entfernten nächsten Stadt holte. Er war mit Raschaverak, dessen Freundschaft er nicht für ganz selbstlos hielt, dorthingeflogen. Dieser Psychologe studierte noch immer das letzte Exemplar des Homo sapiens.

Die Stadt mußte vor dem Ende geräumt worden sein, denn die Häuser und viele von den öffentlichen Einrichtungen waren noch in gutem Zustand. Es hätte wenig Mühe gemacht, die Generatoren wieder in Betrieb zu setzen, so daß die breiten Straßen noch einmal in der Illusion des Lebens geglüht hätten. Jan spielte mit diesem Gedanken, dann ließ er ihn als zu krankhaft fallen. Das einzige, was er nicht tun wollte, war, über die Vergangenheit zu brüten. Hier war alles, was er brauchte, um sich für den Rest seines Lebens zu erhalten, aber das größte Verlangen hatte er nach einem elektronischen Klavier und gewissen Bach-Übertragungen. Er hatte für Musik nie so viel Zeit gehabt, wie er gewünscht hätte, und jetzt wollte er sich dafür entschädigen. Wenn er nicht selbst spielte, ließ er Tonbänder von den großen Symphonien und Konzerten ablaufen, so daß die Villa nie still war. Musik war sein Talisman gegen die Einsamkeit geworden, die ihn eines Tages sicherlich überwältigen mußte.

Oft pflegte er lange Wanderungen über die Hügel zu machen, wo er an alles dachte, was in den wenigen Monaten, seit er die Erde zuletzt gesehen hatte, geschehen war. Er hätte, als er sich von Sullivan vor achtzig irdischen Jahren verabschiedete, nie gedacht, daß bereits die letzte Generation der Menschheit geboren war.

Was für ein junger Narr war er doch gewesen! Und dennoch war er sich nicht sicher, daß er seine Haltung bereute: Wäre er auf der Erde geblieben, so würde er die letzten Jahre miterlebt haben, über die jetzt die Zeit einen Schleier gezogen hatte. Statt dessen war er mit einem Hechtsprung an ihnen vorbei in die Zukunft hineingesprungen und hatte auf seine Fragen Antworten bekommen, die kein anderer Mensch je erfahren würde. Seine Wißbegier war fast befriedigt, doch bisweilen fragte er sich, warum die Overlords noch warteten, und was geschehen würde, wenn ihre Geduld endlich belohnt würde.

Aber den größten Teil der Zeit saß er, in einer stillzufriedenen Ergebenheit, die für gewöhnlich einen Menschen erst am Ende eines langen und geschäftigen Lebens überkommt, vor den Tasten und erfüllte die Luft mit seinem geliebten Bach. Vielleicht täuschte er sich selbst, vielleicht war dies eine gnädige List seines Geistes, aber jetzt kam es Jan vor, als habe er sich immer das zu tun gewünscht. Sein geheimer Ehrgeiz hatte sich endlich an das volle Licht des Bewußtseins gewagt.

Jan war immer ein guter Klavierspieler gewesen; jetzt war er der beste der Welt.

— 9 —

Raschaverak brachte Jan die Nachricht, doch Jan hatte sie bereits erwartet. In den frühen Morgenstunden hatte ein Alptraum ihn geweckt, und er hatte nicht wieder einschlafen können. Er vermochte sich nicht auf den Traum zu besinnen, was sehr seltsam war, denn er glaubte, daß alle Träume sich zurückrufen ließen, wenn man es nur unmittelbar nach dem Aufwachen energisch genug versuchte. Er konnte sich nur daran erinnern, daß er wieder ein kleiner Junge gewesen war und auf einer weiten, leeren Ebene einer mächtigen Stimme gelauscht hatte, die in einer unbekannten Sprache rief.

Der Traum hatte ihn beunruhigt. Er fragte sich, ob es der erste Angriff der Einsamkeit auf seinen Geist sei. Ruhelos verließ er die Villa und ging zu dem vernachlässigten Rasenplatz.

Der Vollmond übergoß die Landschaft mit einem so hellen

goldenen Licht, daß er alles deutlich sehen konnte. Der riesige, glänzende Zylinder von Karellens Schiff lag hinter den Gebäuden, die den Stützpunkt der Overlords bildeten, ragte hoch über ihnen auf und ließ ihre Proportionen als Menschenwerk erscheinen. Jan sah das Schiff an und versuchte sich die Gefühle zurückzurufen, die es einst in ihm erweckt hatte. Es hatte eine Zeit gegeben, da es ein unerreichbares Ziel gewesen war, ein Symbol alles dessen, was er nie wirklich zu erreichen erwartet hatte. Und jetzt bedeutete es nichts.

Wie ruhig und still es war! Die Overlords natürlich würden ebenso tätig sein wie immer, aber im Augenblick war nichts von ihnen zu sehen. Er hätte allein auf der Erde sein können, wie er es in einem sehr wirklichen Sinne ja auch war. Er blickte zum Mond empor, auf der Suche nach irgendeinem vertrauten Anblick, an dem seine Gedanken Halt finden könnten.

Dort auf dem Mond waren die alten Meere, an die er sich gut erinnerte. Er war vierzig Lichtjahre weit in den Raum vorgedrungen, und doch war er niemals auf diesen weniger als zwei Lichtsekunden entfernten, staubigen Ebenen umhergewandert. Einen Augenblick unterhielt er sich damit, den Krater Tycho zu suchen. Als er ihn entdeckte, sah er zu seinem Erstaunen, daß jener glänzende Fleck weiter von der Mittellinie der Scheibe entfernt war, als er gedacht hatte. Und in diesem Augenblick bemerkte er, daß das dunkle Oval des Mare Crisium völlig fehlte. Das Antlitz, das ihr Satellit jetzt der Erde zukehrte, war nicht dasselbe, das seit dem Morgen des Lebens auf die Welt niedergeschaut hatte. Der Mond hatte sich um seine Achse zu drehen begonnen.

Das konnte nur eines bedeuten. Auf der anderen Seite der Erde, in dem Lande, das sie so plötzlich des Lebens beraubt hatten, erwachten jene jetzt aus ihrer langen Trance. Wie ein erwachendes Kind fröhlich die Arme ausstreckt, um den Tag zu begrüßen, spannten auch sie die Muskeln und spielten mit ihren neuentdeckten Kräften …

»Sie haben recht geraten«, sagte Raschaverak. »Es ist für uns nicht mehr sicher hierzubleiben. Noch werden sie uns vielleicht nicht beachten, aber wir können uns dieser Gefahr nicht aussetzen. Wir brechen auf, sobald unsere Ausrüstung verladen ist – wahrscheinlich in zwei oder drei Stunden.«

Er blickte zum Himmel hinauf, als fürchte er, daß irgendein neues Wunder auftauchen werde. Aber alles war friedlich: Der Mond war untergegangen, und nur einige Wolken segelten hoch oben mit dem Westwind.

»Es macht nicht viel aus, wenn sie mit dem Mond allerlei anstellen«, fügte Raschaverak hinzu, »aber wenn sie sich nun an die Sonne heranmachen? Wir werden natürlich Apparate hier zurücklassen, damit wir erfahren können, was hier geschieht.«

»Ich bleibe hier«, sagte Jan unvermittelt. »Ich habe genug vom Universum gesehen. Es gibt nur eines, was mir jetzt wissenswert erscheint, nämlich das Schicksal meines eigenen Planeten.«

Ganz leise bebte der Boden unter ihren Füßen.

»Das habe ich erwartet«, fuhr Jan fort. »Wenn sie die Drehung des Mondes verändern, muß sich der Ausschlag irgendwo bemerkbar machen. Die Erde wird ihr Tempo also verlangsamen. Ich weiß nicht, was mich dabei mehr erregt: Wie sie es machen oder warum.«

»Sie spielen noch immer«, sagte Raschaverak. »Was für eine Logik liegt in den Handlungen eines Kindes? Und in mancher Hinsicht ist die Einheit, zu der Ihre Rasse geworden ist, noch ein Kind. Sie ist noch nicht bereit, sich mit dem Übergeist zu vereinen. Aber sehr bald wird sie dazu reif sein, und dann werden Sie die Erde für sich allein haben.«

Er vollendete seinen Satz nicht, aber Jan tat es für ihn: »... natürlich nur, wenn die Erde noch vorhanden ist.«

»Sie sind sich über diese Gefahr klar ... und doch wollen Sie hierbleiben?«

»Ja. Ich bin jetzt seit fünf – oder sind es sechs? – Jahren wieder daheim; was auch geschieht, ich werde mich nicht beklagen.«

»Wir hofften«, begann Raschaverak langsam, »daß Sie den Wunsch haben würden hierzubleiben. Sie können hier etwas für uns tun ...«

Die Leuchtspur des Schiffes wurde matter und erstarb irgendwo jenseits der Bahn des Mars. Diesen Weg, dachte Jan, war von allen Milliarden Menschen, die auf der Erde gelebt hatten und hier gestorben waren, er allein entlanggefahren. Und niemand würde ihn jemals wieder fahren.

Die Welt gehörte ihm. Alles was er brauchte, alle materiellen Besitztümer, die irgend jemand sich wünschen konnte, standen ihm zur Verfügung. Aber er hatte kein Interesse mehr daran. Er fürchtete weder die Einsamkeit des verlassenen Planeten noch diejenigen, die in den letzten Augenblicken hier verweilten, bevor sie ihre unbekannte Erbschaft antraten. Jan erwartete nicht, daß er und seine Probleme in dem unfaßlichen Schwall jenes Aufbruchs noch lange vorhanden sein würden.

Das war gut. Er hatte alles getan, was er gern tun wollte, und ein zielloses Leben auf dieser leeren Welt hinzuziehen, wäre unerträglich. Er hätte mit den Overlords weggehen können, aber zu welchem Zweck? Denn er wußte, wie kein anderer je, daß Karellen recht hatte, wenn er sagte: »Die Sterne sind nicht für den Menschen.«

Er machte kehrt und ging durch den riesigen Eingang des Overlord-Stützpunktes. Die Größe machte auf ihn gar keinen Eindruck: Das Riesenhafte hatte keine Gewalt mehr über seinen Geist. Die Lichter brannten rötlich, gespeist von Energien, die sie noch jahrhundertelang in Betrieb erhalten konnten. Zu beiden Seiten standen Maschinen, die die Overlords bei ihrem Rückzug hiergelassen hatten und deren Geheimnisse er nie erfahren würde. Er ging an ihnen vorbei und stieg unbeholfen die großen Stufen hinauf, bis er den Kontrollraum erreicht hatte.

Hier weilte noch der Geist der Overlords: Ihre Maschinen lebten noch und führten die Befehle ihrer jetzt weit entfernten Herren aus.

Jan überlegte, was er den Informationen, die sie bereits in den Raum hinausschleuderten, hinzufügen könne.

Er stieg auf den großen Stuhl und machte es sich so bequem wie möglich. Das schon in Betrieb genommene Mikrophon wartete auf ihn. Irgend etwas wie eine Fernsehkamera mußte ihn beobachten, aber er konnte ihren Standort nicht entdecken.

Hinter dem Pult mit seinem ausdruckslosen Armaturenbrett blickten die breiten Fenster in die sternenhelle Nacht hinaus, über ein Tal, das unter einem runden Mond schlummerte, und bis zu der fernen Kette der Berge. Ein Fluß wand sich durch das Tal, da und dort aufglitzernd, wo das Mondlicht auf eine Stelle wirbelnden Wassers traf. Es war alles so friedlich. Aber das war trügerisch. Es mochte bei der Geburt des Menschen so gewesen sein, wie es jetzt bei seinem Ende war.

Da draußen hinter unbekannten Millionen Kilometern wartete Karellen. Es war ein sonderbarer Gedanke, daß das Schiff der Overlords fast so schnell von der Erde wegstürmte, wie Jans Signal ihm nacheilen konnte. Fast, aber nicht ganz so schnell. Es würde eine lange Jagd sein, aber seine Worte würden den Oberkontrolleur einholen, und damit hätte er seine Schuld abgetragen.

Wieviel von diesen Geschehnissen, fragte sich Jan, hatte Karellen geplant, und wieviel war eine meisterhafte Improvisation? Hatte der Oberkontrolleur ihn absichtlich vor fast einem Jahrhundert in den Weltraum entkommen lassen, damit er zurückkehren und die Rolle spielen könne, die er jetzt verkörperte? Nein, das erschien zu phantastisch. Aber Jan war jetzt davon überzeugt, daß Karellen in einen ungeheuren und schwierigen Plan verwickelt gewesen war. Selbst während er ihm diente, studierte Karellen den Übergeist mit allen ihm zur Verfügung stehenden Apparaten. Jan vermutete, daß nicht nur wissenschaftliche Forscherlust den Oberkontrolleur antrieb. Vielleicht träumten die Overlords davon, eines Tages ihrer sonderbaren Knechtschaft zu entrinnen, wenn sie genug über die Mächte, denen sie dienten, erfahren hätten.

Daß Jan durch das, was er jetzt tat, dieses Wissen vermehren könnte, erschien kaum glaublich. »Berichten Sie uns, was Sie sehen«, hatte Raschaverak gesagt. »Das Bild, das Ihre Augen erreicht, wird durch unsere Kameras verdoppelt werden. Aber die Botschaft, die in Ihr Gehirn eindringt, kann ganz anders sein und könnte uns viel sagen.« Nun, er würde sein Bestes tun.

»Noch nichts zu berichten«, begann er. »Vor wenigen Minuten sah ich die Spur Ihres Schiffes am Himmel verschwinden. Der Mond ist jetzt gerade voll, und fast die Hälfte der gewohnten Seite hat sich jetzt von der Erde abgewandt, aber ich vermute, das wissen Sie schon.«

Jan hielt inne und kam sich etwas töricht vor. In dem, was er jetzt tat, war etwas Ungereimtes, ja fast Widersinniges. Diese Stunde war die Klimax der ganzen geschichtlichen Zeit, und doch hätte er ebensogut ein Rundfunksprecher bei einem Rennen oder einem Boxkampf sein können. Dann zuckte er die Schultern und schob diesen Gedanken beiseite. In allen großen Augenblicken, nahm er an, hatte das Pathos nie gefehlt, und sicherlich konnte nur er jetzt seine Anwesenheit spüren.

»In der letzten Stunde hat es drei leichte Erdbeben gegeben«, fuhr er fort. »Die Herrschaft über die Drehung der Erde muß wunderbar sein, aber nicht ganz vollkommen … Sie müssen wissen, Karellen, ich finde es sehr schwer, irgend etwas zu sagen, was Ihre Instrumente Ihnen nicht schon gemeldet haben. Es wäre nützlich gewesen, wenn Sie mir angedeutet hätten, was zu erwarten ist, und wenn Sie mir gesagt hätten, wie lange ich vielleicht warten muß. Wenn sich nichts ereignet, berichte ich in sechs Stunden wieder, wie wir vereinbart haben …

Hallo! Jene müssen darauf gewartet haben, daß Sie fortgehen. Hier geschieht etwas. Die Sterne werden matter. Es ist, als ob eine große Wolke heraufzöge und sehr schnell den ganzen Himmel bedeckte. Aber es ist keine gewöhnliche Wolke. Sie scheint irgendein Gerippe zu haben. Ich sehe ein dunstiges Netz von Linien und Bändern, die dauernd ihre Stellung ändern. Es ist fast, als hätten die Sterne sich in einem gespenstischen Spinnennetz verfangen.

Das ganze Netz beginnt zu glühen, von Lichtern zu zucken, als wäre es lebendig. Und ich vermute, das ist es auch. Oder ist es irgend etwas so hoch über dem Leben, wie das Leben über der organischen Welt steht?

Das Leuchten scheint auf einen anderen Teil des Himmels überzugreifen – warten Sie eine Minute, während ich mich ans andere Fenster begebe.

Ja, ich hätte es mir denken können. Da ist eine große, brennende Säule, wie ein Feuerbaum, der über dem westlichen Horizont aufragt. Er ist weit entfernt, direkt auf der anderen Seite der Welt. Ich weiß, wo das herrührt: ›Sie‹ sind endlich unterwegs, um ein Teil des Übergeistes zu werden. Ihre Probezeit ist beendet; Sie lassen die letzten stofflichen Überbleibsel zurück.

Während sich das Feuer von der Erde aufwärts ausbreitet, kann ich sehen, wie das Netz fester und weniger dunstig wird. An manchen Stellen sieht es fast geschlossen aus, aber die Sterne scheinen noch matt hindurch.

Eben habe ich etwas begriffen. Es ist nicht genau das gleiche, aber das, was ich über Ihrer Welt emporsteigen sah, war diesem hier sehr ähnlich. War das ein Teil des Übergeistes? Ich nehme an, Sie haben die Wahrheit vor mir geheimgehalten, damit ich keine vorgefaßte Meinung habe und ein vorurteilsloser Beobachter bin. Ich möchte wissen, was Ihre Kameras Ihnen jetzt zeigen, um es mit dem zu vergleichen, was mein Geist mir vorspiegelt.

Spricht es so zu Ihnen, Karellen, in Farben und Formen wie diesen? Ich erinnere mich an die Bildschirme in Ihrem Schiff und die Muster, die sich darauf zeigten und zu Ihnen in irgendeiner visuellen Sprache redeten, die Ihre Augen lesen konnten.

Jetzt sieht es genauso aus wie die Wolken der Morgenröte, die über die Sterne hintanzen und flimmern. Und das ist es ja auch in Wirklichkeit, davon bin ich überzeugt: ein großer Morgensturm. Die ganze Landschaft ist erleuchtet, es ist heller als am Tag. Rote, grüne und goldene Tönungen jagen einander über den Himmel – oh, es ist mit Worten nicht zu schildern, es erscheint mir ungerecht, daß ich der einzige bin, der es sieht. Ich habe solche Farben nie für möglich gehalten ...

Der Sturm erstirbt, aber das große dunstige Netz ist noch da.

Ich glaube, daß die Morgenröte nur eine Begleiterscheinung von irgendwelchen Energien war, die dort an der Grenze des Weltraums entfesselt werden ...

Einen Augenblick: Ich habe soeben etwas anderes bemerkt. *Mein Gewicht nimmt ab.* Was bedeutet das? Ich habe einen Bleistift auf den Boden geworfen – er fällt langsam. Irgend etwas ist mit der Schwerkraft geschehen. Jetzt kommt ein starker Wind auf. Ich sehe die Bäume unten im Tal ihre Äste schütteln.

Natürlich – die Atmosphäre entweicht. Stock und Stein steigen zum Himmel auf, fast als wollte die Erde selbst versuchen, ›jenen‹ in den Weltraum zu folgen. Eine große Staubwolke wird vom Sturm aufgewirbelt. Es ist jetzt schwer, irgend etwas zu sehen ... vielleicht wird es gleich wieder heller werden, so daß ich sehen kann, was sich ereignet.

Ja, jetzt ist es besser. Alles Bewegliche ist entfernt, die Staubwolken sind verschwunden. Ich frage mich, wie lange dieses Gebäude noch stehen wird. Und es ist schwer zu atmen. Ich muß versuchen, langsamer zu sprechen.

Ich kann wieder deutlich sehen. Die große, brennende Säule ist noch da, aber sie zieht sich zusammen, wird schmaler, sieht aus wie der Trichter eines Tornados, der sich in die Wolken zurückziehen will. Und ... dies ist schwer zu beschreiben, aber gerade in diesem Augenblick fühlte ich eine Woge der Erregung über mich hinfluten. Es war nicht Freude oder Trauer, es war ein Gefühl der Erfüllung, der Vollendung. Habe ich es mir eingebildet? Oder kam es von außen? Ich weiß es nicht.

Und jetzt ... dies kann nicht alles Einbildung sein ... die Welt erscheint leer. Völlig leer. Es ist, als lauschte man auf einen Radioapparat, der plötzlich tot ist. Und der Himmel ist wieder hell ... Das dunstige Gewebe ist verschwunden. Zu welcher Welt wird es nun gehen, Karellen? Und werden Sie auch dort sein, um ihm weiter zu dienen?

Sonderbar: Alles um mich her ist unverändert. Ich weiß nicht warum, aber irgendwie hätte ich gedacht, daß ...«

Jan hielt inne. Einen Augenblick suchte er nach Worten, dann schloß er die Augen, um seine Selbstbeherrschung zurückzugewinnen. Jetzt war nicht Zeit für Furcht oder Panik: Er hatte eine Pflicht zu erfüllen, eine Pflicht gegen den Menschen und eine Pflicht gegen Karellen.

Zuerst langsam, wie aus einem Traum erwachend, begann er zu sprechen: »Die Gebäude um mich her, der Boden, die Berge, alles ist wie Glas. Ich kann hindurchsehen. Die Erde löst sich auf. Mein Gewicht ist fast verschwunden. Sie hatten recht: ›Jene‹ haben aufgehört, mit ihrem Spielzeug nur zu spielen.

Es ist nur wenige Sekunden später. Jetzt zergehen die Berge wie Rauchschwaden. Leben Sie wohl, Karellen, Raschaverak. Es tut mir leid um Sie. Obwohl ich es nicht begreifen kann, habe ich gesehen, was aus meiner Rasse geworden ist. Alles, was wir je geleistet haben, ist zu den Sternen emporgestiegen. Vielleicht ist es das, was die alten Religionen zu sagen versuchten. Aber sie sagten es alle falsch: Sie dachten, die Menschheit wäre so wichtig, und doch sind wir nur eine einzige Rasse von ... wissen Sie, wie vielen? Jetzt aber sind wir etwas geworden, was Sie nie sein könnten.

Jetzt verschwindet der Fluß. Aber keine Veränderung am Himmel. Ich kann kaum atmen. Sonderbar, daß der Mond dort oben noch immer scheint. Ich freue mich, daß sie ihn zurückgelassen haben, aber es wird jetzt einsam sein …

Das Licht! Von unten her … aus dem Innern der Erde … leuchtet es herauf, durch die Felsen, durch den Boden, durch alles, und wird heller, heller, blendend hell …«

In einer geräuschlosen Lichtflut gab der Kern der Erde seine aufgespeicherten Energien frei. Für eine kleine Weile kreuzten die Schwerkraftwellen das Sonnensystem und störten die Bahn der Planeten. Dann setzten die übrigbleibenden Kinder der Sonne ihre alten Wege fort, wie Korken, die auf einem friedlichen See schwimmen, den feinen Kreisen folgen, die durch einen hineinfallenden Stein in Bewegung gesetzt werden.

Von der Erde blieb nichts übrig: *Jene* hatten die letzten Atome der Substanz aufgesaugt. Die Erde hatte sie in allen Augenblicken ihrer unfaßlichen Verwandlung genährt, wie die in einem Weizenkorn aufgespeicherte Nahrung die junge Pflanze nährt, während sie der Sonne zustrebt.

Sechstausend Millionen Kilometer jenseits der Bahn des Pluto saß Karellen vor einem plötzlich verdunkelten Bildschirm. Der Bericht war vollständig, die Mission beendet. Er reiste heimwärts zu der Welt, die er vor so langer Zeit verlassen hatte. Die Last von Jahrhunderten lag auf ihm und eine Betrübnis, die keine Logik zu zerstreuen vermochte. Er trauerte nicht um den Menschen; seine Trauer galt seiner eigenen Rasse, die von der Größe für immer abgesperrt war durch Kräfte, die sie nicht zu überwinden vermochte.

Trotz aller Leistungen, dachte Karellen, trotz aller Beherrschung des physikalischen Universums war sein Volk nicht besser als ein Stamm, der sein ganzes Dasein auf irgendeiner flachen und staubigen Ebene verbracht hatte. Weit entfernt waren die Berge, wo Kraft und Schönheit wohnten, wo der Donner über den Gletschern dröhnte und die Luft klar und frisch war. Dort war auch die Sonne und vergoldete die Gipfel, wenn alles Land unten in Dunkelheit gehüllt war. Und sie konnten nur beobachten und staunen; sie konnten niemals diese Höhen ersteigen.

Und doch wußte Karellen, daß sie bis zum Ende standhalten würden. Sie würden ohne Verzweiflung ausharren, welches Schicksal auch immer ihrer wartete. Sie würden dem Übergeist dienen, weil sie keine Wahl hatten, aber selbst in diesem Dienst würden sie ihre Seelen nicht verlieren.

Der große Bildschirm erglühte für einen Augenblick in einem dunkelroten Licht. Ganz in Gedanken las Karellen die Botschaft, die diese wechselnden Linien brachten. Das Schiff verließ die Grenzen des Sonnensystems: Die Energien, die es antrieben, verebbten schnell, aber sie hatten ihre Arbeit getan.

Karellen hob die Hand, und wieder veränderte sich das Bild. Ein einziger heller Stern leuchtete im Mittelpunkt des Schirms. Niemand hätte aus dieser Entfernung sagen können, daß die Sonne je Planeten besessen hatte oder daß einer von ihnen jetzt verlorengegangen war. Lange blickte Karellen über die schnell breiter werdende Kluft zurück, während viele Erinnerungen durch seinen ungeheuren, labyrinthischen Geist glitten. In schweigendem Abschied grüßte er die Menschen, die er gekannt hatte, ob sie ihn nun bei seinen Zielen behindert oder ihm geholfen hatten.

Niemand wagte ihn zu stören oder seine Gedanken zu unterbrechen, und dann kehrte er der entschwindenden Sonne den Rücken.